글 쓰는 사람에게 가장 외롭고 무력한 장소는 '빈 문서' 앞일 것이다. 그럴 때 난 글쓰기 책을 뒤적인다. 비법이 있어서가 아니라 비법이 소용없음을 받아들이기 위해서다. 원래 글이란 거친 초고를 고치고 고치며 나아지는 것이지 단번에 완성되는 게 아니라는 사실을 확인하고 나면, 꾀부리던 마음을 다잡고 첫 문장을 쓰게 된다. 연륜 있는 논픽션 작가가 쓴 책의 제목이 『네 번째 원고Draft No. 4』인 이유다. 이 책은 "없는 걸 지어내는 게 아니라 가진 걸 최대한 활용"하는 창의적 논픽션의 꼼꼼한 안내서다. 어떻게 모으고 무엇을 버리고 어디서 끝낼까? 초고의 불행에 주저앉지 않고 '네 번째 원고'를 고집스럽게 써내며, 우리는 작가가 되고 마침내 이야기의 핵에 가닿는다.

_은유, 작가

기술이나 기교를 홀랑 훔쳐다 내 글에 주렁주렁 장식하고 싶은 욕심으로 이 책을 펼친다면 당신은 얼마 안 가 엄마야, 하고 주저앉아버릴 것이다. 글쓰기의 지름길을 요약하여 홍보하는 전단지가 아니라 글쓰기의 에움길을 정확하게 그려내는 설계도 같은 책인 까닭이다. 구조와 정신이라는 글쓰기의 가장 깊숙한 뇌관을 건드리고 있으니 가벼울 리 만무하고 조심스러울 리 당연한데, 그럼에도 어느 순간 밑줄을 그어가며 흥미진진 그의 말들을 새기게 되는 것은 그가 '쓰는 사람' 이전에 '사는 사람'으로도 본을 삼을 만한 참다운 태도를 자주 내보여서다. "무엇을 하든 간에 기억에 의존하지 마라." 비단 쓰기를 욕심내는 자만이 뜨끔할 말이겠는가.
이 책을 읽는 내내 쏨과 만듦의 근육이 조여졌다 풀어지기를 쉴 새 없이 반복하였는데 이는 작가로서의 고집과 함께 편집자와의 연대 또한 중히 여기는 그만의 유연성이 책의 폐활량을 참도 건강한 방식으로 확장하고 있어서가 아닐까 하였다. 누구나 쓸 수는 있겠으나 모두가 '잘' 쓸 수는 없지 않겠는가. 그리하여 이 책은 그 '잘'의 갈림길에 선 모든 '쏾'의 주인공들에게 충분한 효력을 발휘하고 분명 남으리니!

_김민정, 시인·편집자

네 번째 원고

네 번째 원고

논픽션 대가 존 맥피, 글쓰기의 과정에 대하여

존 맥피John McPhee 지음   유나영 옮김

글항아리

한 단어도 놓치지 않는 고든 건드와

빠진 단어를 서슴없이 집어내는 욜란다 휘트먼을 위해

그리고 이 모든 걸 예전에 들어본 500여 명의 프린스턴대 학생에게

작가의 말

이 책은 글쓰기 과정을 주제로 『뉴요커』에 게재한 여덟 편의 에세이에서 비롯되었다. 그 가운데 한 편—「체크포인트」—은 『실크 낙하산Silk Parachute』이라는 제목의 잡문집에 수록되었지만, 이 책에 훨씬 더 적합하다고 생각해 재수록했다.

존 맥피의 정신

은둔의 작가가 밝히는 강박적 집필의 과정

존 맥피의 진면목은 그에게 전화를 거는 즉시 드러난다. 올해로 여든여 섯인 그의 내면에는 86년이라는 세월이 정보를 가득 싣고서 언제든 꺼 내 쓸 수 있게 연도별로 정리되어 있는 것 같다. 나는 맥피가 글쓰기 강 의를 하며 거주 중인 뉴저지주 프린스턴을 방문코자 그에게 전화를 걸 었다. 그는 차로 오는 길을 가르쳐주려고 내게 어디서 오는지를 물었다. 나는 프린스턴에서 약 160킬로미터 떨어진 소도시 이름을 댔다.

"거기 가본 적 있어요", 맥피는 방금 코트 주머니에서 5달러짜리 지 폐를 찾아낸 사람처럼 살짝 놀란 투로 말했다. 그러고는 우리 동네 뒷 산 정상에서 피크닉을 한 이야기를 들려주었다. 그 조출한 일행 중에는 앨저 히스의 부인도 끼어 있었다. 미국의 고위 관료로 매카시즘이 극에 달했을 때 러시아 간첩 혐의로 복역한 바 있는 그 앨저 히스였다. 맥피는 당시 피크닉 일행이 강삭철도*를 타고 정상까지 올라갔다고 말했다. 이 구시대의 탈것은 거의 40년 전에 운행이 중단되어 지금은 풍경 속 폐허로만 남아 있다. 버려진 철길은 산의 얼굴에 그어진 흉터 같고, 정상의 낡은 동력실 안에서는 거대한 기어들이 녹슬어가고 있다. 지나가다 멈춰 선 등산객들은 이 풍경을 얼빠진 눈으로 바라보며 영문을 몰라 머리를 긁적이곤 한다.

"그게 그땐 굉장했어요, 오티스 엘리베이터에서 제작한 철도인데 경사도가 6×퍼센트였죠." 맥피는 이렇게 말했다.

그러고는 오는 길을 설명하기 시작했다(87번 고속도로를 타고, 287번 도로로 빠져서, 1번 국도를 따라……). 결국 나는 휴대전화 내비게이션을 보고 갈 거라고 털어놓았다. 맥피는 그 후로도 몇 초 동안 설명을 계속하며 도로 한두 개를 더 언급하고서야, 마침내 포기하고 이렇게 말했다. "뭐, 내비게이션이 알려주겠죠."

전화를 끊자마자 나는 맥피가 말한 사실들을 확인해보았다. 그 강삭철도는 정말로 오티스 엘리베이터에서 설계했고, 평균 경사도가 65퍼센트(약 33도)로 전성기에는 지구상에서 가장 경사가 급한 철도 중 하나였다. 이 구조물은 우리 집에서도 내다보이는데, 나는 평생을 매일같이 보고 살면서도 이런 사실들을 몰랐다.

맥피는 이처럼 자잘한 지식의 기폭제들 위에 경력을 쌓아왔다. 그

---

*레일 위에 설치된 차량을 밧줄로 견인하여 운행하는 철도.

의 정신은 순수한 호기심 그 자체다. 세계의 모든 구석진 곳으로, 특히 우리 대부분이 못 보고 지나치는 모퉁이로 흘러들기를 갈망한다. 알다시피 문학은 항상 하찮다고 여겨지는 대상 안에서 초월을 추구해왔다. 윌리엄 블레이크의 표현대로, "한 알의 모래에서 세계를 본다". 하지만 그러한 충동을 맥피만큼 멀리까지 밀고 나간 사람은 몇 안 된다. 그는 순전히 오렌지만을 다룬 책 한 권을 쓴 적도 있다. 책 제목은 물론 『오렌지Oranges』다. 미술계에 뒤샹의 소변기가 있다면 출판계에는 맥피의 『오렌지』가 있을 것이다. 1999년 맥피는 『이전 세계의 연대기Annals of the Former World』라는 700쪽짜리 지질학 연작으로 퓰리처상을 받았다. 일반 독자를 상대로 북미 대륙이 어떻게 생겨나게 되었는지를 설명하는 책이다. ("지구상의 어떤 장소에서든, 암석 기록은 시간을 거슬러 과거의 지리를 향해 나아가며 수천수만 가지 이야기에 가닿는다. 그 속에서 지구는 마치 타오르는 불길처럼 자주 얼굴을 바꾸었고 철저히 바꾸었으며 거듭 바꾸었다.") 그가 지금까지 펴낸 30여 권의 책은 한 권도 빠짐없이 여전히 발행되고 있다. 이 책들은 세계에 바치는 특유한 헌사라 할 수 있으며, 모아놓으면 독자적으로 또 하나의 세계가 된다.

맥피는 스스로 "공포증에 가까울 정도로 숫기가 없다"고 말한다. 그는 언론의 관심에 알레르기 반응을 보인다. 그의 책 가운데는 저자 사진이 실린 책이 단 한 권도 없다. 그는 학생들을 가르치던 중 쉬는 시간에 퓰리처상 수상 소식을 들었는데, 다시 강의실로 들어가 이에 대해 일언반구도 없이 남은 강의를 마쳤다. 학생들은 강의가 끝나고 사진

기자, 취재기자와 축하를 전하러 온 많은 사람이 복도에 진을 치고 있는 걸 보고서야 이 사실을 알게 되었다. 맥피의 여든 번째 생일날에는 친구와 가족과 동료 들이 그의 생애와 작품을 기념하는 성대한 행사를 준비했다. 하지만 행사 직전 이 계획을 알게 된 맥피는 참석을 거절해서 행사를 취소시켜버렸다. 왕년의 농구 스타로 미국 상원의원을 지냈고 맥피의 첫 책 『내가 어디 있다는 감각A Sense of Where You Are』의 주인공이기도 한 빌 브래들리는 이 행사를 주관한 사람 중 한 명이었는데, 내게 이런 말을 들려주었다. "기념되길 원치 않는 사람을 기념할 수는 없는 노릇이죠."

　맥피의 주변 인물─편집자, 제자, 친구, 동료─들과 이야기하면서, 나는 그들 모두가 맥피에 대한 찬양을 공개적으로 쏟아낼 기회를 수십 년간─공손하게─기다려왔다는 느낌을 받았다. 맥피는 수백 명에 대한 프로파일profile(심층 인물 기사)을 작성했지만, 그 자신은 프로파일의 대상이 된 적이 한 번도 없었다. 그래서 맥피가 그런 걸 승낙했다는 데 거의 모든 이가 놀라움을 표했다. 맥피는 관심의 초점을 주로 바깥세상에 맞추어왔다. 그는 스스로 즐겨 표현하듯이 "진짜 세계의 진짜 사람들"에 대해 쓴다. 하지만 최근에 맥피의 글은 좀더 개인적인 성격을 띠게 되어, 부모님과 어린 시절, 손주들에 대한 에세이를 쓰기도 했다. 신작 『네 번째 원고Draft No. 4』는 그의 독보적 정신에서 우리가 가닿을 수 있는 가장 깊숙한 곳으로 우리를 이끈다. 이 책은 글쓰기 과정 그 자체에 관한 이야기다.

모든 글쓰기 책은 어떤 형태로든 글쓰기의 어려움을 다룬다. 비단 (군더더기를 제거하거나 장면을 전환하는 등의) 기술적인 문제뿐만 아니라, 글쓰기에 수반되는―글을 시작하거나 끝내거나 중간에 진전시키지 못하는 상태에서 오는―크나큰 실존적 고통, 불안과 초조, 수치심 또한 다뤄진다. 이건 글쓰기 책이라는 장르가 주는 커다란 위안 중 하나다. 나만 이런 고통을 겪는 게 아니라는 걸 아는 데서 오는 위안. 윌리엄 진서는 "힘들고 외로웠다. 말이 그저 흘러나오는 일은 드물었다"라고 고백한다. 애니 딜러드는 말한다. "책을 쓴다기보다는 차라리 죽어가는 친구를 병간하듯이 책을 병간한다고 말해야 할 것이다." 앤 라모트는 "과학자들이 카페인에 흠뻑 절인 개구리 뇌 같은 머리가 된다"라고 했다.

맥피도 이 전통을 수용한다. 『이전 세계의 연대기』 서문에서, 그는 글쓰기를 "자학적이고 정신을 파괴하며 스스로를 옭아매는 노동"이라고 적었다(나는 처음 이 구절을 읽었을 때 그 옆에 큼지막한 별 표시를 했었다). 『네 번째 원고』에서 맥피는 "오후 5시까지도 일을 시작조차 못하는 무능"과 "쫓기는 짐승이 된 듯한 초조한 기분"에 대해 쓴다. 그럼에도 불구하고 이런 의심에 사로잡히는 건 "이 직업의 중요하고도 피할 수 없는 부분"이라고 그는 말한다.

맥피에게 있어 이런 고충의 태반은 글의 구조와 연관되어 있다. "작업한 모든 프로젝트에서 구조에 집착했다"는 그의 말은, 에이허브 선장이 바다를 모험하며 어느 특정한 고래에 집착했다는 말만큼이나 진실되다. 맥피는 구조에 집착한다. 집필을 시작하기도 전부터 글의 배치를 놓고 갖은 애를 쓰며 고심을 거듭한다. 어느 부분을 어느 부분 뒤에 놓을지를 결정하는 데 족히 소설 한 편에 들어갈 만한 창의적 에너지를 쏟아붓는 듯하다.

이 노동은 어마어마하게 보람찬 결실로 되돌아온다. 맥피의 글에서 구조는 단어 자체만큼이나 중요한 의미를 띤다. 일반적인 작가라면 직접 서술할 내용을, 맥피는 장과 장 사이에 여백을 두거나 문장과 문장을 독특하게 병치해서 표현한다. 마치 모스 부호 같다. 공백을 통해 메시지가 전달된다.

1968년 작품인 『파인배런스The Pine Barrens』는 생태적으로 독특한 뉴저지 남부의 어느 지역을 묘사한 중편 논픽션이다. 이곳 파인배런스에는 모래땅에서 자라난 키 작은 소나무 숲이 있다. 책을 처음 읽을 때는 그 첫 단락이 불필요하리만치 지루하게 느껴졌다. 내가 원한 건 현란한 묘기와 농담과 아포리즘과 불꽃놀이였다. 나는 존 디디온("우리는 살기 위해 스스로에게 이야기를 들려준다")이나 헌터 S. 톰슨("약 기운이 강해지기 시작할 때쯤, 우리는 사막 언저리 바스토 주변 어딘가에 있었다")이나 톰 울프("헤르니아, 헤르니아, 헤르니아, 헤르니아, 헤르니아, 헤르니아, 헤르니아, 헤르니아, 헤르니아, 헤르니아, 헤르니아, 헤르니아, **헤르니아**: 헤르니아, **헤르니아**……")를 원했다.

내가 볼 때는 맥피가 좋은 기회를 낭비하고 있는 것 같았다. 『파인배런스』의 첫 단락은 마치 명승지 전망대의 안내판에 적힌 설명문 같왔다. "뉴저지주 벌링턴 카운티의 워싱턴 타운십에 있는 베어스왐프산의 화재 감시탑에서는 보통 20여 킬로미터 밖까지 바라다보인다. 북쪽으로는 삼림지가 지평선까지 뻗어 있다. 수종은 주로 떡갈나무와 소나무이고, 우점종은 소나무다. 드문드문 티오이데스편백 숲이 길고 어둡고 들쭉날쭉하게 보인다. (…)" 이런 식으로 몇 쪽이 이어진다. 이쯤 되면 책을 덮고 현실의 숲으로 산책을 나가는 독자들도 있지 않을까.

왜 이렇게 시작했을까? 맥피도 현란한 재주를 부릴 줄 안다. 도입부의 등산 안내문이 거의 끝나자마자, 『파인배런스』는 갖가지 색채와 전설과 기인 들의 보따리를 펼쳐 보인다. 속옷 바람으로 돼지갈비를 뜯다 말고, "들어오슈, 들어와, 아 들어오라니깐" 하고 소리치며 자신의 판잣집으로 맥피를 불러들인 깊은 숲속의 크랜베리 농부도 그중 하나다.

왜 **여기서** 시작하지 않았을까?

나는 150여 쪽을 더 읽고 책의 끝부분에 이르러서야 그 답을 찾을 수 있었다. 여기서 『파인배런스』는 책이 시작됐던 바로 그 지점, 베어스왐프산의 화재 감시탑으로 되돌아온다. 다만 이제는 숲이 펼쳐진 그 풍경에 불길한 맥락이 드리워졌다. 이번에 맥피는 한 도시계획가와 함께 그곳에 서 있다. 이 도시계획가는 파인배런스를 밀어버리고 깔끔하게 포장한 뒤 도시 정도가 아니라 세계 최대의 공항을 건설한다는 장밋빛 미래의 환상을 떠벌린다. 다시 말하자면 파인배런스 일대는 사라질 위험에 처해 있으며, 맥피는 이곳의 동식물과 구전을 소개함으로써 우리의 관심을 촉구하고 있는 것이다.

"이 소나무 숲의 둘레는 1년에 수백 미터, 아니 길게는 1.6킬로미터씩 줄어들고 있다"라는 마지막 문장에 이르렀을 때, 나는 파인배런스의 백과사전적 파노라마에 해당되는 기나긴 도입부로 되돌아왔다. 처음 읽을 때는 건조하게 느껴졌던 문장들이 이제는 통렬하고도 풍부한 의미를 띠고서 새롭게 다가왔다. 내가 반감을 느꼈던 특징들—조용함, 아득한 거리, 사전적 열거—이야말로 기실 은밀히 감추어져 있던 글의 실질적 요점이었다. 상당한 인내심과 집중력 없이는 음미하기 어려웠던 파인배런스의 고요함 그 자체야말로 위험에 처한 주인공이었던 것이다. 마찬가지로 우리의 근대적 정신도 콘크리트로 포장된 채였고, 맥피는 그 포장을 다시금 걷어내고 있었다. 내게는 이것이 위대한 소설 작

존 맥피, 딸 제니(왼쪽), 마사와 함께 1970년대 온타리오에서. ⓒ Photograph from John McPhee

품의 결말처럼 다가왔다. 알고 보니 현란한 묘기는 처음부터 줄곧 그 자리에 있었다. 다만 숨겨져 있어 책을 끝까지 읽기 전에는 감지할 길이 없었을 따름이다.

『네 번째 원고』는 기본적으로 맥피가 1975년부터 프린스턴에서 가르쳐온 글쓰기 강의록이다. 이 강의는 그의 삶에 엄격한 구조를 부여했다. 강의하는 학기 중에는 집필을 전혀 하지 않는다. 또한 집필 중에는 강의하지 않는다. 그는 이것을 '윤작'이라고 부르며, 이렇게 강의와 집필을 교대로 해온 덕분에 집필에 더 큰 에너지를 쏟을 수 있었다고 여긴다.

맥피의 학생들은 과제로 제출한 글을 편집하는 일대일 면담을 위해 그의 연구실을 자주 찾는데, 복도에 앉아서 면담을 기다리는 동안 연구실 문에 붙은 포스터를 들여다볼 시간을 갖는다. 맥피는 이 포스터를 '집필 중인 작가의 초상'이라고 부른다. 히에로니무스 보스 식으로 묘사된 이 복제화 속의 저승에서는 벌거벗은 죄인들이 기기묘묘한 고문을 받고 있다. 등에 칼이 꽂힌 여인, 거대한 콧구멍에서 통 속으로 퍼부어지는 액체, 그 통에 들어앉은 작은 무리, 오리너구리를 타고 가는 인물. 포스터는 너무 오래되어 빛이 바랬다.

맥피가 50년 넘게 전속 필자로 있는 『뉴요커』의 편집장 데이비드 렘닉도 1981년에 맥피의 수강생이었다. 그는 "영감에 대한 환상적인 논의 따위는 없었어요"라고 말한다. "학자나 비평가라기보다는 기술을 갖춘 장인과 한방에 있는 듯한 느낌이었죠. 어느 정도였냐면, 당시 그분이 썼던 무슨 괴상한 샤프펜슬을 학생들에게 건네주고 돌려 보게 한 적도 있어요. 전적으로 테크닉에 관한 수업이었죠. 우리는 육안해부학 강의를 듣는 의대생이 지라가 뭐고 무슨 일을 하는지 배울 때와 같은 마음가짐으로 글쓰기의 작동 원리를 배우곤 했어요."

그 작동 원리의 많은 부분은 물론 구조였다. 맥피 교수가 칠판에 복잡한 형상을 그렸던 기억은 렘닉의 뇌리에 오래도록 남았다. 그중 하나는 앵무조개 껍데기처럼 생긴 소용돌이를 따라 큼직한 점들이 찍힌 그림이었다. 이 점에는 각각 '거북' '하천 정비 사업' '족제비'라는 단어가 붙어 있었다. 소용돌이의 측면에는 그냥 '애틀랜타'라고만 쓰여 있

〈구조〉

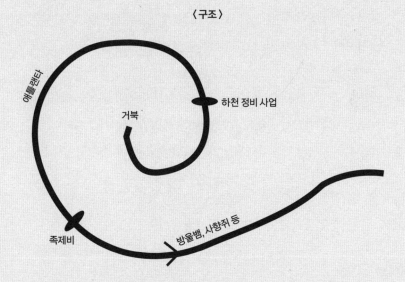

고, '방울뱀, 사향쥐 등'이라는 말 옆에 표시된 화살표는 이 소용돌이를 시계 반대 방향으로 읽으라는 표시였다.

이 알쏭달쏭한 도표는 1973년 『뉴요커』에 실린 에세이 「조지아 여행Travels in Georgia」의 구조도였다. 맥피는 이 글에서 생태학자들과의 장거리 자동차 여행을 다루었는데, 그들은 특히 차에 치여 죽은 짐승들을 먹는다는 점에서 유별났다(도표의 '족제비'는 맥피가 족제비를 먹는 대목을 가리킨다). 「조지아 여행」은 맥피가 잡지에 발표한 초기 걸작들 중 하나로, 문체가 매혹적이고("그곳의 어둠은 너무나 그윽해서 따스하게 느껴졌다", 그는 어느 늪지대를 이렇게 묘사한다) 인물들은 거의 믿기지 않을 정도로 생생하다("양손에 개구리를 한 마리씩 쥐고 있을 때 다른 개구리가 눈에 띄었다. 그는 하나를 입에 물더니 세 번째 개구리를 낚아챘다"). 맥피의 많은 글이 그렇듯이 이 글 또한 단편소설, 에세이, 다큐멘터리, 현장 연구와 서사시가 황홀하게 교차되는 지점에 자리한다.

『네 번째 원고』는 이런 도표들로 가득 차 있다. 맥피는 모든 글을 쓰기에 앞서 도표를 그린다. 어떤 형태는 거의 아무런 의미도 없다. 마치 동굴에 틀어박힌 은둔자가 만년에 벽에 그은 낙서처럼 보인다. 또 어떤 것은 지극히 단순하다. 일례로 『네 번째 원고』 첫머리에는 알파벳으로 이루어진 분수가 등장한다.

이것은 『대사제와의 조우Encounters with the Archdruid』(1971)의 구조도다. 아마 내가 가장 좋아하는 맥피의 책일 것이다. 전통적인 프로파일을 오랫동안 쓰다가 이 양식에 싫증이 난 맥피는 네 명의 인물을 한 편의 글에 담은 프로파일을 써보기로 한다. 한 인물(D)이 다른 세 인물(A, B, C)과 각각 상호작용하는 과정을 묘사함으로써 D라는 인물을 드러낸다는 구상이었다. 그는 구조를 먼저 세운 다음, 이 구조에 적합한 인물들을 여러 달에 걸쳐 수배했다. 마침내 호전적인 환경운동가인 데이비드 브라우어를 주인공으로 낙점하고, 그를 확고한 개발론자 세 명과 맞붙였다. 그 후 맥피는 더 복잡한 걸 실험해보고 싶은 유혹에 끌렸다. "나는 여섯 명의 연속 프로파일을 궁리하기 시작했다. 그런데 여기에선 일곱 번째 인물이 등장한다. 첫 번째 프로파일에 미미하게 등장시키고, 두 번째에는 좀더 많이, 세 번째에는 더 많이 넣는 식으로 조금씩 비중을 늘려가며, 하지만 각 프로파일의 주요 인물보다는 항상 낮은 비중으로 네 번째, 다섯 번째, 여섯 번째 프로파일에 등장시키는 것이다. 그다음 일곱 번째이자 마지막 프로파일에서 그를 중심인물로 세운다는 구상이었다. 하지만 나는 이 환상의 구조물을 슬그머니 포기했다."

나는 맥피에게 왜 이렇게 구조에 집착하느냐고 물었다.

그는 고교 시절 올리브 매키 선생님의 가르침 때문이라고 대답했다. 선생님이 작문 과제를 쓸 때는 반드시 그 윤곽부터 잡으라고 시켰다는 것이다.

하지만 많은 학생이 학교에서 작문을 할 때 글의 윤곽을 잡으라고 배운다. 그중에 어른이 되어서까지 온 사방에 난해한 도표를 끄적이는데 인생의 알맹이를 바치는 사람은 많지 않다. 어쩌면 더 깊은―유년기, 지도, 부친, 해부학 등과 관련된―심리적 요인이 있지 않을까?

"의식적으로는 아니에요." 맥피는 쾌활하게 대답했다. "뭐 그렇다고 선생의 생각이 틀렸다는 말은 아니지만."

존 맥피는 프린스턴에서 평생을 거의 붙박이로 살아왔다. 나는 프린스턴대 캠퍼스 언저리에 위치한 라크로스 경기장 옆의 널찍한 주차장에서 그를 만났다. 그는 자신의 파란 미니밴 옆에서 나를 기다리고 있었다. 엘엘빈 버튼다운 셔츠에 카키색 바지, 뉴밸런스 스니커즈 차림이었다. 안경이 얼굴의 위쪽 절반을 차지했고, 아래쪽 절반은 흰 수염으로 덮여 있었다. 1970년대 카누 여행 중에 본의 아니게 처음 기르기 시작한 이후 면도를 하지 않았다고 했다. 그는 부드러운 말씨에 너그럽고 내성적인 사람이다. 위압적이리만치 방대한 지식을 가졌지만―함께 캠퍼스를 거니는 동안 그는 각 건물에 쓰인 석재들이 어떤 지질층에서 생성된 것인지를 설명해주었다―위압감을 주지 않으려고 각별히 노력하는 것 같았다. 그는 바깥에 나갈 때마다 챙이 넓은 모자를 썼다.

맥피는 프린스턴대 캠퍼스와 도시 구석구석을 구경시켜주며 이야기를 들려주었다. 한 장소와 이렇게 속속들이 일체가 된 사람을 내가 본 적이 있던가. 고고학적인 그의 기억은, 층층이 깊숙한 곳까지 닿아 있다. 내게 동네를 소개시켜주려고 드라이브를 시작한 지 30초도 안

되어 우리는 그가 어릴 적 미식축구를 하던 곳이자, 열 살 때 난생처음 술을 마셨던(최근에 쓴 글에 따르면 "일단 불쾌하지는 않았다"고 한다) 공터를 지나쳤다. 지금 이곳은 더 이상 공터가 아니다. 네모지고 현대적인 신축 주택이 들어서 있다. 나는 추억을 짓밟아버린 이 건물에 반감이 느껴지지 않느냐고 물었다.

"아뇨, 내가 자주 다니던 곳들은 수두룩하게 짓밟혔는걸요."

맥피는 1931년생이다. 그의 부친은 대학의 스포츠닥터였고, 어린 맥피는 아버지를 따라 열심히 훈련과 경기를 쫓아다녔다. 여덟 살 때는 주문 제작한 소형 유니폼을 입고 프린스턴 미식축구 팀과 경기장에서 부대꼈다. 그는 아버지의 진료실과 같은 복도에 있는 오래된 대학 체육관에서 농구를 했다. 이 건물이 잠기면 어느 창문으로 기어 들어가야 되는지도 알았다. 작은 체구에 승부욕이 강했던 맥피는 공을 가지고 하는 운동이라면 무엇이든 했다. 이날 이때까지도 그는 남자 라크로스 팀의 명예위원직을 수행하며, 프린스턴의 관습을 준수하여 경기 때마다 사이드라인에서 자리를 지킨다.

성장기에는 매년 버몬트에서 열리는 키웨이딘이라는 여름 캠프에 다녔다. 부친이 그 캠프의 주치의였다. 지금은 그의 손자 중 한 명이 이 캠프에 다닌다고 한다. ("난 손주가 200명이에요", 맥피는 내게 말했다. 사실은 열 명이다.) 맥피는 키웨이딘을 낙원처럼 묘사한다. 그의 인생과 저작에서 우선시되는 주제들 가운데 상당수—카누, 낚시, 하이킹—가 그곳에서 보낸 시간을 통해 정립되었다. 『네 번째 원고』에서 그는 이렇게 적는다. "한번은 내가 20-30년간 쓴 모든 글의 목록을 작성하고, 그중에서 대학에 들어가기 전까지의 관심사와 연관되는 주제를 다룬 글에 체크 표시를 해보았다. 90퍼센트가 넘었다." 키웨이딘에서 맥피는 미국의 자연과 깊은 교감을 나누었고, 야생에서 길 찾기의 어려움—이상적으로 추상화된 탐험 계획과 지도가, 풍부하고 뒤죽박죽인 실제 세계와 어떻게 연관되는지—을 알게 되었다. 현재 이 캠프의 의무실은 공식적으로 맥피의 부친 이름을 따서 명명되어 있다. 아홉 살 때인 1940년도에 준우승자로 선정되었던 걸 기념하여, 맥피 자신의 이름 또한 지금까지 펫목에 새겨져 있다.

맥피가 모는 미니밴의 콘솔 박스 위에는 제러미 아이언스가 녹음한 CD 열 장짜리 『롤리타』오디오북 세트가 놓여 있었다. 뒷좌석은 똑바로 세워진 자전거 한 대가 몽땅 차지했다. 맥피는 에런 버 부자—아버지는 프린스턴대 2대 총장이었고, 아들은 알렉산더 해밀턴과 결투를 벌여 그를 사살한 인물이다—가 살았던 집을 지나쳤다. 우리는 파이어스톤 도서관 옆을 여러 번 지났다("흥미로운 건축물"이라고 맥피는 말했다. "구조물의 대부분이 지하에 있어요"). 그가 어릴 때 살던 집도 보았다. 가로수들의 이름으로 불리는 녹음 짙은 거리에 깊숙이 자리 잡고 있었다. 모든 게 믿기지 않을 만큼 푸르렀다. 올해는 비가 많이 와서 나뭇잎이 유난히 울창하게 우거졌다고 맥피는 말했다.

그는 전면을 기둥으로 떠받친 집 한 채를 가리켰다.

"저거 보여요?" 그가 말했다. "아인슈타인이 살던 집이에요."

우리는 아인슈타인의 출근길을 따라갔다. 그중에는 장대한 플라타너스가 두 줄로 늘어선 산책로도 있었다. 그 위대한 인물은 나무들 사이에서 때때로 멈추어 동네 소년들이 농구하는 광경을 지켜보았으리라. 소년들 사이에는 존 맥피도 있었다. 우리는 그의 부친이 일했고 빌 브래들리가 경기했던 오래된 농구 경기장에 들어가보았다. 또 새로 지은 체육관에도 들어가보았다. 활처럼 구부러진 광활한 공간이 마치 블록버스터 SF 영화 세트장처럼 보였다. "엄청나게 흥미로운 구조물이죠." 맥피가 감탄하며 말했다.

맥피는 집에 있기를 좋아하는 방랑자다. 그는 프린스턴과 아이비리그라는 자산을 일종의 생득권으로 물려받았지만, 그 경로가 특이했다. 그는 은행가나 정치인이나 무슨 대단한 동문이 아니라 스포츠닥터의 아들이다. 대학을 보는 그의 시각은 실용적이고 실제적이다. 그에게 프린스턴은 필요할 때마다 지질학자나 역사학자나 비행사나 농구선수 등을 데려다 뭔가를 배울 수 있는 대규모 지식 공구점에 가깝다. 그가 알래스카나 메인 주나 스위스나 키웨이딘으로 떠날 수 있는 건, 결국 돌아오게 될 곳이 어디인지를 늘 알기 때문이다.

"나는 이곳 시내에서 컸어요. 전부 다 여기에 있죠." 맥피가 말했다.

맥피는 나를 지질학과 건물에 있는 그의 작업실로 데려갔다. 중세 양식을 모조해 지어진 망루 안이 그의 작업실인데, 그가 이사 오기 전까지는 페인트 통으로 꽉 차 있었다고 한다. 이제 이 방의 벽은 지도로 가득 차 있다. 태평양 해저 지도, 미국 수계 지도, 전 세계 화산 지도.

방 한구석의 카펫 위에 놓인 상자에도 수십 장의 지도가 더 꽂혀 있었는데, 접힌 에콰도르 과야킬의 지도가 그 사이로 수줍게 고개를 삐죽 내밀었다. 소형 냉장고 위에는 P 항목이 펼쳐진 육중한 사전. 제자들이 펴낸 책으로 채워진 여러 칸의 서가, 그 위로 아내 욜란다 휘트먼과 네 딸의 사진이 담긴 액자.

맥피는 컴퓨터 앞에 앉아 여기저기를 클릭했다. 검은 화면에 초록색 텍스트가 떴다. 초록색 텍스트, 그게 전부였다. 아이콘도, 눈금자도, 스크롤바도 없었다.

맥피는 명령 줄에 타이핑을 하기 시작했다.

x coded.*
dir coded.*
x coded-10.tff
x coded-16.tff

그의 책 『건국의 물고기The Founding Fish』의 일부분이 나타났다. 그가 다른 명령어를 치자, 초록색 텍스트 뭉치들이 여기저기서 깜빡였다. 그가 발표한 글들의 전체 목록, 그리고 1990년도 작품인 『배를 찾아서 Looking for a Ship』였다.

컴퓨터 박물관에 구경 온 기분이었다. 학예사가 아끼는 희귀한 소장품을 작동시켜 보여주는 것 같았다. 맥피는 평생 전통적인 워드프로

1998년 펜실베이니아의 낚시터에서 손녀딸 이저벨과 함께. ⓒ Photograph by Laura McPhee

세서를 써본 적이 없다. 그는 케이에디트라는 프로그램의, 전 세계에서 몇 안 남은 사용자 중 한 명이다. 맥피는 『네 번째 원고』에서 이 프로그램에 대해 아주 길게 쓴 바 있다. 케이에디트는 1980년대에 개발되었는데, 이것을 프린스턴의 한 친절한 프로그래머가 맥피의 복잡한 집필 과정에 맞게끔 수정해주었다.

그 과정은 무시무시하다. 맥피는 해당 프로젝트와 관련된 자료—온갖 인터뷰, 인상 묘사, 머리에 떠오른 단상, 조사하면서 찾은 토막 정보—를 한 조각도 남기지 않고 모조리 긁어모아 컴퓨터에 입력한다. 그리고 이 데이터를 정독한 뒤 글을 체계화해줄—테마, 세트 피스, 인물 등의—범주를 고안한다. 각각의 범주에 암호 형태의 키워드를 부여한다. 글의 구조를 세우기 위해, 맥피는 이 키워드가 하나씩 적힌 색인 카드를 만들고 그것들을 커다란 탁자 위에 쏟아놓은 다음, 마침맞은 순서를 찾을 때까지 배치와 재배치를 거듭한다. 컴퓨터상에선 '스트럭처'라는 프로그램이 이 조각들을 체계화된 묶음으로 배열해준다. 그다음에 맥피가 묶음별로, 순서대로 집필해서 이 모두를 한 편의 글로 변환한다. (옛날에는 모든 노트를 타자기로 치고, 복사기로 복사하고, 전부 가위로 조각조각 자른 다음, 키워드가 적힌 봉투들 안에 넣어서 정리했다고 한다. 맥피는 자신의 첫 컴퓨터를 '5000달러짜리 가위'라고 불렀다.)

모든 작가가 조금씩 차이는 있을지언정 이와 비슷한 과정—모으기, 검토하기, 분류하기, 집필하기—을 거친다. 맥피는 이를 거의 초인적인 수준으로 극단까지 밀어붙였다. 맥피는 그 방법을 두고 이렇게 적는다. "기계적으로 들릴지 몰라도 그 효과는 정반대였다. 지금 일곱 번째 서류철의 내용물이 내 눈앞에 있다고 치면, 나머지 29개의 폴더는 내 눈앞에 없었다. 온갖 구조적 측면은 이전에 끝내놓은 터였다. 이 절차는 주의를 분산시키는 일체의 요소를 제거하고 그날, 그 주에 다루어야 하는 자료에만 집중하게 해주었다. 이 방법이 나를 코너로 몰아넣은 건 사실이지만, 그럼으로써 자유롭게 쓸 수 있게끔도 해주었다."

맥피의 다음번 저서인 『더 패치The Patch』는 과거에 책에 실리지 않았던 글들을 엮은 작품이 될 것이다.* 그가 『타임』 매거진에서 연예인들의 프로파일을—많은 경우에는 해당 연예인을 실제로 만나지 않고 (그는 재키 글리슨에 대해 이렇게 썼다. "방금 W. C. 필즈**를 집어삼킨 대형 바셋하운드처럼 생겼다")—쓰면서 잡지 일을 시작했던 1950년대 말의 글까지 포함될 예정이다. 간단하게 들리지만, 맥피는 이 책을 간단하지 않게 만들기로 결심했다. 이 책을 또 다른 구조적 도전 과제로 삼은 것이다. 맥피는 옛날에 썼던 글의 조각들을 모아서, 그가 보기에 흡족한 패턴에 맞게끔, 마치 퀼트 조각처럼 원래 순서와 다르게 재배치했다. (패러, 스트로스 앤드 지루에서 이 책을 편집 중인 알렉스 스타는 "이걸 이해하려고 아직도 머릴 싸매고 있는 중"이라고 내게 말했다.)

표제작은 부친의 죽음에 대해 쓴 짧은 에세이다. 맥피가 써온 글이 다 그러하듯, 이 글에서 그가 자신을 드러내는 방식 또한 대단히 조심스럽다. 아버지에게 낚시란 아들과 "가까워지려고 하셨던 최선의 방식"이었다고 맥피는 회고한다. 이 에세이에서 맥피는 쇠약성 뇌졸중을 앓는 아버지와 단둘이 병실에 남겨진 자신을 발견한다. 그는 뭘 해야 될지 몰라서 즉흥적으로 낚시 이야기를, 특히 그가 얼마 전 뉴햄프셔에서 낚았던 물고기 이야기를 꺼낸다. 공격적이리만치 게걸스러운 강꼬치고기 이야기다. "작은강꼬치고기의 위장에서 발견된 작은강꼬치고기의 위장에 작은강꼬치고기가 들어 있다."

---

*이 책은 2018년 11월 출간되었다.
**W. C. Fields, 1880-1946, 미국의 코미디언.

나는 이런 식으로 계속 말을 이어나갔다. 그 어종에 대해 생각나는 모든 걸 불쑥불쑥 내뱉었다. 이따금씩 이런저런 비교를 하며 아버지께 질문들을 던지면서. 사이어스에서 잡은 가래상어 기억하세요? 립턴에서 잡은 무지개송어는요? 스토니브룩 근처에서 아버지가 배를 따서 내장을 빼낸 메기가 손에서 튀어나가 그 몸으로 그냥 헤엄쳐 가던 건요? 이런 질문을 하면서도 대답을 들을 거라는 기대는 하지 않았다. 그리고 예상했던 것처럼 대답은 한마디도 없었다.

이 장면은 남자들의 묵묵한 애정—직접적으로가 아니라, 야생에서 함께 했던 활동이라는 매개체를 통해 표현된 감정—을 감동적으로 그린다. 이후 맥피는 구조를 가지고 마법에 가까운 일을 해낸다. 그 뒤에 절을 구분하는 공백이 삽입되고, 강꼬치고기에 대한 사실들을 건조하게 서술하는 단락이 이어지는데, 아버지의 임박한 임종이라는 맥락 안에 놓고 봤을 때 이 단락은 마치 한 편의 산문시처럼 읽힌다.

강꼬치고기는 벌새가 공기를 헤치고 다니는 것과 사뭇 비슷한 방식으로 지느러미들을 끊임없이 진동시키면서 물을 헤치고 다닌다. 가만히 있다가 먹잇감을 쫓아 갑자기 튀어나간 강꼬치고기는 먹잇감을 잡았건 잡지 못했건, 처음 출발했던 곳으로 돌아간다. 우리가 던진 미끼 주위를 빙빙 돌다가 물려고 달려들었지만 실패할 경우, 놈은 처음에 치고 나왔던 정확히 그 지점으로 돌아간다. 딴 데로 갔다가 30분 있다 그곳에 돌아가더라도 그 놈을 보게 될 것이다. 하루가 끝날 무렵에 돌아가더라도 놈은 그곳에 있을 것이다. 이듬해에 돌아가더라도 거기 있는 놈을 보게 될 것이다.

맥피의 중요한 테마는 언제나 보존conservation이었다. 여기서의 보존 이란 이 단어가 띠는 가장 넓은 의미에서의 보존, 즉 있음과 없음, 머무름과 떠남, 존재와 무無 사이의 끝없는 긴장을 뜻한다. 물론 이것은 지는 싸움이다. 아버지들은 세상을 떠날 것이다. 파인배런스는 개발될 것이다. 문명은 알래스카의 광활한 야생을 끊임없이 침범할 것이다. 과거 미시시피강의 물길은 "한 손으로 연주하는 피아니스트처럼" 제멋대로 널뛰었지만, 인간은 그것을 멈춰 세웠다. 개발업자들은 산맥을 채굴하고 섬에 포장도로를 깔고 그랜드캐니언을 인공 호수로 바꾸고 싶어한다. 맥피의 이야기에 따르면 북아메리카는 거의 무한한 사라진 세계들의 산물이다. 생물 종과 기후와 산맥과 대양이 모두 깊은 시간의 틈새들 속으로 모습을 감추었다. 너무나 아득히 멀어서, 가장 뛰어난 지질학자들도 그 부글거리던 원천을 추정해낼 수 없을 정도다.

맥피에게는 모든 것이 이전 세계의 연대기다. 심지어 자신의 책들도 사라지고 말 것임을, 그는 통렬히 인식한다. "사실은 내가 쓴 모든 것이 머잖아 철저한 무로 돌아가리라는 데 있죠. 말 그대로 완전히 없어진다는 것입니다." 그는 2010년 『파리 리뷰』와의 인터뷰에서 이렇게 말했다. "어린아이들이 내가 죽고 100년이 지난 뒤에 내 책을 읽을까 안 읽을까 이런 차원의 문제가 아닙니다. 100년이 뭐라고요? 아무것도 아니죠."

그럼에도 맥피의 글은 우울하지도 으스스하지도 슬프지도 패배주의적이지도 않다. 오히려 생명으로 가득 차 있다. 그에게 배움이란 세계가 사라져버리기 전에 그것을 사랑하고 음미하는 방식이다. 존 맥피의 장대한 우주론에서는 지구상의 모든 사실이―그 모든 지역, 생물, 시대가―서로 맞닿아 있다. 그것의 없음과 있음이. 물고기, 트럭, 원자, 곰, 위스키, 풀, 암석, 라크로스, 선사시대의 기묘한 석화, 손주들, 그리고 판게아가. 시간의 모든 조각은 시간의 다른 모든 조각과 맞닿는다. 우리가 해야 할 일은 다만 알맞은 구조를 찾아내는 것뿐이다.

일단 지금 우리는, 현재의 순간이라는 핀대가리 위에서 짧은 삶을 누린다. 맥피는 이틀에 한 번 자전거를 타고 24킬로미터를 달린다. 매년 봄이면 강의를 한다. 1년에 두 번, 『뉴요커』의 세 동료인 이언 프레이저, 마크 싱어, 데이비드 렘닉과 함께 낚시를 하러 간다. 세 사람은 우정이 매우 깊다. 싱어에게 맥피가 어떤 낚시꾼인지 묻자, 그는 강에서 벗이 어떤 모습인지를 묘사하기 시작했다. "작은 카누를 몰고 가서 급류 밑에 자리를 잡아요. 왼손에 플라이 낚싯대를 쥔 채 한 손으로 노를 저어서 용케도 조종을 한다니까요." 묘사는 점점 더 아련해지더니 마침내는 순수한 사랑의 선언으로 탈바꿈했다. "그 모습이 어렴풋이 실루엣으로만 보이는데, 그건 마치……" 그는 말을 멈추고 깊은숨을 한 번 내

쉰 뒤 잠시 침묵했다. 그러더니 진짜로 가슴에 손을 얹고서 말했다.

"있잖아요, 그저 제가 그분을 얼마나 사랑하는지 말해드리고 싶어지네요."

물론 맥피는 낚시를 대단히 진지하게 취급한다. 그는 일지를 작성한다. 조금이라도 유의미해 보이는 모든 세부 사항을 기록한다. 잡아 올린 물고기는 물론이고 암수와 무게, 그날 낚시하는 데 걸린 시간, 수온과 강의 유속까지 낱낱이 적는다. 놓친 물고기를 기록하는 '무단이탈자AWOLs'라는 항목도 있다. 맥피는 심지어 친구들의 낚시 데이터까지 기록한다.

프레이저는 이렇게 말했다. "내가 '이런, 3년 전에 민물청어 낚시 갔을 때 제가 몇 마리나 잡았었죠?' 하면, 그분이 마릿수를 알려주시죠."

"주어진 하루 동안 바위 위로 흐르는 강물의 수량이 몇 세제곱갤런인지까지 아세요." 렘닉은 말했다. (이에 대해 맥피에게 묻자, 그는 세제곱갤런이 아니라 초당 세제곱피트라고 부드럽게 바로잡아주었다.)

최근 맥피는 어깨 부상에서 회복하기 위해 몇 달간 강도 높은 재활치료를 받았다. 다음 낚시 철에 낚싯대를 던질 수 있는 몸 상태를 갖추기 위해서였다. 그렇게 다음 낚시 철이 왔을 때, 그는 만반의 준비가 되어 있었다.

"캐나다에 가서 연어 일곱 마리를 잡으셨어요." 프레이저가 말했다. "뭐, 그렇게 해야 연어 일곱 마리를 잡을 수 있겠죠."

프린스턴을 떠날 채비를 하면서, 나는 존 맥피의 책들을 조수석에 쌓아올렸다. 책이 너무 많았던 탓에 내 차는 그 책들을 사람으로 착각하고 안전벨트를 안 맸다며 미친 듯이 경고음을 울려댔다. 작별 인사에 앞서, 맥피는 내게 가는 길을 일러주기 시작했다. 그러다가 휴대전화 내비게이션이 있다는 걸 떠올렸다. 그러고 보니 내가 왔던 길이 궁금해진 모양이었다. 그는 내게 프린스턴까지 어떻게 왔느냐고 물었다. 몇 번 도로를 탔나요? 어느 길로 운전해 왔어요? 그는 내 휴대전화가 방향 지시 문제를 어떻게 해결했는지, 기계의 길 안내가 사람의 길 안내와 어떻게 달랐는지를 궁금해했다.

나는 유감스럽게도 잘 모르겠다고 털어놓았다. 실은 거의 주의를 기울이지 않았다. 그냥 컴퓨터를 믿고 매번 시키는 대로 좌회전하고 우회전했을 뿐, 운전하는 내내 이런저런 백일몽에 잠겨 있었다.

내 대답은 존 맥피를 만족시키지 못했다. 그는 내가 어느 경로로 왔는지 알고 싶어했다. 정말 아무것도 기억이 안 나는 걸까?

나는 급수탑을 지나쳤던 게 기억난다고 말했다. 어느 지점엔가 저수지가 있었던 것도 같았다. 기억을 더듬어보았다. '안개 지역'이라는 표지판이 있었고, 그걸 지나자마자 마치 표지판이 안개를 불러오기라도 한 것처럼 온 사방이 뿌옇게 변했다. 라디오에서 클레이 피전이라는 디제이가 했던 말도 기억났다. 과학자들이 19세기의 달리는 말 필름 파일을 암호화하여 살아 있는 세포에 저장하는 데 성공했다는 소식이었다. 어느 지점에서 차가 막히자 내비게이션은 경로를 변경해 나를 뒷길로 안내했다. 아주 오래된 돌집, 존슨 앤드 존슨 본사, '사월랜드'라는 이름의 공원도 기억났다.

맥피는 이런 단편적인 정보들을 토대로 내 경로를 역산해낼 수 있었다.

"아주 흥미롭군요." 그가 말했다. "내가 알려주려고 했던 길과는 다르네요."

샘 앤더슨

이 글은 Sam Anderson, The Mind of John McPhee: A deeply private writer reveals his obsessive process, *The New York Times Magazine*, September 28, 2017의 전문을 옮긴 것으로, 존 맥피와 샘 앤더슨의 허락하에 한국어판에만 실렸다. 샘 앤더슨은 『뉴욕 매거진』과 『슬레이트』에 글을 기고했고, 현재는 『뉴욕타임스 매거진』 전속 필자로 있다.

차례

$$\frac{A\ B\ C}{D}$$

1960년대 말, 나는 나소가에 작업실을 얻어 일하고 있었다. 네이선 캐스럴이라는 검안사의 가게에서 계단을 올라가면 바로 위층에 있는 방이었다. 길 건너편에는 프린스턴대학교 중앙도서관이, 복도 건너편에는 스웨덴식 마사지 숍이 있었다. 은퇴를 앞둔 오스트리아인 커플이 운영하며 수십 년간 그 자리를 지켜온 이곳은 합법적인 가게였다. 그들은 미식축구 선수부터 고령의 관절염 환자까지 모두를 마사지했고 섹스는 제공하지 않았다. 하지만 그때는 마사지가 섹스의 동의어가 되어버린 시대였으므로, 거의 매일 저녁이면—글쓰기를 회피하고자 창밖으로 지나가는 사람들을 내다보고 있자면—양복을 입은 남자들이 멈추어 서서 머뭇거리다가 주위를 둘러본 뒤 계단 발치의 유리문으로 다가오는 광경을 볼 수 있었다. 결국 이 오스트리아인들은 '스웨덴식 마사지'라는 문구를 유리문에서 긁어내고, 밤에 퇴근할 때 걷어갈 수 있는 걸개식 팻말로 바꾸어야 했다. 그래도 남자들은 꾸준히 계단 꼭대기까지 올라왔는데, 2층에는 어느 문에도 간판이 없었다. 그들이 내 방문을 두드려 문을 열어주면, 기대했던 풍만한 스웨덴 여자가 키 작고 수염 난 남자로 바뀌는 순간 그들의 표정도 급격히 흙빛으로 바뀌곤 했다.

이런 환경에서 나는 서로 연관된 세 편의 기사를 썼고, 이 글들은 『대사제와의 조우Encounters with the Archdruid』라는 제목의 책으로 엮여 나왔다. 나는 큼직한 블록체로 'ABC/D'라고 적어놓은 종이를 오래전부터 게시판에 핀으로 고정해둔 터였다. 이 글자들은 글 한 편의 구조를 가리키는 것이었는데, 이걸 벽에 붙일 때는 글의 테마가 뭔지, 분모인 D는 고사하고 A나 B나 C가 누구인지에 대해서도 아무런 생각이 없었다. 이들이 실제 인물이고 실제 장소에서 이들을 만나게 되리라는 것만은 확실했지만, 애초에 그 외엔 모든 게 추상적이었다.

원래 집필 작업은 이런 식으로 시작되지 않는다는 걸 말해둬야겠다. 먼저 어떤 주제를 가지고 시작해서 자료를 모으고 거기서부터 구조를 잡아가는 것이 맞다. 노트를 잔뜩 쌓아올린 다음 이걸 가지고 뭘 할지를 생각하지, 그 반대가 아니다. 에드거 앨런 포는 1846년 『그레이엄스 매거진Graham's Magazine』에 발표한 「작법의 철학The Philosophy of Composition」이라는 에세이에서 시 「갈까마귀」를 구상하고 최종적으로 집필하기까지 어떤 사고 단계를 거쳤는지 설명했다. 착안은 추상에서 시작되었다. 그는 칙칙하고 구슬프고 애절하고 우울에 잠긴 어조로 무언가를 쓰고 싶었지만 그것이 뭔지는 몰랐다. 그는 이것이 반복적이어야 하고 한 단어로 된 후렴구가 있어야 한다고 생각했다. 어떤 모음이 이 목표에 가장 알맞은지를 자문해보았다. 그리고 장음 'o'를 골랐다. 여기에 어떤 자음을 조합해야 애절하고 우울한 분위기가 날까? 고심 끝에 'r'로 정했다. 모음 'o'와 자음 'r'. 로어Lore. 코어Core. 도어Door. 레노어Lenore. 갈까마귀가 가로되, '네버모어Nevermore'. 실제로 그는 '네버모어'가 자기 머리를 스친 첫 번째 단어였다고 말했다. 이 에세이에 얼마나 많은 멋진 진실이 담겨 있는지는 독자가 판단할 몫이다.

그럼에도, 벽에 'ABC/D'라고 적어 붙였을 때 나는 그와 비슷한 일을 하고 있었다. 처음에는 『타임』에서, 그 뒤에는 『뉴요커』에서—정의상 한 편의 글로 한 명의 인물을 심층 묘사하는—'프로파일profile' 기사를 쓴 지 10년이 넘은 터였다. 『타임』에서는 연예계 인물(리처드 버턴, 소피아 로렌, 바브라 스트라이샌드 등)에 대한 길고 짧은 스케치를 수없이 썼고 『뉴요커』에서는 운동선수, 교장, 미술사학자, 야생 음식 전문가 등에 대한 더 긴 기사를 썼다. 그렇게 10년을 보내고 나니 이제 솟아오르고픈 욕구가, 아니 적어도 영영 바퀴자국으로 굳어질지도 모를 고랑에서 벗어나고픈 생각이 좀 간절해졌다.

한 개인의 프로파일을 준비하기 위한 취재 과정은 다음과 같이 생겼다.

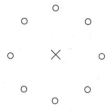

여기서 X는 내가 주로 이야기를 나누고 함께 시간을 보내고 관찰해서 글을 쓰고자 하는 인물이다. O는 X의 삶과 경력을 조명해줄 수 있는 사람들과의 부가 인터뷰를 가리킨다. X의 친구, 모친, 옛 은사, 팀 동료, 직장 동료, 부하 직원, 적, 아무나, 어찌됐든 많을수록 좋다. O가 쌓이면 삼각확인triangulation이 가능해진다. 즉 사실을 다른 사실과 대조해서 확인하고 근거가 불확실한 정보들을 제거할 수 있게 된다. 마크 싱어나 브록 브라우어 같은 작가들은 말하기를, 맞은편에서 오는 자기 자신과 마주치면 그때가 비로소 부가 인터뷰를 충분히 했음을 알 수 있는 시점이라고 한다.

그래서, 이렇게 10년간 프로파일을 쓰고 기존의 양식이 슬슬 갑갑하게 느껴질 무렵, 나는 다음과 같은 과정을 거쳐 두 명을 엮은 프로파

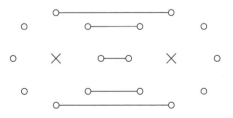

일을 쏟 궁리를 했다.

둘 사이의 울림 가운데서 어쩌면 새로운 차원이 발전할지도 모른다. 어쩌면 맞은편에서 오는 나 자신과 두 번 마주칠지도 모르는 일이다. 아니면 네 번. 무슨 일이 일어날지 누가 알랴? 어쨌든 1 더하기 1이 2보다 더 커야 한다.

그렇다면 누구? 어떤 두 사람을 고를까? 나는 다양한 조합을 궁리했다. 배우와 연출가, 투수와 감독, 무용가와 안무가, 유명 건축가와 크게 성공한 고집 센 클라이언트, 1 더하기 1은 2.6. 아직 결정을 못 내리고 있던 어느 날, 나는 CBS에서 제1회 US 오픈 테니스 챔피언십의 남자 준결승전을 우연히 보게 되었다. 각각 25세와 24세인 두 미국인 선수의 대결이었다. 한 명은 백인이고 다른 한 명은 흑인이었다. 한 명은 리치먼드 시내의 공영 체육공원 옆에서 성장했고, 다른 한 명은 클리블랜드에서 가장 부유한 교외에 위치한 윔블던가에서 성장했다. 그들 정도 수준의 테니스 선수는 극소수이므로—또 이들이 맞붙는 장소들이 전국적으로 매우 잘 조직되어 있으므로—두 사람은 열한 살 때부터 서로를 잘 알았을 터였다. 나는 이 조합과 그 가능성에 대해 대략 3주 동안 계속 궁리한 끝에, 경기 자체를 기사의 골조 겸 그릇으로 삼아 이중 인물 기사portrait를 시도해보기로 했다. CBS의 경기 녹화 테이프 사본이 없으면 이 일을 할 수 없을 터였다. 그 시절에는 테이프를 따로 보관하지 않고 재사용했다. 그래서 키네스코프라는 것—텔레비전 모니터를 16밀리미터 필름에 녹화하는 방식—으로 복사를 해야 했다.

나는 『뉴요커』의 편집장인 윌리엄 숀*에게 키네스코프 비용을 지원해 달라고 요청했다. "좋습니다", 그는 한숨을 쉬면서 대답했다. "그러시죠." CBS에 전화를 걸자 그쪽에서 받은 사람이 말했다. "아슬아슬하게 전화하셨네요. 그 테이프 오늘 오후에 삭제될 예정이었거든요."

「게임의 레벨Levels of the Game」이라는 제목의 이중 프로파일 기사를 써낸 뒤 내 포부는 한 단계 도약했다. 두 명이 된다고 하면, 네 명을 넣어서 복잡한 글 한 편을 써내지 못할 이유가 있을까? 블록체로 알파벳을 써서 게시판에 붙인 건 바로 이 무렵이었다. A, B, C는 서로 분리된 인물이지만 이들 모두가 D와 상호작용한다는 구상이었다. 좋다. 하지만 이들을 누구로 할 것인가? 다 지나고서 하는 얘기지만, 내가 추상적 골격으로부터 시작해서 소재를 찾는 방식으로 작업한 글은 지금 이야기하는 이 두 프로젝트—1 더하기 1은 2,6과 ABC/D—로 끝이었다. 갈까마귀의 말마따나 "더 이상은 없었다Nevermore". 어쨌든, 이 4자 프로파일에는 아직 테마가 없었다. 누구에 대해 쓸 것인가?

내가 (개중에서도) 『노두Outcroppings』라는 발췌집의 서문에서 지적했듯이, 특정한 주제의 선택을 놓고 일반적으로 던져지는 질문은 다음과 같다. 공존하는 다른 모든 가능성을 제치고 왜 군이 이것을 택하게 될까? 실제 인물과 실제 장소에 대해 글을 쓰는 데 관심 있는 누군가가 하필 그 특정한 인물, 그 특정한 장소를 택하는 이유는 뭘까? 논픽션

---

*William Shawn, 1907-1992, 1952년부터 1987년까지 『뉴요커』 편집장을 지냈다.

기획의 아이디어는 무궁무진하다. 그야말로 끝없이 흘러나와 우리 곁을 스쳐간다. 한 아이디어를 한 편의 글로 바꾸는 데 한 달, 열 달, 아니 몇 년이 걸릴 수도 있는 상황에서, 무엇이 이 선택을 좌우할까? 한번은 20-30년간 쓴 모든 글의 목록을 작성하고, 그중에서 내가 대학에 들어가기 전까지의 관심사와 연관되는 주제를 다룬 글에 체크 표시를 해보았다. 90퍼센트가 넘었다.

내 아버지는 프린스턴대 소속 운동선수들의 부상을 치료하는 의사였다. 또 몇 번은 미국 올림픽 대표팀의 주치의 자격으로 해외에 나가기도 했다. 내가 아주 어렸을 때 아버지는 버몬트에서 열리는 소년 캠프의 주치의로 매년 여름을 보냈다. 키웨이딘이라고 하는 이 캠프는 숲속의 교실이었다. 캠프는 카누 여행에 특화되어 있었고, 생태학이라는 단어가 아직 식물 군락의 지하부와 지상부 간 관계를 뜻하던 시절에 지금 우리가 쓰는 현대적인 의미의 생태학을 가르쳤다. 나는 여섯 살부터 스무 살까지 여기서 성장했고 나중에는 카누 팀을 인솔했다. 캠프에서, 그리고 집에서 다니던 고교 팀에서 농구와 테니스도 했다. 그러면서도 내가 장래에 쓰게 될 글의 뼈대를 올리고 있다는 생각은 꿈에도 하지 못했다. 1년 사계절을 야생에서 보내는 여행을 꿈꾸면서도, 이것이 결국 브룩스산맥으로, 유콘타나나 비슷한 지형으로, 네바다의 배 모양 능선과 와이오밍의 라라미드산맥으로, 하물며 D에다 C까지 동반한 그랜드캐니언 급류 탐험으로 이어지리라고는 물론 상상도 못 했다.

나는 1960년대에 아직 초기 단계에 있던 환경운동을 ABC/D의 주제로 정했다. 한 환경운동가를 세 명의 천적과 맞붙인다는 구상이었다. 말이야 쉽지 실행하는 건 다른 문제였다. 나는 이 사람들을 누구로 할지 아직 감도 못 잡고 있었다. 사실 그들의 이름이 마법처럼 홀연히 내 눈앞에 나타났다 해도 전혀 알아보지 못했을 것이다. 나는 도움을 구하기 위해 친구인 존 코프먼이 있는 워싱턴으로 향했다. 나와 함께 학교에서 가르친 인연이 있는 그는 국립공원청에서 기획관으로 일하고 있었다. 케이프코드 국립해안과 '북극의 문Gates of the Arctic' 국립공원이 그의 연구 결과로 탄생한 역작 가운데 일부다. 우리는 그의 동료 및 친구 들과 함께 우선 D에 들어갈 수 있는 인물의 명단을 뽑아보았다. 우리가 찾는 사람은 '야생동물 생태학의 아버지'인 고故 알도 레오폴드와 비슷한 범주의 인물이었다. 그가 쓴 『모래 군의 열두 달』은 200만 부가 팔린 바 있다. 하지만 그는 더없이 상식적인 인물이었고 그 밖의 주요 환경운동가들도 마찬가지였는데, 단 한 명의 까칠한 예외가 있었다. 시에라클럽의 회장인 데이비드 브라우어는, 코프먼과 동료들 말에 의하면 「모세오경」의 예언자 같은 백발을 휘날리며 거침없고 비타협적이고 일방향적으로 사고하는 사람이었다. 나는 지역번호 415*로 시작되는 그의 전화번호로 전화를 걸었다. 며칠 뒤 그가 전화를 걸어와 수락했다. 반면에—세 명의 천적인—A, B, C는 쉽게 찾아낼 수 있었고 그

---

* 샌프란시스코와 그 주변 지역에 해당된다.

중에서 고르는 게 문제였다. 우리는 브라우어의 의견을 전혀 구하지 않고 열일곱 명의 명단을 뽑았다. 몇 달 뒤 이 명단은 셋으로 압축되었고, 그중 한 명이 미국 국토개발국장 플로이드 도미니였다. 그는 서부에 거대한 댐을 여럿 건설한 매우 거친 서부 사나이였다. 젊었을 때 와이오밍 주의 농촌지도원으로 일하며 매년 가뭄에 시달리는 목장주들을 옆에서 도와봤던 그는 인공 저수를 깊이 신뢰했다. 그는 애리조나부터 알래스카까지 이르는 댐 후보지들을 놓고 의회청문회에서 데이비드 브라우어와 맞붙었는데, 간혹 브라우어가 그를 이길 때도 있었다. 도미니는 브라우어를 "이기적인 보존론자"로 치부했다. 초반 인터뷰는 내무부에 있는 그의 사무실에서 이루어졌는데, 당시 그는 이렇게 말했다. "데이비드 브라우어는 날 보면 배알이 뒤틀리지. 왜냐? 나는 배알이 **있거든**." 최종 원고상으로 이 대화가 마무리되는 대목에서 도미니는 이렇게 말했다.

"브라우어하고는 대화가 안 돼요. 염병할 어처구니없는 인간이라니까. 논리적으로 설득조차 안 돼. 시카고에서 언쟁을 한 적이 있는데 무서워서 벌벌 떨더군. 한번은 의회청문회 끝나고 그자의 사실 왜곡을 비판하니까 한다는 말이, '사랑과 전쟁에서는 무슨 짓이든 옳다'는 거야. 하느님 맙소사. 또 다른 청문회 때는 내가 이랬어. 당신, 지금 스스로 무슨 말을 하는지 모른다, 내가 직접 보여줄 수 있으면 원이 없겠다, 언제 나랑 같이 그랜드캐니언에 가자. 그러니까 이러더군. '그 말씀

잘 넣어두시오. 어쩌면 갈지도 모르니.' 셰넌도어의 내 농장에, 딱 데이
비드 브라우어를 연상시키는 황소 한 마리가 있었어요. 그놈을 트럭에
태우질 못해서 2년 내리 시장엘 못 데려갔다니까. 고집이 보통이 아니
라 아무도 그 자식을 우리에 가둘 수 없었지. 그 빌어먹을 놈을 트럭에
태웠더니 유도 통로를 부수고 도망치더라고. 할 수 없이 녀석을 그냥
살찌워가지고 농장에서 바로 도축했지. 내가 머리에 총을 쏴서 손수
잡았소. 그게 녀석을 처리할 수 있는 유일한 방법이었소."

"국장님", 내가 말했다. "만약 데이비드 브라우어가 고무보트를 타
고 콜로라도강을 거슬러 내려간다면, 국장님도 거기 타시겠어요?"

"그야 당연하지", 그가 대답했다. "물론이오."

이렇게 해서 C 더하기 D가―『대사제와의 조우』의 기본 구상이―
성사되었다. 여기에 A와 B(광산 지질학자인 찰스 파크와 리조트 개발업자
인 찰스 프레이저)를 더하여 세 파트로 구성된 네 명의 프로파일이, 1+1
프로파일에 거의 맞먹을 만큼 잘 뽑혀나왔다. 그래서 나는 병리가 기
하급수적으로 증가할 위험을 무릅쓰고 여섯 명의 프로파일을 궁리하
기 시작했다. 일곱 번째 인물을 첫 번째 프로파일에 미미하게 등장시
키고, 두 번째에는 좀더 많이, 세 번째에는 더 많이 넣는 식으로 조금
씩 비중을 늘려가며, 하지만 각 프로파일의 주요 인물보다는 항상 더
낮은 비중으로 네 번째, 다섯 번째, 여섯 번째 프로파일에 등장시킨 뒤,
일곱 번째이자 마지막 프로파일에서 중심인물로 세운다는 구상이었

다. 하지만 나는 이 환상의 구조물을 슬그머니 포기했다. 언젠가 미스터 숀의 사무실에 불려가, 뉴욕에서 병원을 운영하는 데 드는 비용을 첫 반창고부터 마지막 요강 하나까지 샅샅이 파헤쳐달라는 제안을 받았을 때도 바로 그렇게 뒷걸음쳐서 물러나왔던 것 같다. 티나 브라운은 『뉴요커』 편집장으로 취임한 첫해에 내게 하던 일을 잠시 접고 믈라카 해협의 살인 사건에 대해 써달라고 제안했다. 나는 거절했다. 『뉴요커』에서 주제를 정해놓고 내게 기사를 청탁한 것은 반세기 동안 이 두 번이 전부였다.

독자들은 제안에 거리낌이 없는데, 이런 제안은 비록 훌륭하지만 필자보다는 독자의 관심사를 더 반영하는 주제일 때가 많다. 앤디 체이스라는 선원은 심각한 쇠퇴 위기에 놓인 미국 상선단에 대해 설명하고 그것의 현재적·역사적 중요성을 역설한 편지를 유조선 갑판에서 내게 써 보냈다(하품). 이어서 내가 상선단의 운명에 털끝만큼도 관심이 없는 줄 잘 알지만, 상선 수부들과 함께 바다에 나와본다면 내가 묘사하고 싶어할 만한 거침없는 인물들을 만날 수 있을 것이라고도 했다. 그가 상륙했을 때 나는 메인주에 있는 그의 집엘 찾아갔고 정신을 차려보니 한나절 내내 노트를 휘갈기고 있었다. 또 얼마 후에는 그와 함께 뱃일을 구하러 뉴욕, 찰스턴, 서배너의 노조 회관을 찾아다니고 있었다. 그 결과물인 『배를 찾아서Looking for a Ship』가 출간된 뒤, 역시 일면식도 없는 한 트럭 운전사로부터 편지가 왔다. 화학제품을 운반하는 탱크로리의 차주인 그는 이렇게 썼다. "당신이 그 사람들과 바다에 나갈 수 있다면 우리와 함께 도로에도 나와봐야 할걸요." 나는 답장을 써 보냈다. "하시는 일에 대해 알려주시죠." 그는 탱크로리 내부를 세차하는 틈을 타 자기가 무엇을 싣고 어디로 가는지를 사무용지 일곱 장에 적어 보냈다. 나는 그와 실제로 만나지는 않고 5년간 서신을 교환했다. 그러다 마침내 조지아주 뱅크헤드에서 그의 트럭에 올라타는 날이 왔다. 그는 나를 보자마자 대뜸 이렇게 말했다. "이거 잘 안 될 수도 있겠죠. 안 되더라도 충분히 이해합니다. 그냥 말씀만 하시면 가는 길에 있는 아무 공항에나 내려드릴게요." 나는 그와 함께 미 대륙을 횡단한 뒤 워싱턴주 터코마에서 내렸다. 평생 내 우편함에 도달한 일반 독자의 훌륭한 제안들 가운데 내가 실행에 옮긴 것은 이 두 건뿐이다.

아이디어는 내가 찾는 그곳에 있다. 한편 존 코프먼은 마치 푸아그라를 만들듯이 내게 아이디어를 퍼 먹이고 있었다. 존도 뉴햄프셔 북부에서 매년 여름 카누를 타며 성장했다. 우리는 공통된 관심사가 너무나 많았기에 결국은 그의 아이디어에 전체 혹은 일부분을 빚진 책이 내 전작全作의 약 20퍼센트—그중에서도 『대사제와의 조우』『나무껍질 카누의 생존The Survival of the Bark Canoe』『그 땅으로 들어가며Coming into the Country』—에 이르게 되었다. 하지만 그보다는, 한 편의 글에서 또 다른 새로운 글이 돋아나 뿌리줄기처럼 지면에 얽힌 연결점들을 향해 움직이는 일이 더 많다. 이러한 연쇄 중 하나에 시동을 걸면, 그것은 놀라운 방식으로 타래를 펼쳐 결국 어느 예기치 않은 장소에 가닿게 된다.

데이비드 브라우어와 함께 보낸 해인 1969년의 어느 날, 그는 버클리의 삼나무 집에서 캘리포니아주 북부에 위치한 유리카로 날아가 레드우드 국립공원 내 레이디버드존슨 숲의 개장식에 참석했다. 그는 나를 데리고 갔다. 우리는 나무들이 열주를 이룬 그늘진 숲에서 삼나무 칩으로 포장된 신설 차도를 따라 터벅터벅 걸었다. 이따금 검은 리무진이 우리를 추월하여 느릿하게 지나쳐 갔다. 검은 양복을 입은 경호원들이 리무진 옆을 걸어서 따라갔다. 고사리 수풀 위로는 초현실적이게도 빨간 전화기가 길을 따라 일정한 간격으로 설치되어 있었다. 삼나무 다리로 받친 삼나무 탁자 위에 지붕도 없이 한 대씩 놓인 이 탁상용 유선 전화기는 무게 1.3킬로그램짜리 버튼식 골동품 전화기였다. 참석자 대부분은 숲까지 걸어갔지만, 미국 대통령, 그 직전에 재임한 미국 대통령, 장래의 미국 대통령, 조지 머피 상원의원, 빌리 그레이엄, 그리고 레이디 버드와 팻과 낸시*는 리무진에 몸을 싣고 삼나무 칩 도로 위로 미끄러지듯 지나갔다. 식이 거행된 삼나무 단상의 높이도 이 경관 속에서 대통령을 그리 돋보이게 해주지는 못했다. 캘리포니아 주지사 레이건은 듣기 좋은 환영사만 읊을 뿐 삼나무는 한 그루만 보면 다 본 거나 다름없다는 그의 확고한 견해는 입 밖에 내지 않았다. 리처드 닉슨은 할 말이 많았지만 그 대부분은 린든 존슨의 귀에 가닿지 않았다. 단상 위에 앉아 꾸벅꾸벅 졸던 그는 급기야 입이 골프공보다 더 크게 벌어질 정도로 깊이 잠들었다.

---

*순서대로 린든 존슨, 리처드 닉슨, 로널드 레이건의 영부인이다.

식이 끝나고 유리카 공항에 갔을 때, 브라우어는 샌프란시스코행 비행기를 기다리는 긴 줄에서 우연히 우리 뒤에 서게 된 조지 하트조그 국립공원청장을 내게 소개시켜주었다. 그는 브라우어에게 요즘 아칸소주의 버펄로강에 특히 관심이 있다고 말했다. 공병대나 개발업자나 주정부가 이 강을 더럽히기 전에 먼저 찜하고 싶기 때문이라고 했다. 그는 버펄로강이 이 나라 최초의 국립 하천이 되길 바랐다. 그래서 이제는 수도 인근의 천변에서 하는 것 말고는 낚시할 시간이 거의 없지만, 버펄로에서 며칠을 보내며 강을 둘러볼까 생각 중이라고 했다. 낚시에 대한 브라우어의 흥미는 인공 저수에 그가 보인 흥미와 비슷한 수준이었다. 하지만 내 입에서 "저도 데려가주시겠어요?" 하는 말이 불쑥 튀어나왔을 때는 나 자신도 화들짝 놀랐다(나는 공포증에 가까울 정도로 숫기가 없기 때문이다).

그는 수락했다. 또 『뉴요커』 '프로파일'의 소재가 되는 데도 동의했다. 그의 친구인 토니 뷰퍼드도 함께 왔다. 안타깝게도 버펄로강은 정상 수위보다 1.2미터나 높게 불어 있어서 조황이 부진했는데, 이에 대한 두 친구의 반응은 극과 극이었다. 뷰퍼드는 미주리주의 독학한 변호사로 맥주 회사 앤호이저부시의 총괄법률고문이 되었고, 미주리주 동남부에 위치한 자신의 목장에서 쿼터호스*를 사육하고 있었다. 하트조그는 사우스캐롤라이나주 스모크스의 빈한한 가정에서 성장해 전도

---

*quarter horse, 미국의 단거리 경주마 품종.

사 자격증을 땄고, 역시 독학으로 법률을 공부하여 사우스캐롤라이나 주 변호사 시험을 통과했다. 그와 뷰퍼드는 하트조그가 '서부로 향하는 관문Gateway to the West'—에이로 사리넌 아치—의 시공을 위해 공원청 경비대장으로 세인트루이스에 주재 중일 때 친구가 되었다. 하트조그가 이 아치의 발주처인 국립공원청의 실질적인 현장 대표였기에, 오늘날 이곳에 가서 그 꼭대기에 올라가고 싶은 사람은 '조지 B. 하트조그 탐방객 안내소'에서 티켓을 구입할 수 있을 것이다.

하트조그는 15년간 잠자고 있던 기획안을 깨워 세인트루이스의 거대 아치를 건설한 공로자였다. 이 아치의 내력을 아는 이들은 하트조그가 없었다면 아치도 없었을 것이라고 말한다. 공원경찰인 하트조그는 세인트루이스의 영웅이지만, 지금 이 순간 토니 뷰퍼드에게 그는 영웅이 아니다. "염병할, 조지, 이 강은 틀려먹었어. 이따위 강에서 낚시를 한다는 건 무의미해. 고기가 안 낚이잖아."

하트조그는 애정 어린 연민이 깃든 표정으로 한동안 뷰퍼드를 쳐다보더니 이렇게 말한다. "토니, 낚시란 항상 좋은 거야." 두 친구의 근본적인 차이라면, 뷰퍼드는 공격적인 낚시꾼이고 하트조그는 수동적인 낚시꾼이라는 것이다. 뷰퍼드의 앞에는, 그의 소형 보트 앞갑판 위에는 대형 극장용 오르간의 건반처럼 생긴 3단 태클박스가 펼쳐져 있다.

고기가 안 낚이는 많은 시간을, 뷰퍼드는 매년 뉴멕시코주 루이도소에서 열리는 쿼터호스 2세마 경주 대회인 '올 아메리칸 퓨처러티 All American Futurity'에 대한 이야기로 때웠다. 그는 이 대회를 목표로 브리더로서 노력을 경주하고 있었다. 대회 상금은 켄터키 더비, 프리크니스, 벨몬트 스테이크스의 상금을 합친 것보다 거의 두 배나 더 많았는데, 쿼터호스 브리더 사이에서 도는 일종의 행운의 편지를 통해 걷어서 충당했다. 1세마 1000여 두의 조기 등록비, 몇 개월에 한 번씩 납부할 때마다 마치 재산세처럼 (하지만 그보다 더 빠르게) 거듭 인상되는 회비 등이 여기에 포함되었다. "뉴멕시코로 와서 이걸 쓰셔야 됩니다." 뷰퍼드는 내게 이렇게 말했다. 그리고 좀 이따 똑같은 말을 또 했다. 그때 나는 말과 얼룩말도 구분할 줄 몰랐다. 그는 했던 말을 좀 이따가 또 하고—야영지에 와서도 강에서 했던 말을—계속 되풀이하며 종용했다. "뉴멕시코로 와서 올 아메리칸에 대해 쓰셔야 된다니까요."

정작 내가 아내 욜란다 휘트먼과 함께 루이도소에 갔을 때, 뷰퍼드는 다음번 올 아메리칸 대회에 내보낼 유망한 말이 없어서 출전을 포기하고 집에 틀어박혀 있었다. 우리는 2주간 매일 마사에 들러 어슬렁거렸다. 다행히 욜란다는 코네티컷에서 말을 타며 성장했기에 마사에 갈 때마다 뭐가 어떻게 돌아가고 있는지를 훤히 알았다. 우리는 아칸소주 피리지에서 온 빌 H. 스미스와 급속히 가까워졌다. 그는 오클라호마와 캘리포니아와 텍사스에서 온, 엄청나게 부유한, "텍사스 벨트 버클을 단 개자식들"과 겨루러 왔다고 했다. 사실 이건 빌 H. 스미스가 아니라 경주에 출전한 기수이자 영화에서 그 자신을 연기한 딘 터핏의 몫이었지만 말이다. 쿼터호스는 서러브레드 종보다 훨씬 더 빨라서 그가 게이트를 출발한 지 불과 20초 뒤에 4분의 1마일 레이스가 끝났다. 한 쿼터호스는 시속 45마일을 기록하기도 했다. 1주일 전에 열리는 1차 예선에서 종착 지점에 상관없이 모든 말의 기록을 측정한 뒤 루이도소에서 가장 빠른 말 열 마리를 결선에 내보냈다. 스미스가 가진 말은 캘커타 덱이라는 녀석이었는데, 이 녀석도 결선에 진출했다. 경주를 며칠, 몇 시간 앞두고 나는 모순되는 감정에 휩싸였다. 나는 덱이 빌 H. 스미스를 위해 이겨주길 간절히 바랐다. 동시에 나는 덱이 져주길 더욱 간절히 바랐는데, 그러면 더 훌륭한 글감이 만들어질 터였기 때문이다. 경주를 보기 위해 난간으로 다가가는데 말 그대로 둘로 쪼개질 듯 현기증이 났다.

*

우연히도 이 레벨-대사제-루이도소 연쇄의 막다른 골목에는 한 정거장이 더 있었다. 내 논픽션 기사를 영화화하기 위한 판권 문의 전화가 여러 해에 걸쳐 이따금씩 걸려오곤 했다. 서쪽으로 세 시간대 떨어진 곳에 있는 어느 독립 프로듀서가 방금 『뉴요커』를 읽고서 한밤중에 전화를 걸어오는 경우가 전형적이었다. 이런 전화들이 더 이상 신나지 않은 지는 오래되었다. 나는 이것이 어떠한 결실로도 이어지지 않음을 일찌감치 파악한 터였다. 그 프로듀서가 다음에 들러서 알아볼 곳은 은행이나 스튜디오일 터였고, 이후로는 그로부터 아무런 소식도 들을 수 없었기 때문이다. 그나마 실현에 가장 근접한 건 영화와 텔레비전 시리즈를 둘 다 제작하는 한 프로듀서가 「게임의 레벨」 판권을 샀을 때였다. 뉴욕에서 만났을 때 그는 포리스트힐스의 테니스 주경기장을 대여해서 엑스트라로 가득 채우겠다고 큰소리쳤다. 그는 이곳을 무엇으로도 채우지 못했고 심지어 판권료를 제때 지불하지도 못했다.

「루이도소Ruidoso」가 『뉴요커』에 게재된 뒤 레이 스타크라는 프로듀서에게 전화가 걸려왔고 이번만큼은 뭔가 결실을 맺었다(더 이상은 없었지만). 스타크가 운영하는 '레이스타 프로덕션'은 당시 유명 배우였던 알렉시스 스미스와 월터 매소를 캐스팅하여 「케이시의 그림자Casey's Shadow」(1978)라는 제목의 영화를 실제로 만들었다. 나는 이 영화가 내가 쓴 기사와는 딴판일 것이라고 상상했기 때문에 내 이름을 크레딧에 싣지 말아달라고 요청했다. 「케이시의 그림자」가 프린스턴 외곽 U.S.1의 프린스 극장에서 개봉했을 때 율란다와 나는 아이들을 데리고 영화를 보러 갔다. 우리는 여덟 명의 아이들을 데리고 있었는데, 대부분이 따라왔다. 나는 자리에 앉아서 영화를 보았다. 그리고 평소 습관대로 점점 더 뒤로 기대었고, 영화가 끝날 무렵에는 너무 깊이 가라앉은 나머지 거의 등을 대고 누워 있었다. 매소가 아칸소 대신 루이지애나의 쿼터호스 고장 출신으로 나온 걸 빼면, 이 작품은 내가 쓴 이야기를 거의 바꾸지 않고 그 구조에 충실하게 들려주었다. 어떤 이유에선지 내 주머니에는 이례적인 개수의, 아주 많은 동전이 들어 있었는데, 영화가 상영되는 동안 이 동전들이 흘러나와 컴컴한 극장 바닥으로 떨어졌다. 영화가 끝나고 크레딧이 올라가기 시작하자, 나는 스크린을 등지고 네발로 기면서 동전들을 손으로 더듬어 주웠다. 그때 갑자기 아이들한테서 박수가 터져 나왔다. 내가 1센트, 5센트, 10센트 동전을 주우려고 바닥에 엎드려 좌석 밑을 더듬는 동안, 크레딧에 "이 영화는 존 맥피의 「루이도소」를 원작으로 했음"이라는 문구가 나온 게 틀림없었다.

구조

뒷문 밖 큰 물푸레나무 밑에 피크닉 테이블이 있었다. 1966년의 늦여름, 나는 거의 2주일간 그 위에 누워 나뭇가지와 잎사귀를 올려다보며 두려움과, 공황과 싸웠다. 『뉴요커』에 쓸 글을 어디서부터 어떻게 시작해야 할지 몰랐던 까닭이다. 물론 점심을 먹을 때는 집에 들어갔고 밤에도 당연히 들어갔지만, 그러지 않을 때는 테이블 위에 등을 대고 누워만 있었다. 글의 주제는 뉴저지 남부의 광대한 숲 지대인 파인배런스였다. 나는 약 8개월간 프린스턴에서 이곳을 날마다 차로 오가거나, 슬리핑 백과 소형 텐트를 가져갔다. 계획한 모든 인터뷰를 했다. 숲에 사는 주민, 화재 감시원, 삼림 경비대, 식물학자, 크랜베리를 재배하는 농부, 블루베리를 수확하는 일꾼, 잡화점 주인을 인터뷰했다. 읽으려던 모든 책과 과학 논문과 박사 논문을 읽었다. 사일로 한 채를 거뜬히 채울

만한 자료를 모았는데, 이제 이걸 가지고 뭘 해야 할지 알 수 없었다. 최종적으로 이 글은 약 5000문장 분량이 될 터였지만, 2주 동안 단 한 문장도 쓸 수 없었다. 두려움이 날 가로막았다면 경험 부족 또한 나를 방해했다. 나는 이렇게 많은 이질적 요소—인물, 묘사, 대화, 서사, 세트 피스*, 유머, 역사, 과학 등—를 한 패키지에 담아본 적이 없었다.

　나는 정치 코미디언인 모트 살을 떠올렸다. 6년 전에 쓴 내 첫 『타임』지 커버스토리가 그에 관한 것이었다. 규모는 달랐다. 이 글은 겨우 5000단어였고 케네디-닉슨의 대선 레이스 중에 나온 단순 인물 스케치였지만, 그때 내겐 5000단어도 버거웠다. 녹음 기록을 듣고, 노트를 적고, 『타임』 기자들이 보내온 취재 파일을 요약하고, 자료실에 보관된 옛날 기사 철을 읽고, 책 몇 권을 훑어보기를 겨우 며칠, 나는 뭐가 뭔지 구분이 안 가는 종이 더미에 둘러싸인 채로 그냥 방바닥에 드러누

---

*맥피 자신은 내러티브 논픽션에서의 '세트 피스set piece'가 무엇인지를 두고 한 인터뷰에서 이렇게 설명한 바 있다. "이것은 작가가 글에서 유의미하지만 주된 줄거리는 아닌 무언가에 집중하고 싶을 때 접어들게 되는 상황이다. 다음 설명이 그 예시가 되었으면 한다. 지금 메인주에서의 카누 여행에 대해 쓰는 중이며 페놉스콧강을 타고 앨리개시호나 뭐 기타 지역으로 접어들었다 치자. 이것이 『나무껍질 카누의 생존』의 중심 줄거리다. 호수에서의 첫날밤—혹은 야영지에서의 첫날밤이나 첫 하룻밤이라고 해도 되고, 뭐가 됐든—아비새 한 마리가 호수 위를 맴돌고 있다. 아비새는 노스우즈라는 지역을 절대적으로 상징하는 동물이며, 나는 이 대목에서 잠시 멈추어 지금 호수를 헤엄쳐 다니는 이 아비새뿐만 아니라 아비새라는 동물과 이 새에 얽힌 신화에 대해, 여기 오기 전 아니 몇 달 전이나 몇 년 전 우연히 알게 되었거나 파이어스톤 도서관에서 찾아본 내용에 대한 이야기를 풀고 싶다. 왜냐하면 흥미가 있으니까. 어쨌든 나는 아비새에 대해 아는 게 많고, 가던 길을 멈추고 그 얘기를 하고 싶기 때문에, 전체 여정의 내러티브는 아비새에 대한 논의가 끼어들면서 잠시 중단된다. 이게 바로 세트 피스다. 아비새에 대한 세트 피스." Kerri Arsenault, "Wishing I Were John McPhee," *Literary Hub*, November 15, 2017. https://lithub.com/wishing-i-were-john-mcphee/.

워버렸다. 긴장과 초조감으로 눈물이 날 지경이었다. 절대적 마감 시한
(『뉴요커』에서 일한 50년 동안은 한 번도 맞출 필요가 없었던 조건이다)을 향
해 한 시간, 또 한 시간이 흐르는 동안 내가 짜낼 수 있었던 건 이 한
문장뿐이었다. "그 시민은 모종의 불안감을 품고 있다." 이 시민도 그랬
다. 나를 둘러싼 산더미 같은 자료에 끄적인 것 중 어떤 노트가 그다음
에 와야 할지, 아니—설령 그걸 안다 해도—그 노트가 이 난장판의 어
디에 처박혀 있을지 상상도 할 수 없었다.

1940년대 말 프린스턴고등학교에 다닌 첫 3년간, 나는 올리브 매
키라는 선생님에게 영어를 배웠다. 이 선생님이 임의로 택해서 우리에
게 내준 쓰기 숙제와 읽기 숙제의 비율은 돌이켜보면 이례적이었고, 졸
업반 때 우리를 가르친 선생님의 수업 계획서와는 확연히 달랐다. 매키
선생님은 우리에게 일주일에 세 편씩 글을 쓰게 했다. 그중에 이를테면
추수감사절이 낀 주도 있었으니까 정확히 매주는 아니었다. 하지만 우
리는 3년간 거의 매주 세 편의 글을 썼다. 주제는 뭘 쓰든 자유였지만,
선생님이 처음에 짜라고 일러준 글의 구조적 윤곽을 모든 작문에 첨부
해야 했다. 형식은 상관없었다. 로마 숫자 I, II, III을 붙이는 식으로 해
도 되고, 화살표와 막대기 사람을 그려넣은 구불구불한 낙서도 괜찮
았다. 요는 본격적으로 글의 문장과 단락을 쓰기 전에 우선 어떤 청사
진을 구축해야 한다는 것이었다. 매키 선생님은 연극을 좋아해서(선생
님은 학교에서 연극 지도교사이기도 했다) 수업 시간에 급우들 앞에서 자
기가 쓴 글을 읽게끔 했다. 선생님은 듣는 아이들이 야유하거나 종이

를 뭉쳐서 읽는 사람한테 던지더라도 제지하지 않았고, 물론 아이들은 이 모든 걸 했다. 이 시련의 도가니에서 나는 몸을 숙여 피해가며 글을 낭독하는 법을 숙달했다. 나는 매키 선생님을 사랑했고 이 수업을 사랑했다. 그리하여 12년이 흐른 뒤, 모트 살에게 짓눌려 이 모든 노트와 파일의 수렁에서 허우적대고 있을 때 나는 매키 선생님과 구조가 적힌 종이를 떠올렸고, 죄어오는 마감 시한에도 불구하고 반밤을 새워가며 느릿느릿 자료를 정리하기 시작했다. 주제별로 혹은 시간순으로 정렬한 노트들을 몇 묶음으로 나눈 다음 이 모두를 첫 문장인 "그 시민은 모종의 불안감을 품고 있다" 밑에 보기 좋게 걸리게끔 배치했다. 그런 다음 지금껏 그러듯이 고심 끝에 마지막 문장을 정하고서 다시 도입부로 돌아왔다. 이번 글에서는 코미디언 자신에게 마지막 말을 맡기기로 했다. "내가 닉슨과 케네디의 대결에 대해 숙고한 결과 도출해낸 견해는, 둘 다 승리하지 못한다는 것이다."

피크닉 테이블의 위기는 『뉴요커』 전속 필자staff writer(이 잡지와 친하고 봉급을 받지 않는 프리랜서를 듣기 좋게 지칭하는 용어)가 된 지 햇수로 2년이 다 되어갈 무렵에 찾아왔다. 이 20여 개월 동안 나는 길고 짧은 여섯 편의 글을 넘겼고 편집장인 윌리엄 숀은 그걸 전부 샀다. 대개 이때쯤이면 새로운 글을 쓰는 데 뭔가 자신감이 붙었을 것 같지만, 나는 그러지 못했고 이후로도 마찬가지였다. 시작 단계에서 자신감을 잃는 게 내게는 순리처럼 느껴진다. 전에 쓴 글이 잘 뽑혀 나왔던 건 아무 상관도 없다. 지난번에 쓴 글은 절대로 다음번 글을 대신 써주지 못한다. 첫 칸은 그 제곱과 세제곱이 될 뿐 두 번째 칸이 되어주지 않는다. 마침내, 79세의 파인배런스 토박이로 깊은 숲속 판잣집에 사는 프레드 브라운이라는 인물이 파인배런스 관련 토픽의 최소 4분의 3과 이렇게 저렇게 얽혀 있었고, 그 잡다함이 내 글을 가로막은 주범이었다는 생각이 떠올랐다. 그의 판잣집 현관 흙바닥을 밟고 들어가―"들어오슈, 들어와, 아 들어오라니깐"―처음 만난 장면으로 그를 소개한 다음, 그와 함께 숲 여기저기를 돌아다닌 경험을 풀면서 그때그때 연관되는 테마들을 언급할 수 있을 것이다. 경험상 약 3만 단어까지만 쓰면 나머지는 알아서 이어질 것이었다. 비록 명확하게 다가오지는 않았어도, 이렇게 구성 원칙을 세우니 구조를 거의 완성한 듯한 기분이 들었다. 나는 테이블에서 몸을 일으켰다.

이후로 작업한 모든 프로젝트에서 나는 구조에 집착했고, 40년간 글쓰기를 가르치면서 매키 선생님이 그랬듯 프린스턴의 학생들에게 이것을 주입했다. "강하고 견실하고 교묘한 구조, 독자가 계속 책장을 넘기고 싶게끔 만드는 구조를 세워라. 논픽션의 설득력 있는 구조는 픽션의 스토리라인과 유사하게 독자를 끌어들이는 효과를 낼 수 있다." 기타 등등, 기타 등등.

사실적 글쓰기에서 구조에 접근하는 방식은 저녁때 요리할 재료를 사가지고 슈퍼마켓에서 돌아오는 일과 비슷하다. 부엌 조리대 위에 재료를 늘어놓았을 때 거기 있는 것이 내가 다루어야 할 대상이자 전부다. 그중 빨갛고 둥근 뭔가가 있다 해도 그것이 파프리카라면 토마토인 척하고 써버릴 수 없다. 작문의 구조는 글을 어느 정도 좌우하지만 또 어느 정도는 그렇지 않다. 자유재량이 있으면 흥미로운 선택을 할 수 있다. 『대사제와의 조우』의 주요 참가자 넷과 함께 12개월간 다채롭게 여행한 결과 훨씬 더 복잡한 노트 더미와 마주했을 때를 예로 들 수 있다. ABC/D로 단순화한 개념적 구조에 이제는 내용을 채워 넣어야 했다. 우선 광산 지리학자 찰스 파크와 함께 노스캐스케이드를 여행한 이야기 A, 리조트 개발업자 찰스 프레이저와 함께 조지아섬을 여행한 이야기 B, 거대한 댐을 건설한 플로이드 도미니와 함께 그랜드캐니언의 콜로라도강을 여행한 이야기 C, 이렇게 세 여행기를 세 파트로 들려줄 것이다. D—시에라클럽의 대사제인 데이비드 브라우어—는 이 세 파트에 모두 등장할 터였다. 나머지 세 사람에 대한 전기적 묘사는 물론 해당 파트에 속하지만, 브라우어의 삶에 대한 세부 묘사는 세 기행문의 어디라도 들어갈 수 있었다. 노트 전체의 연구, 분류, 정의, 키워드화가 끝나니 3×5인치 규격의 색인 카드 36장이 만들어져 있었다. 암호나 약호로 표시된 키워드 하나는 이야기의 한 구성 요소를 대표하는 것으로, 카드 한 장에 두세 개의 키워드가 적혀 있었다. 이제 이것들을 순서대로 배열하는 일만 남았다. 어떤 순서로 할까? 우마 두 개로 받친—32제곱인치짜리—표준 규격 합판은 그 시절 내 사무실의 필수 집기 중 하나였다. 나는 합판 위에 카드를 앞면이 위로 오게끔 흩뿌렸다. 글의 특정 부분에 닻을 내린 조각은 배치하기 쉽겠지만, 표류하는 조각은 이 글 자체가 될 터였다. 나는 파인배런스에 대한 글을 쓸 때처럼 2주 동안 이 카드들을 노려보지는 않았지만, 그날 오후 내내 거기서 눈을 떼지 않았다. 그러다 문득 내 시선이 두 장의 카드에 번갈아 놓이고 있음을 깨달았다. 한 장은 '산악인', 다른 한 장은 '업셋 급류'라고 적힌 카드였다. '산악인'은 아무 데나 넣을 수 있었다. 하지만 '업셋 급류'는 강 여행에 속한 부분에 들어가야 했다. 나는 '업셋 급류'가 왼편에 오게끔 두 카드를 나란히 놓았다. 나머지 34장의 카드가 그 주변으로 서서히 모여들면서, 합판 전체에 아무렇게나 흩어져 있던 카드들이 마침내 정연하게 줄지어 놓였다. 이후 여러 달에 걸쳐 글을 쓰는 동안에도 이 배치는 전혀 변하지 않았다.

그랜드캐니언의 콜로라도강에는, 우리가 가져간 강 지도에 "생명의 위험을 무릅써야만 탈 수 있다"라고 명시된 몇 개의 급류가 있었다. 업셋 급류는 그중 하나였다. 우리는 제리 샌더슨이라는 가이드와 함께 네오프렌 보트를 탔다. 유난히 심한 급류를 만나면 규정에 따라 우선 멈추어 그가 정찰한 다음에 전진해야 했다. 브라우어는 그랜드캐니언 중간에 높은 댐을 건설한다는 도미니의 숙원을 놓고 그와 며칠 내내 말다툼을 벌였다. 그들의 싸움이 하루 종일도 모자라 한밤중까지 계속되는 동안 나는 노트를 휘갈겼다. 이제,

　　우리 모두는 보트에서 내려 샌더슨과 함께 급류 가장자리로 걸어　　가보았다. (…) 문제는 광포한 자연의 힘이었다. 오른편 부근에는 깊이　　약 4.5미터에 너비가 몇 미터나 되는 거대한 용소龍沼가 있고, 마치 캐

나다 쪽 나이아가라를 축소한 듯한 폭포수가—초당 수 톤에 달하는 엄청난 물이—그리로 쏟아졌다. 그리고 왼편 끝, 용소 바로 건너편에는 아주 커다란 바위가 흰 격랑을 버티고 우뚝 서 있었다. (…)

"이거 어떻게 할 거야, 제리?"

제리 샌더슨은 우르릉대는 물소리 너머로 말을 전달하기 위해 평소보다 더 큰 소리로 천천히 말했다. "용소 가장자리로 10퍼센트까지만 들어가서 통과해야 돼. 조금이라도 더 들어가면 안으로 빨려들고, 덜 들어가면 바위에 부딪힐 거야."

"밑바닥엔 뭐가 있지, 제리?

"고무보트." 누군가가 말했다.

제리가 썩 웃었다.

"2년 전에 무슨 일이 있었지, 제리?"

"어떤 사람이 네오프렌 폰툰 보트를 타고 지나가다가 바위에 부딪혀서 보트가 두 동강 났는데, 구명조끼가 보트 밧줄에 엉키는 바람에 익사했지……."

우리는 다시 보트를 타고 강으로 들어갔다. 보트가 천천히 돌아 급류를 향해 움직이기 시작했다. "이봐요", 도미니가 말했다. "데이비드는 어딨지? 어이! 우리 일행 한 명을 놓고 왔소. 일행과 떨어졌다고요. 안 탈 건가?" 데이비드 브라우어는 강둑에 남아 있었다. 우리는 강둑에서 이미 12미터나 멀어져 있었다. "아하, 그러면 그렇지, 내가 장담하는데", 도미니는 느릿느릿 말을 이었다. "우리랑 같이 안 오려는 게야."

업셋 급류가 우리를 빨아들였다.

우리가 머리카락을 쭈뼛 세우고서 용소의 1퍼센트를 향해 낙하한 다음 순간—그게 과연 10퍼센트였는지는 하느님만이 알 것이다—보트는 거의 둘로 접혔다.

용소를 무사히 건너 수면 위로 올라왔을 때, 도미니는 아직도 "무려 구명조끼씩이나 입고서 안전한 마른 땅에 서 있는" 저 "대단하신 야외 탐험가"에 대해 떠들고 있었다. 나는 소위 거리를 둔 관찰자 역할을 내팽개치고, 이따 데이비드가 급류를 빙 돌아 걸어 와서 우리와 합류하거든 제발 아무 말도 하지 말고 가만히 있으라고 도미니에게 당부했다. 그는 말했다. "젠장, 내가 그럴 것 같은가? 아니 대체 저 인간은 전쟁 때 뭘 한 거람?" 잔잔한 강둑에 닿았을 때 브라우어는 우리를 기다리고 있었다.

도미니가 말했다. "데이비드, 왜 급류를 안 탄 거요?"
브라우어가 대답했다. "내가 겁쟁이라서."

여기가 '업셋 급류'의 끝이었다. 지면에선 이 뒤에 0.5인치가량의 공백이 삽입되었다. 공백 뒤에 이어지는 내용은 다음과 같다.

『등반가를 위한 시에라 고원 가이드A Climber's Guide to the High

Sierra』(Sierra Club, 1954)에는 데이비드 브라우어가 세계 최초로 등정한 33개의 봉우리가 열거되어 있다. "애로헤드, 1937년 9월 5일 데이비드 R. 브라우어와 리처드 M. 레너드가 최초 등정. (…) 글레이셔포인트, 1939년 5월 28일 라피 베다얀, 데이비드 R. 브라우어, 리처드 M. 레너드가 최초 등정."

새롭게 시작한 이 절에서는 아찔한 바위 절벽과 험준한 화강암 봉우리에 손톱을 의지하여 매달린 채 로프와 피톤만 가지고 암벽을 오르는 일급 등반가로서의 데이비드 브라우어에 대한 묘사가 이어졌다. '업셋 급류'와 '산악인'을 분리한 이 공백은, 내가 볼 때 그냥 공백에 맡기는 편이 훨씬 더 나은 무언가를 말하고 있었다. 이는 용기와 용기 없음, 그리고 어떻게 이 두 가지가 한 인간의 가슴에 공존할 수 있는지를 바이올린의 프레이징 기법으로 표현한 것이었다. 글 쓰는 과정에서 이 단계가 내게 가장 큰 흥미와 몰입과 흥분을 불러일으키는 이유, 그것이 바로 이 두 카드의 병치에 있다. 피크닉 테이블 위에서 2주를 흘려보냈음에도 불구하고 『파인배런스』는 내가 가장 빨리 쓴 글이었다. 『대사제와의 조우』에서는 두 카드를 나란히 놓고 그 주위로 책의 나머지 부분을 짜 넣은 후 글만 쓰면 끝이었지만, 그것도 1년이 넘는 시간이 걸렸다.

*

구조를 세우는 일이 이렇게 간단한 경우는 드물다. 연대기와 테마 사이의 팽팽한 긴장이 거의 항상 존재하며 전통적으로는 연대기가 승리를 거둔다. 이야기는 시간을 따라 한 시점에서 다음 시점으로 흘러가고 싶어하는 반면, 한 사람의 삶에서 이따금 불거지는 토픽들은 자기들을 한군데로 모아달라고 아우성친다. 그들은 마치 지하의 소금처럼 서로를 끌어들여 한몸을 이루고 싶어한다. 하지만 대개는 시간순이 우세하다. 바빌로니아 점토판에 새겨진 대부분의 글이 이런 식으로 쓰였고, 지금도 거의 모든 글이 이런 식으로 쓰인다. 『타임』과 『뉴요커』에서 10년을 보내고 나니 연대기의 압도적 승리에 매번 굴복하는 것이 답답하고 넌더리가 났다. 나는 테마가 지배하는 구조를 열망했다.

1967년 당시 메트로폴리탄미술관 관장으로 갓 부임한 미술사학자 토머스 P. F. 호빙과 몇 주간 인터뷰를 한 뒤, 노트를 점검하던 나는 그의 출생부터 현재까지의 연대기가 여러 테마와 유독 고집스럽게 불화한다는 걸 깨달았다. 일례로 그는 미술품 위조에 대해 굉장히 해박했다. 뉴욕에서의 10대 시절에 그는 이스트 5×번가의 한 미술품상에서 위트릴로, 부댕, 르누아르의 작품들을 보고 이것들이 위작임을 직감했다. 8-10년이 흘러 대학원에 다닐 때는 빈의 한 미술상이 헝가리혁명 와중에 '부다페스트'에서 밀반입했다는 '따끈따끈한' 유화들을 판매하는 걸 보고 잘못된 일이라는 생각에 괴로워하기도 했다. 사실 이것들은 바로 전날 빈에서 제작된 위조품이었다. 훗날 더 현명해진 그는 페르메이르의 초기작 전부를 위조해낸 한 판 메이헤런을 존경하지 않을 수 없었다. 그는 에트루리아 전사상으로 전 세계를 속인 알프레도 피오라반티도 같은 식으로 존경했다. 이 전사상은 위작으로 밝혀질 때까지 메트로폴리탄미술관의 그리스로마관에 진열되어 있었다. 무엇보다도 그는 은제 향로를 복제한 뒤 그 원본에 자신의 연장 자국을 남겨놓은 한 재능 있는 사기꾼의 위트를 인정하게 되었다. 호빙은 위작을 탐지하는 데 도움이 되는 과학 장비의 활용을 연구한 적도 있다. 심지어 위작을 판별하는 법을 배우기 위해 직접 위조 실습을 해보기까지 했다. 위조라는 테마와 관련된 이 모든 것이 삶의 연대기 전체에 흩어져 있었다. 그러면 이 미술과 위조라는 테마를 어떤 식으로 다루어야 할까? 글감에서 연대기와 테마가 충돌하는 그 밖의 많은 예를 어떻게 처리할 것인가? 항상 그렇듯이 연대기를 우선에 놓을까? 나는 그만 포기하고 방향을 반대로 돌렸다. 특히 어느 일요일 아침, 미술관이 아직 '컴컴한' 시간에 호빙과 함께 그 어슴푸레한 공간들을 거닐던 기억을 떠올렸다. 우리는 스물 몇 점의 초상화가 걸린 작은 전시실에 오래 머물렀다. 한 인물에 대한 한 편의 글은, 하나하나가 독특하고 테마적 성격을 띤 각기 다른 몇 점의 초상화처럼 제시될 수 있었다. 주인공의 인생 연대기는 놔두면 알아서 따라올 것이다.

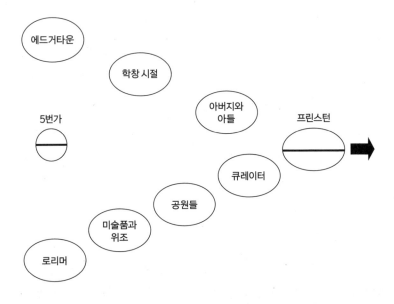

호빙은 좋게 말해도 장래성이 희박한 청년이었다. 일례로 그는 교사에게 주먹질을 하고 엑서터고등학교에서 쫓겨났다. 프린스턴대학교 1학년 성적표에서 그가 받은 가장 호의적인 평가는 "노골적 태만"이었다. 정학 처분당한 망나니 학생이 어떻게 미술사학자이자 세계에서 가장 큰 미술관 중 한 곳의 관장이 되었을까? 나는 이를 묻고 또 이에 답하기 위해 두 갈래가 하나로 수렴되는 구조를 고안했다. 두 갈래가 마침내 만나는 부분은 기나긴 두 개의 문단으로 이루어져 있다. 1번 문단은 개인사를 서술한 갈래와 연관되고 2번 문단은 직업적 경력을 서술한 갈래와 연관되며, 의문에 대한 답은 2번 문단에 있다. 혹은 그것이 내 의도였다.

*

이 시기에 쓴 다른 글들은 다양한 형태의 연대기 구조를 취했다. 그중 가장 충실하게 연대기순을 따른 다음 글에서는 〔주인공과 필자의 배낭여행을 서술한〕 주된 타임라인도 시간순으로 흐르고 이 타임라인에서 가지를 친 〔주인공의 과거 인생과 관련된〕 세트 피스들도 아래 그림에서처럼 왼쪽에서 오른쪽으로, 즉 시간순으로 배열된다.

⟨ 여정—야생에서 먹은 열여섯 끼 ⟩

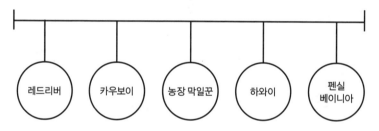

1968년 「채집인Forager」이라는 제목으로 쓴 이 글은 야생 음식 전문가인 유엘 기번스에 관한 프로파일로, 서스쿼해나강과 애팔래치아 트레일을 따라간 카누 배낭여행을 배경으로 이야기를 풀어나갔다.

*

「조지아 여행Travels in Georgia」(1973)은 조지아주에서의 1770킬로미

터에 걸친 여정을 삽화적으로 묘사했는데, 내 생각에 이 이야기는 여행 첫날부터가 아니라 경찰과 악어거북이 등장하는 후반부의 장면에서부터 시작하는 편이 가장 효과적일 듯했다.

〈구조〉

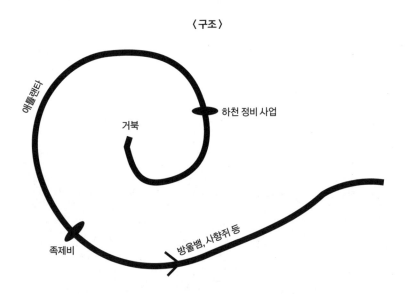

그런 다음에 글은 출발 시점의 회상으로 되돌아간다. 거기서부터 다시 앞으로 나아가, 마침내 거북을 지나쳐, 나머지 사건들을 거치며 계속 전진한다. 논픽션 작가는 연대기의 사실들을 바꿀 순 없지만, 이 야기를 제시하는 데 타당한 방식이라고 판단되면 동사 시제 등 독자를 안내하는 뚜렷한 길잡이를 활용하여 자유롭게 플래시백을 구사할 수 있다.

＊

좀더 상세한 예가 하나 더 있다. 1970년대에 나는 3년에 걸쳐 여름·겨울로 알래스카를 오가며 짧으면 한 달, 길면 석 달씩 그곳을 여행했다. 그 결과 저마다 완결된 구조를 갖춘 세 편의 글이 나왔고, 이 글들은 1977년 『그 땅으로 들어가며』라는 책으로 출간되었다. 그 첫 장인 「포위된 강The Encircled River」에선 알래스카 북극권에서의 카누·카약 여행을 기술했는데, 이 글의 구조를 차례로 한 가지 요소씩 살펴보고자 한다.

17a　18　19　20　21-13　14　15　16　17b

숫자는 달력상의 날짜를 가리킨다. 알래스카 서북부 브룩스산맥 분수령부터 키아나까지 노를 저어 가는 데 며칠이 걸리는지를 보여준다.

북극권 세계의 만물 가운데 가장 인상적으로 다가오는 대상은 바로 그 순환이다. 기상의 순환과 생물의 순환. 연어, 백송어, 카리부, 스라소니, 눈덧신토끼 개체 수의 주기적 진동. 인간의 영향을 받지 않는 순환. 그만의 고유한 방식으로 작동하는 야생의 자연. 계절의 순환, 1년 주기의 순환, 5년, 10년, 100년 주기의 순환. 현재와 과거의 순환. 이런 땅에 대해 글을 쓴다면 순환은 명백히 그 근본적인 테마일 것이다. 우리는 특정한 한 줄의 시간에 걸친 여정을 다루고 있으며, 이 시간

줄은 단순한 숫자열 이상이 될 수 있다. 아마 우리는 이 시간을 구부린 뒤 그 양 끝을 맞대어, 어쩌면 다음과 같은 구조—단지 기발한 구조가 아니라 합당한 구조—를 찾아낼 수도 있을 것이다.

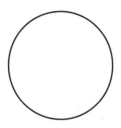

그리고 충분히 타당한 이유로, 글은 여정 첫날이 아닌 바로 여기, 닷새째 날부터 시작된다.

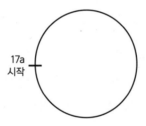

서두는 생략한다. 글은 곧바로 사건의 복판에 뛰어들고, 그 즉시성을 강조하기 위해 현재 시제를 택한다.

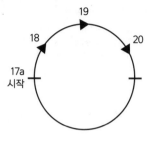

강, 그리고 그 강을 함께 여행하는 다섯 사람과 이 글의 논거 및 테마 들이 소개되는 동안, 보트는 물길을 따라 내려간다. 그러다 갑자기 여행이 끝난다. 어, 뭐지? 아, 이야기는 끝나지 않았다. 여행이 끝난 뒤 플래시백이 이어지기 때문이다.

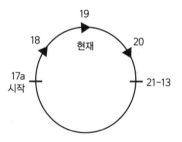

하지만 대부분의 플래시백과는 달리 이 플래시백은 시작점으로 되돌아올 것이다. 순환이 거의 한 바퀴 돌았을 때, 바로 그 순간이 끝이 될 것이다. 이 한 편의 글 자체가—현재 시제로 말하다가 과거 시제로 바뀌면서—순환을 이룬다.

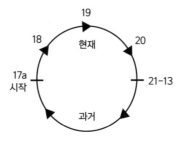

여정의 첫날, 헬리콥터가 우리를 보트와 함께 실어 강의 수원지 부근에 내려놓은 뒤 도보 탐험을 시작했다. 우리 세 사람은 작은 산을 둘러 23킬로미터를 걸었다. 16킬로미터쯤 가서,

　　우리는 분홍바늘꽃 군락을 지났고 다음에는 베어베리 잎이 포도 줏빛으로 물들인 땅을 통과했다. 손에 짙은 보라색 얼룩을 남기는 컬루베리[시로미]도 있었다. 지난겨울의 묵은 늑대 똥이 발에 채였다. 희고 부숭부숭한 똥에는 눈덧신토끼의 털이 가득했다. 근처에는 카리부의 펠릿이 지천으로 널렸고, 언덕을 내려갈수록 블루베리가 점점 더 늘어나 너른 면적에 펼쳐져 있었다. 페들러가 걸음을 멈추었다. 그가 내 팔을 건드렸다. 일순 그의 경계가 평소보다 더 날카로워졌고, 우려하는 기색이 역력했다. 그의 시선은 우리가 가려던 경로를 똑바로 향하고 있었다. 이제 그가 본 것이 내 눈에도 들어왔다. 내 눈에는 털로 덮인 언덕처럼 보였다. "대형 회색곰, 수컷이에요." 페들러가 거의 속삭이듯 말했다. 곰은 우리와 약 100발자국 거리를 두고 들판에서 블루베

리를 뜯는 중이었다. 고개를 처박고 몸통을 불룩 치켜올린 채 풀을 뜯을 때마다 거대한 근육이 늘어났다 수축하며 천천히 진동하는 듯했다. 열매뿐만 아니라 덤불이 통째로 곰의 몸속에 들어갔다. 녀석은 불모지의 회색곰치고는 몸집이 컸다. 알래스카 북극권의 불곰(또는 회색곰. 둘은 이제 더 이상 다른 종으로 취급되지 않는다)은 먹이가 풍부한 다른 지역의 곰들만 한 크기로 자라지 않는다. 불모지 회색곰이 270킬로그램 넘게 성장하는 경우는 드물다. "저놈이 너무 가까이 다가오면 어쩌죠?" 내가 묻자 페들러가 말했다. "그럼 큰일 나는 거죠." "도망쳐도 곧 따라잡힐걸요." 헤시온이 말했다. 회색곰의 달리기 실력은 경주마 못지않으며 지구상에서 가장 빠른 인간보다도 1.5배 더 빠르다. 허리둘레 55인치에 목둘레 30인치가 넘는 거대하고 육중한 언덕이 블루베리 벌판을 어슬렁거리는 광경을 보며 저것이 그런 속도로 움직이는 걸 상상하기란 어려웠지만, 나는 일단 믿었고 그걸 굳이 확인해볼 생각은 꿈에도 없었다.

곰과의 특별한 조우는 아흐레에 걸친 강 여행의 초반부에 일어났다. 이 곰 장면만큼 강렬한 대목이 그 뒤에 나오기란 힘들다 해도 과언이 아니었다. 이 구조에서 하나의 분수령은 이야기가 5분의 3가량 진행된 시점에서 회색곰과의 조우가 일어난다는 것이다. 극적 구조에서 절정이 배치되기에 자연스러운 지점이다.

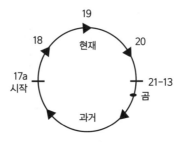

동시에 이는 여행 중 사건이 발생한 바로 그 시점, 그 장소에서 일어난다. 논픽션 작가는 곰을 킹 앞의 폰이나 퀸 옆의 비숍처럼 이리저리로 옮길 수 없다. 하지만 사실에 완벽하게 충실한 구조를 중요하고도 효과적으로 배치할 수는 있다.

우리는 강을 따라 내려간다.

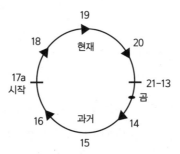

텍스트는 이것이 순환의 테마와 통합되어 있음을 글 도처에서 다양한 방식으로 드러낸다. 다음은 그 초반부의 예다.

16세기에 아메리카 동부에는 (홍수 때를 제외하고) 맑은 물줄기가 흘렀지만, 사람들이 토지 표면에서 식생을 제거하고 작물을 심지 않을 때는 들판을 휴한지로 내버려두기 시작하자 빗물이 토양을 강으로 실어 날랐다. 이 과정은 계속되어, 오늘날 이런 개천들은 계절에 따라 농도만 다를 뿐 초콜릿 빛깔을 띠고 흐르며 그 먼 과거의 모습을—심지어 상상 속에서도—전연 찾아볼 수 없다. 반면에 알래스카의 강은 여전히 16세기, 15세기, 아니 5세기에 머물러 있다. 강은 태곳적부터 그랬듯이 지금도 그 자신과 조화를 이루어 흐른다. 강과 그리로 흘러드는 모든 실개천은 변함없는 자연 상태를 유지한다. 평상시에는 맑고 홍수 때는 탁해지며, 수위는 1년 혹은 여러 해에 걸친 닫힌 순환 속에서 오르락내리락 변동한다. 강의 순환은 인위적 기술이 침범하지 않은 이곳에서 동시다발적으로 일어나며 뒤섞이는 무수한 생물과 기상의 순환 가운데 하나에 불과하다. 과거로부터 현재, 과거를 반영한 현재까지, 이 순환들은 지구의 한 조각을 구성하고 있다. 순환은 정지된 상태가 아니므로, 인간이 오랜 세월에 걸쳐 소집단으로 야생 식량을 잡고 낚고 채집해왔음에도 이를 변화시키지는 못했다는 특수한 의미가 아닌 한, '태초 그대로'의 상태라고 부를 수 없다.

그리고 다음은 후반부에 있는 또 하나의 예다.

이 야생의 고립 속에서 내게 가장 강렬하게 다가온 건 떨칠 수 없는 역설의 감각이었다. 외부인은 여기와 전혀 맞지 않음을 노골적이고도 설득력 있게 부각함으로써, 그것은 난폭하고도 거만하게 나를 튕겨냈다. 하지만—돌고 도는 순환들로 이루어진, 어디서도 볼 수 없는 아름다움으로—그만큼이나 강하게 끌어당겼다. 야생의 땅은 차별하지 않았지만, 이질감 또한 주었다. 때로는 무시무시했지만—그래서 대화재처럼 걷잡을 수 없이 번지는 상상을 진압하기 위해 애를 써야 했지만—또한 생명의 감촉을 증진시키기도 했다. 그것은 자연과의 대결이 아니었다. 자연 그 자체였다.

그리고 끝으로 종반부에서, 고리가 닫히기 직전에 우리는 또 다른 곰과 마주친다.

곰은 짐작건대 네 살 정도로 어렸고 180킬로그램을 겨우 넘는 듯 보였다. 녀석은 강을 건너더니 급류 속의 연어들을 유심히 살폈다. 우리를 보거나 듣거나 냄새 맡지는 못한 듯했다. 우리가 탄 보트 세 척은 서로 바짝 붙은 채 잔잔한 수면 위로 잔물결을 타고, 고기 잡는 곰을 향해 천천히 떠내려갔다.

곰이 연어 한 마리—4.5킬로그램쯤 돼 보이는 놈—를 집더니 한 발에 들고 머리 위로 휘휘 돌리기 시작했다. 확실히 배가 고파 보이진 않았다. 이건 일종의 놀이였다. 곰은 연어 던지기 놀이를 하고 있었다. 녀석은 꼬리 부근에 발톱을 박고 연어를 빙빙 돌려서 높이 던졌다. 연어가 빙글빙글 돌며 솟구쳐 올랐다. 곰은 떨어진 연어를 줍더니 다시 머리 주위로 돌려 재차 올가미 던지듯 허공으로 내던졌다. 그러고는 집어서 다시 한번 높이 던져 올렸다. 물고기가 털썩 땅에 떨어졌다. 곰은 흥미를 잃고 돌아섰다. 그리고 강기슭을 따라 상류로 이동하기 시작했다. 큰 머리에 뒤통수가 불룩 솟아 있었다. 갈색 털이 바람에 이는 들판처럼 일렁였다. 곰은 계속 다가왔다. 녀석의 등 뒤로 산들바람이 불었다. 아직 우리를 보진 못했다. 한가롭게 걸으며 뛰놀고 장난치느라 여념이 없었다. 곰이 점점 가까워지는 동안 우리는 녀석을 향해 느릿느릿 떠내려갔다. 존 코프먼이 탄 1인용 조립식 카약이 물에 잠긴 나뭇가지에 부딪혀 가지가 뚝 부러졌다. 작은 뚝 소리였지만 곰을 멈추게 하기에는 충분했다. 녀석은 일순 움직임을 멈추고 네발을 디딘 채 경계 태세를 취하고는 방금 그게 뭐였는지 보려고 눈을 크게 떴다. 우리는 녀석을 향해 계속 떠내려갔다. 마침내 우리가 녀석의 초점 안으로 들어왔다. 지금 우리가 전에는 거의 본 적이 없던 뭔가를 보고 있다면, 하느님이 보우하사 곰도 마찬가지였다.

곰은 결말 부분에 배치해서 마지막 장면을 제공하기에 적합해 보인다. 이 조우가 여행의 딱 중간 시점에 일어났음에도 이런 식으로 구성할 수 있는 건 그 구조 덕분이다.

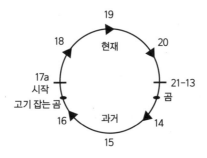

독자들이 구조를 눈치채게끔 해선 안 된다. 구조는 사람의 외양을 보고 그의 골격을 짐작할 수 있는 만큼만 눈에 보여야 한다. 내가 모든 구조의 근본 기준으로 삼는 것을 이 구조가 예시해주길 바란다. 구조에 글감을 억지로 끼워맞추면 안 된다는 얘기다. 구조는 글감 속에서 우러나와야 한다. 이 닫힌 순환형 구조가 내게는 도움이 되었지만, 아무 사실 자료에나 무작정 끼워맞추려는 이에게는 장해물이 될 수도 있다. 구조는 쿠키 자르개가 아니다. 몇몇 바로크 시인은 형태가 있는 시를 썼다. 타이포그래피가 시의 주제—꽃, 새, 나비—를 닮게끔 시행을 조형했다. 이것 역시 내가 말하는 구조를 뜻하지는 않는다. 한 편의 글은 어딘가에서 출발하여, 어딘가로 가서, 도달한 그 자리에 앉아야 한다. 어떻게 이 일을 할까? 반박의 여지가 없기를 바라는 구조를 세움으로써 이 일을 한다. 처음, 중간, 끝. 아리스토텔레스의 『시학』 첫 페이지.

*

1960-1970년대 이후로는 수첩에 적은 노트를 전부 타자기로 타이핑하고 마이크로카세트에 담긴 내용을 녹취한 연후에 이 모든 구조가 세워졌다. 나는 한때 최신 사무용 타자기였지만 1970년 IBM 셀렉트릭에 추월당한 언더우드 5를 썼다. 카세트로는 재봉틀이나 풍금처럼 발로 페달을 밟아서 작동하는 산요 TRC5200 메모스크라이버를 썼다. 노트 타이핑은 여러 주가 걸리기도 했지만 모든 걸 알아보기 쉽게 한곳으로 모아주었고 자료 전체를 어느 정도 집중해서 머릿속으로 한번 훑어볼 수 있게 해주었다.

한 노트와 그다음 노트 사이에는 공통점이 거의 없는 경우가 많았다. 이들은 한 주제에서 다른 주제로 건너뛰었고 순차적 내러티브는 띄엄띄엄 흩어져 있었다. 그래서 나는 내 선진적 방법론의 근간인 가위질이 편하게끔 타자기의 둥글대를 돌려 메모 사이에 공백을 만들었다. 타이핑한 노트를 반복해서 읽어 구조를 세운 뒤, 이에 따라 각각의 노트에서 키워드를 뽑아 여백에 적는다. 이 모두를 복사한다. 이제 가위를 들고 복사본에 달려들어 종이를 다양한 크기의 조각으로 자른다. 구조가 30개의 파트로 이루어졌다고 치면, 이 종잇조각들은 결국 30묶음이 되어 30개의 머닐라 서류철 속으로 들어가게 된다. 글을 써나갈 때 나는 이 종잇조각을 한 묶음씩 차례로 쏟아 카드 테이블 위에 사다리 형태로 배열한 뒤 이것을 참조해가며 타자기를 쳤다. 기계적으로 들릴지 몰라도 그 효과는 정반대였다. 지금 일곱 번째 서류철의 내용물이 내 눈앞에 있다고 치면, 나머지 29개의 폴더는 내 눈앞에 없었다. 온갖 구조적 측면은 이전에 끝내놓은 터였다. 이 절차는 주의를 분산시키는 일체의 요소를 제거하고 그날, 그 주에 다루어야 하는 자료에만 집중하게 해주었다. 이 방법이 나를 코너로 몰아넣은 건 사실이지만, 그럼으로써 자유롭게 쓸 수 있게끔도 해주었다.

좀 번거로운 측면이 있긴 했어도, 가위, 종잇조각, 머닐라 서류철, 3×5인치 카드, 언더우드 5는 1984년까지 내 주된 글쓰기 도구였다. 그해에 나는 와이오밍의 어떤 학교 교사에 대한 글을—이 교사가 1905년부터 쓰기 시작한 일기를 자주, 길게 인용해가면서—쓰고 있다. 초고를 고쳐 쓰는 과정의 막바지에 이를 때까지, 나는 이 일지의 내용을 타이핑하고 타이핑했던 내용을 수고스럽게 또 타이핑하는 권태로운 모험을 또다시 감행했다. 프린스턴의 두 친구—영문학 교수인 윌호워스와 갓 박사학위를 받은 리처드 프레스턴—는 당시만 해도 상당한 신문물이던 마법의 컴퓨터를 몇 달 전부터 열렬히 전도해온 터였다. 프레스턴은 나를 프린스턴대 정보기술처의 하워드 J. 스트로스에게 소개시켜주었다. 휴스턴의 미 항공우주국NASA에서 아폴로 프로그램을 개발한 바 있는 하워드는 당시 프린스턴에서 수포자들을 인도하고 있었다. 이후로 수십 년간 그는 내가 강의·조사·집필에 컴퓨터를 활용하는 데 너무나 지대한 기여를 했기에, 그가 프린스턴을 떠나기라도 하는 날엔 나도 짐을 싸서 그를 따라—오스트레일리아까지라도—갔을 것이(라고 언젠가 쓴 적이 있)다. 1984년 나를 만났을 때 그의 첫마디는 이거였다. "당신이 하는 일에 대해 말해주세요."

그는 수첩에서부터 키워드를 적은 종잇조각에 이르기까지 전 과정을 경청한 다음, '케이에디트Kedit'라는 텍스트 편집기를 언급하며 그 우수한 정렬 기능을 이야기했다. '맨스필드 소프트웨어 그룹'에서 나온 제품인 케이에디트는 지금껏 내가 써본 유일한 텍스트 편집기다. 나는 워드프로세서를 써본 적이 없다. 케이에디트는 쪽 번호 매기기, 이탤릭체로 바꾸기, 철자 교정 기능이 없고, 머리말, 위지위그*, 동의어 찾기, 사전, 각주, 산스크리트어 폰트 따위를 가지고 묘기를 부리지도 않는다. 대신에 하워드는 내가 25년간 작업해온 방식을 모방하여 케이에디트로 돌아가는 프로그램들을 짜주었다.

그는 스트럭처Structur를 개발했고, 알파Alpha를 개발했다. 또 다수의 짧은 매크로를 짜주었다. 스트럭처에 'e'가 빠져 있는 이유는 그 시절 케이에디트 디렉터리에서 파일 이름을 여덟 글자까지만 입력할 수 있었기 때문이다. 그중 일부는 이후 이런저런 형태로 개선되었지만 그때는 1984년이었고 미래는 거기서 멈추었다. 2005년 세상을 떠난 하워드는―소득뿐만 아니라 관점에서도―빌 게이츠와 정반대였다. 하워드는 컴퓨터가 개개인에게 적응해야지 그 반대로 돼선 안 된다고 생각했다. 한 사이즈는 한 사람한테만 맞는다는 신념으로 범용보다 맞춤을

---

*화면에 출력된 페이지가 인쇄 결과물과 동일하게 나오는 방식.

추구했다. 그가 나를 위해 짜준 프로그램들은 내 요구 사항에 찰떡같이 딱 맞게 빚어졌다. 무릇 편집기라고 불리는 것에는 이런 식으로 접근해야 호소력이 있을 것이다.

스트럭처는 내 노트를 폭파하여 산산조각 냈다. 이 프로그램은 노트마다 한 개 혹은 여러 개의 목적지(여기에는 휴지통도 포함된다)를 지정한 키워드를 읽어들였다. 그리고 키워드와 같은 개수의 새 케이에디트 파일을 생성한 뒤 거기에 이름을 붙이는 한편, 원래의 노트는 물론 원상태 그대로 보존했다. 내 첫 IBM 컴퓨터에서 스트럭처가 5만 단어를 가려내 정렬하는 데 약 4분이 걸렸다. 이 컴퓨터의 가격은 5000달러였다. 나는 이것을 5000달러짜리 가위라고 불렀다.

나는 한 번에 파일 하나씩 순서대로 글의 서두부터 끝까지 써내려갔다. 스트럭처가 생성한 파일 중에는 길이가 상당히 긴 것도 있었다. 그런 파일은 파일 안에서 또다시 정렬 작업을 해주어야 했고, 그렇게 나눈 파트 중에서도 꽤 긴 것은 다시 정렬을 해야 했다. 이 단계에서는 '스트럭처'가 생산성에 악영향을 끼칠 터였다. 이름이 붙은 파일의 개수를 마구잡이로 늘리다가 디렉터리에 경색을 일으켜 급기야는 작성자를 피크닉 테이블로—어쩌면 테이블 밑으로—돌려보낼 수도 있었다. 그래서 하워드가 개발한 것이 '알파'였다. 알파는 이 프로그램이 작업하는 노트를 안으로 파열시킨다. 이 프로그램은 새 파일을 생성하지 않는다. 키워드를 읽어들인 다음 한 파일의 내부를 휘저어, 그 부분 부분을 글쓰기에 도움이 되게끔 의도된 순서로 정리한다.

알파는 내가 케이에디트로 돌리는 주력 프로그램이다. 많은 분량이 집중된 노트에 반복해서 적용할 때 이것은 마치 크기별로 착착 포개진 주방도구 세트처럼 작동한다. 처음에는 작업물 전체를 정렬한 뒤, 작업이 진척돼가면서는 부와 장의 내용을 정렬하고, 때로는 한 문단 내의 구성 요소들을 재배치하는 경우도 드물지 않다. 이것만으로도 많은 글을 쓰는 데 전혀 부족함이 없었다. 실행하면 순식간에 작동하는 이 프로그램의 방식은—1931년생인—내게 숨이 막힐 만큼 놀랍다. 마치 전등 스위치 같다. '알파 실행Run Alpha' 버튼을 클릭하면 1초도 안 되어 이를테면 다음과 같은 창이 뜬다.

알파는 14개의 키워드를 완료하고 1301개의 단락 세그먼트를 처리했습니다. 7246행을 읽어들였고 정렬된 파일에 7914행을 저장했습니다.

한 행은 11.7단어다.

케이에디트의 '전체All' 명령어는 내가 주어진 글에서 같은 단어나 어구를 몇 번 사용했는지, 몇 행 간격을 두고 같은 단어나 어구를 사용했는지를 알려준다. 일종의 낙엽 청소기와도 비슷하다. 이는 hone(연마하다) pivot(중추) proactive(선제적인) icon(아이콘) iconic(아이코닉한) issues(이슈) awesome(기막힌) aura(아우라) arguably(…라 할 만하다) 같은 시쳇말과 reach out(손을 뻗다) went viral(입소문이 났다) take it to the next level(한 차원 끌어올리다) 같은 진부한 표현들을 사정없이 솎아낸다. 또 'but(그러나)'을 얼마나 많이 써야 너무 많이 쓴 건지도 귀띔해준다. 하지만 이 명령어가 겨냥하는 주된 표적은, 그 자체로는 전혀 문제가 없지만 한 편의 글에서 두 번 이상 나오면 곤란한 단어들의 대군이다. '무수하다'라는 뜻의 legion(대군)을 비롯하여, expunge(말소하다) circumvallate(성벽을 두르다) horripilation(교부鮫膚) disjunct (괴리된) defunct(현존하지 않는) amalgamate(합병하다) ameliorate(개신改新하다) defecate(배변하다) 같은 단어와 기타 수천 개의 단어가 여기에 포함된다. '전체'는 이 중에서 두 번 이상 등장한 단어를 말소시켜준다.

윈도용 케이에디트인 케이에디트더블유Keditw가 나왔을 때 하워드는 모든 프로그램을 다시 짰는데, 이건 간단치 않은 작업이었다. 그가 세상을 뜬 지 2년 뒤인 2007년, '윈도용 케이에디트 공지 리스트' 앞으로 보낸 장문의 이메일—제목: '케이에디트에 대한 소식'—이 내 편지함에 도착했다. 이 메일에는 다음과 같은 단락이 들어가 있었다.

케이에디트의 마지막 메이저 버전인 윈도용 케이에디트 1.5는 1996년에 출시되었으며, 저희는 주요 '새 기능'을 출시하는 데 더 이상 적극적으로 임하고 있지 않습니다. 지난 수년간 매출이 점차 둔화된 만큼 단계적 축소가 타당한 시점이라고 판단됩니다.

여기에는 "맨스필드 소프트웨어 그룹, 스토어스 코트"라는 서명이
기재되어 있었다.

나는 더 이상 타인의 도움도 없이 높은 나뭇가지에 위태롭게 매달
린 처지였고, 그제야 비로소 그 나뭇가지의 인장 강도와 길이가 얼마나
되는지를 실감하기 시작했다. 나는 그날로 회사에 답장을 보냈다. 앞으
로 얼마나 더 케이에디트를 쓸 수 있을지를 묻는 편지였다. 뒤이어 다
량의 유용한 정보가 담긴 서신들이 오갔고 편지는 다음과 같은 인사말
로 끝을 맺었다.

앞으로 케이에디트나 매크로와 관련하여 문제가 생기면 알려주
십시오. 제가 이 회사에 남은 유일한 직원이니만큼 개인적으로 확실히
봐드리겠습니다!

여기에는 "케빈 키어니"라는 서명이 기재되어 있었다.

그러던 어느 날, 보스턴에 갈 일이 생겨서 차를 몰고 가는 길에 코
네티컷대학교(유콘)가 위치한 스토어스에 들렀다. 그를 만나 하워드 스
트로스가 해준 것을 보여줄 생각이었다. 나는 이 농구의 낙원에서 키
어니와 그의 아내 세라를 찾을 수 있었다. 캠퍼스 근처에 위치한 아주
말쑥하고 아담한 빨간 집으로 전에는 유콘 농구팀 코치가 살던 곳이었
다. 그들이 직접 농구 게임도 뛸 수 있을 정도로 젊고 날씬해 보인다는
게 내게는 특히 안심이 되는 지점이었다. 그는 운동화 차림에 메트로폴

리탄미술관 티셔츠를 걸치고 있었다. 기민한 표정과 매너, 작은 키에 군데군데 희끗한 검은 머리, 음험한 기미라고는 찾아볼 수 없는 또렷한 눈빛. 호감과 신뢰가 가는 사람이었다.

얼마 후 세라는 약속이 있어서 자리를 떴고, 우리는 대합조개점처럼 입을 쩍쩍 벌린 노트북들과 함께 식탁 앞에 남겨졌다. 나는 그가 첫 퍼스널 컴퓨터PC를 나보다 불과 2년 빨리 구입했다는 사실을 알고 경외감에 휩싸였다. 서로 지극히 이질적인—나는 무지의 컴컴한 동굴로부터, 키어니는 메인프레임 컴퓨터로부터—진로가 우리를 같은 매장으로 이끌었음을 생각하면 멍해질 따름이었다.

키어니가 들려준 이야기에 따르면 그는 뉴헤이븐과 그 인근의 매디슨에서 성장했고 유콘에서 수학을 전공했지만 컴퓨터과학에 더 큰 흥미를 느꼈다. PC가 나오기 이전 시절에 사람들은 대학의 메인프레임—나름대로 클라우드 컴퓨팅의 선구라 할 수 있는 시스템—을 시분할로 나눠서 이용했다. 대학에서는 학생용 컴퓨터 단말기 비용으로 대당 매달 150달러씩을 지불했는데, 이건 대문자만 인식하는 단말기였다. 소문자도 쓸 수 있는 단말기는 30달러를 더 내야 했다. 그래서 컴퓨터는 워드 작업용으로 쓰기에는 너무 비싸다고 여기는 이가 많았다.

유콘에서 최초로 나온 컴퓨터 관련 논문은 1976년 이 메인프레임을 기반으로 한 약학 전공자가 쓴 것이었다. 당시 졸업 1년 차였던 키어니는 대학의 컴퓨터 센터에서 일하고 있었다. (그리고 여기서 세라를 만났다. 세라는 메릴랜드 출신으로 아메리칸대를 졸업했고 역시 컴퓨터 프로그래머였다.) 그는 아직 퍼스널 컴퓨터가 없었고, 뭐가 되었든 5000달러짜리 물건을 구입할 돈도 없었다. 1977년 애플 II가 시장에 나왔지만 그의 흥미를 끌지는 못했다. 이건 "너무 장난감 같았다". 애플 II의 디스플레이는 한 줄에 40자까지만 표시할 수 있었다. 반면 IBM PC의 디스플레이는 가로로 80자까지 표현이 가능했다. 그는 아버지에게 자금을 지원받아 이 컴퓨터를 한 대 구입했다. 1982년에 5000달러는 현재 가치로 거의 1만3000달러에 달했다.

메인프레임에서는 학부생부터 프로그래머까지 모두가 텍스트 편집기를 사용했는데, 다양하게 진화한 텍스트 편집기 중에서도 가장 두드러진 것은 IBM의 그자비에 드 랑베르트리가 개발하여 1980년에 배포된 '엑스에디트xedit'였다. 엑스에디트에 관심이 지대했던 케빈 키어니는 매뉴얼 40권을 자비로 구입해서 학생과 교수진에게 제공했다. 첫 PC를 이미 구입한 뒤였던 그는 이후 신형 IBM PC가 나오자, PC 편집기에서 메인프레임의 기능을 구현하는 방법을 고심하게 되었다. "엑스에디트는 메인프레임에서만 돌아가는 다른 언어로 되어 있었어요." 그가 말했다. "거의 기계어와 비슷한 메인프레임용 어셈블리어*로 작동했지요." 당시 필요했던 건 메인프레임 프로그래머들이 자기 집의 PC에서도 쓸 수 있는 텍스트 편집기였다. 기업에서 직원들에게 PC를 사주

*컴퓨터가 이해하기 쉽게 기계어와 일대일로 대응되게끔 작성된 프로그래밍 언어의 일종.

면서—예컨대 보험사의 프로그래머가 퇴근한 뒤에 집에서 PC로 작업하게 되면서—수요가 증가했다. 그래서 당시 28세였던 키어니는 이 목표를 이루기 위해 엑스에디트의 기능을 모방한 클론을 만들고, 여기에 몇 가지 기능을 새로 추가했다. "메인프레임에서는 불가능한 몇 가지 요긴한 일을 할 수 있었어요. 메인프레임에서는 스크롤을 할 수 없었죠. 다음 줄로 자동 줄 바꿈도 할 수 없었고요."

1982년 말 키어니는 케이에디트의 최초 버전을 약 4개월 걸려 개발했다. 이것은 훗날 완성된 버전의 1퍼센트에 해당되는 기능만을 갖추고 있었다는 점에서 갓 태어난 새끼 곰과 비슷했다. "편집기에는 두 종류가 있어요." 키어니는 계속해서 말했다. "첫째로, 텍스트를 글자로 보는 편집기가 있어요. 반면 케이에디트는 텍스트를 행들의 묶음으로 봅니다. 어떤 의미에서는 좀더 원시적이에요. 마치 천공기처럼요. 한 행이 천공 카드 한 장과 비슷하죠." 그는 "엑스에디트의 기능에 다른 사람들의 제안을 추가한 것"에서 출발했고 "편리한 텍스트 편집"이 목표였다고 말했다. 그러더니 잠시 침묵한 뒤 이렇게 덧붙였다. "저는 케이에디트가 후진 워드프로세서가 되느니 훌륭한 텍스트 편집기가 되는 편이 더 낫다고 봅니다." 그리고 그가 뭘 새로 발명해냈다는 인상을 주지 않게끔 유의해달라고 당부했다. "제가 한 일은 수많은 아이디어를 유용한 방식으로 포장한 것뿐입니다. IBM은 제가 클론을 개발한 데 별 불만이 없는 것 같았어요. 특별히 문제 삼지도 않았고요."

1983년 마우스로 작동하는 애플의 그래픽 사용자 인터페이스GUI

를 도용했다며 빌 게이츠에게 거칠게 항의한 스티브 잡스와는 확실히 전혀 달랐다. 이 인터페이스와 인터페이스의 충돌—그 자리에 있던 매킨토시 시스템 디자이너 앤디 허츠펠드의 표현이다—에서, 잡스는 게이츠에게 이렇게 고함쳤다.

"우리 걸 빼앗았어! 당신을 믿었는데, 이제 와 우리 걸 도둑질하다니!" 하지만 빌 게이츠는 침착하게 서서 스티브 잡스의 눈을 똑바로 쳐다보더니 그 특유의 새된 목소리로 입을 열었다. "이봐요, 스티브, 내 생각에 이 문제는 다른 관점으로 볼 수도 있어요. 우리에게는 제록스라는 부유한 이웃이 있는데, 내가 그 집에 TV를 훔치러 몰래 들어갔다가 당신이 벌써 훔쳐갔다는 사실을 깨달은 것에 더 가깝다고 말이에요."

(잡스나 게이츠를 비롯한 디지털 세계의 지배적 인구 분포가 그랬듯이 아직 30세 미만이었던) 케빈 키어니는 광고료가 비싸지 않은 컴퓨터 잡지에 케이에디트의 광고를 싣기 시작했다. 주문이 들어왔다. 맨스필드 소프트웨어 그룹은 그의 아파트에 본사를 차렸다. 그는 캠퍼스 서점에 가서 3공 바인더를 구입하고 설명서를 복사해 최초의 케이에디트 매뉴얼을 만들었다. 그리고 이것을 케이에디트 디스켓에 첨부해 고객들에게 발송했다. 케빈과 세라는 1984년 3월 보스턴에서 열린 콘퍼런스에서 하워드 스트로스를 만났다. 그에게 케이에디트를 보여준 두 사람은 하

워드가 열을 올려 이 프로그램을 비판하는 데 기겁했다. 아직 메인프레임 위주의 사고방식에 갇혀 있던 그는 이를테면 이런 식으로 반응했다. "접두부 영역이 없잖아요!" IBM 프로그래머들에게 익숙했던 접두부는 다섯 개의 같은 문자열로(=====) 구성되어 각 행의 첫머리에 배치되었는데, 기술적인 이유로 메인프레임 단말기에서 명령어를 편집하는 데 유용했다. 하지만 케빈과 세라는 그 외에도 하워드와 많은 이야기를 나누었고 하워드는 유용한 제언을 해주었다. 하워드는 한 달쯤 뒤에 키어니에게 전화를 걸어 이야기를 좀더 이어나갔고, 그 결과 프린스턴대는 케이에디트의 사이트 라이선스를 최초로 구매한 기관이 되었다.

당시 맨스필드 소프트웨어 그룹은 직원 한 명—상근 기업가 한 명—으로 구성되어 있었다. 이듬해에 이 회사는 유콘 캠퍼스 내 일종의 사유지인 주류 판매점 위층의 사무 공간으로 이전했다. 그리고 1980년대 말부터 1990년대 초까지 10여 년간 사업이 번창하여 직원 수가 많게는 열두 명까지 늘었다. 1987년에는 위스콘신주 오슈코시 소재 '모건 프로덕츠 유한책임회사'의 바버라 톨레자노에게서 편지가 한 통 도착했다. 그는 케이에디트 디스켓과 매뉴얼을 우편함으로 배송받았는데, "마늘 냄새가 너무 진동해서 (…) 박스, 포장지, 바인더를 바깥에 있는 쓰레기 컨테이너에 갖다 버렸다"고 불평했다. 맨스필드에 새로 충원된 직원들은 마늘이 들어간 샌드위치를 좋아했다. 디스켓에서도 냄새가 났다.

1980년대에 프린스턴에서는 케이에디트/세미틱Kedit/Semitic이라는 셈어 버전 케이에디트가 개발되었다. 이 편집기는 커서가 오른쪽 끝에서부터 나타나 히브리어와 아랍어 글자를 왼쪽으로 써내려갔다. 나는 케빈 키어니에게 현재 케이에디트를 쓰는 사용자가 국내외를 통틀어 얼마나 되느냐고 물었다. "예전보다는 줄었다"는 게 그가 내게 돌려서 전한 말의 요지였지만, 여전히 한 주에 열 통씩은 지원 요청 메일을 받는다고 했다.

"그게 기본적으로 다 프로그래머들한테서 오는 건가요, 아니면 저처럼 컴맹인 유저들도 있나요?"

"있죠."

케이에디트는 프린스턴에서 큰 인기를 끌지 못했다. 예전에는 다른 케이에디트 유저들을 알았다. 한 명은 제퍼슨 장학생인 과학사학자였다. 우리는 같은 소프트웨어를 알아보고 마치 공모자가 된 듯한 기분으로 묵례를 교환했다. 현재 캠퍼스에서 케이에디트를 사용하는 사람은 대략 한 명이다. 얼마 전 나는 프린스턴의 정보기술 전문가인 제이 반스에게 내가 디지털 시대착오에 휘말렸다고 여기는지 물어보았다. "그렇긴 하죠", 그가 말했다. "하지만 선생님은 맞는 프로그램을 찾으셨고 또 잘 작동하잖아요. 그걸 유행 때문에 바꾸지 않으신 거고요." 혹은 1981년 트레이시 키더가 『새로운 기계의 영혼』에 썼듯이, "작동하는 소프트웨어는 소중하다. 사용자들은 그걸 하릴없이 내버리지 않는다".

스스로 "반쯤 은퇴했다"고 말하는 케빈 키어니는 "갑자기 우르르 주문이 뜨지" 않기를 바란다. 그는 케이에디트가 "온전히 그 시대의 산물"이며 그 시대가 지금은 아님을 확실히 전해달라고 당부했다. 짐작건 대 내가 그 산증인이다.

*

하워드 스트로스에게 프로그램을 개발하고 확장하고 업데이트해 준 데 대해 감사를 표할 때마다 그는 항상 말하곤 했다. "오, 전혀 어려 운 일도 아닌데요. 별것 아니에요, 아주 간단하답니다."

여러 해 동안 나는 글쓰기 수업을 할 때마다 칠판에 분필로 구조 를 그렸다. 그러다 1990년대 말 자전거를 타다가 넘어지는 바람에 어 깨 회전근이 크게 찢어져서 수술하고 몇 개월 물리치료를 받은 뒤로는, 분필을 포기하고 다른 기술로 대체해야 했다. 그때 내 나이 예순여덟이 었다. 한동안은 오버헤드 프로젝터OHP와 투명 필름을 가지고 강의했 다. 그리고 언제나 그랬듯 다시금 하워드 스트로스의 이루 헤아릴 수 없는 도움을 받았다.

그는 내가 첫 컴퓨터를 구입하기도 전에 썼던 글들의 구조 드로잉 을 파워포인트로 현대화했다. 그리고 2005년, 생의 마지막 몇 개월 동 안에도 내가 그린 대강의 스케치를 가져다—일부는 색채를 이용해서 더욱 정교화한—구조 프레젠테이션으로 전환해주고 있었다. 강의를 듣는 학생들은 말하곤 했다. "와, 이 파워포인트 진짜 근사한데요. 어떻 게 하신 거예요?" 그러면 나는 예나 지금이나 이렇게 대답하곤 한다.

"오, 전혀 어려운 일도 아닌데요. 별것 아니에요, 아주 간단하답니다. 하워드 스트로스가 해주었죠."

나는 수업 시간에 「포위된 강」의 구조 다이어그램을 보여주며 대충 이렇게 읊곤 했다. "이것은 기행문이고, 여행이 시간과 공간을 경유하여 이루어지므로 여정을 따라가는 일종의 연대기 구조에 해당됩니다. 다른 구조를 택할 수도 있겠지만, 기행문에선 시간순으로 통제되는 구조에 비해 성공할 가능성이 낮고 혼란을 초래할 수 있어요." 기타 등등, 기타 등등. 이런 식으로 나는 여행기가 연대기 구조를 요한다는 걸 자명한 공리로 여기고 매년 설파했다. 2002년 전까지는 그랬다. 그해에 나는 돈 에인즈워스라는 차주가 운전하는 길이 20미터짜리 탱크로리를 타고 조지아주의 한 트럭 정류장에서 출발하여, 조지아주 모처로 화물을 운송하고 사우스캐롤라이나에서 내부 세차를 한 뒤 노스캐롤라이나의 위험물질 제조업체로, 다시 대륙을 횡단해 워싱턴주까지 갔다.

한번 생각해보라. 이게 아직 노트 무더기일 때 작가의 눈에 어떻게 보일지를. 이야기는 미국의 동부 해안에서 서부 해안으로 이어진다. 다른 어떤 작가가 이 일을 했던가? 다른 어떤 작가가 이 일을 안 했던가? 심지어 나도 『이전 세계의 연대기Annals of the Former World』에서 북아메리카의 지질에 대해 논하며 이런 비슷한 일을 했다. 메리웨더 루이스, 조지 R. 스튜어트, 존 스타인벡, 버나드 드보토, 월리스 스테그너, 윌리엄 리스트 히트문까지만 떠올려도 이미 많은 사람이 밟고 지나간 길임을 알아보기에는 충분하다. 일례로 서배너에서 출발하여 서부로 향하는 글을 쓴다고 하면, 산문에 카페인을 보충해주지 않고서 빌럭시를 지나칠 수 있겠는가? 볼티모어에서 출발한다면, 내가 컴벌랜드갭을 통과한다고 해서 주목할 사람이 있기는 할까?* 뉴욕에서 출발한다면? 당연히 해컨색강이다. 보스턴에서 출발한다면, 차라리 돌아서는 편이 낫겠다. 구조적인 의미에서 나는―선입관을 다시 한번 뒤집으며―돌아섰다. 이 이야기에서 여행의 연대기는 처치 곤란일 뿐만 아니라 장해물이 될 터였다.

에인즈워스와 나는 5년간 서신을 교환한 끝에 마침내 조지아주 뱅크헤드에서 만나 함께 출발했다. 터코마에 도착해 그의 트럭에서 내렸을 때는, 그와 함께 장장 5133킬로미터를 달려온 뒤였다.

글 초반부에서 과거 시제로 언급한다면, 5133킬로미터라는 사실만 가지고도 테마 구조로 가는 길을 열 수 있다. 도입부는 서부로 가는 길의 중간 어디쯤에 위치해야 한다. 독자는 이 여행의 범위를, 전체 여정을 보게 될 것이다. 테마의 세부 내용은 지도 전체에 걸쳐 다양한 범주로―트럭 휴게소, 연비, 화물차 기사의 인구 통계, 에인즈워스의 별난 습관, 다른 여러 주제에 대한 세트 피스의 형태로―묶을 수 있다. 그럼 어디서부터 시작할까?

---

*컴벌랜드갭은 버지니아와 켄터키가 맞닿은 산간 지방에 뚫린 좁은 산길로, 18-19세기에 수백 킬로미터를 여행해온 개척민들이 볼티모어 항에서 출발해 서부로 가기 위해 통과했던 관문이다.

와이오밍주에는 그레이트디바이드 분지라고 불리는 1만 제곱킬로 미터 면적의 지대가 있다. 대륙 분수령 자체가 마치 낡은 밧줄의 가닥처럼 갈라지며 광대한 경관을 에워싸서 형성된 분지다. 여기서는 물길이 대서양이나 태평양으로 흘러들어가지 않는다. 우리는 탱크로리를 타고서 이 지대를 통과했는데, 나는 여기가 이야기를 시작하기에 기묘하게 흥미로운 장소일지도 모른다고 생각했다.

그레이트디바이드 분지

도입부는 연대기순으로 (서쪽으로 달리면서) 진행되고, 그 후 임의의 순서로 여러 테마를 전개한 뒤, 끝부분에 가서는 도입부에서 중단한 지점부터 이야기를 재개하여 최종 목적지까지 마지막 남은 구간을 달

려간다. 이렇게―글의 처음과 끝에 배치된―두 연대기라는 여밈끈으로 테마가 가득 담긴 자루를 단단히 여민다는 구상이었다.

근사한 구상이었지만, 나는 그레이트디바이드 분지를 폐기했다. 너무 동쪽에 있었다. 나중에 아이다호나 오리건 등지를 지날 때 일어난 일과 연관되면서도 테마로 묶는 것이 최선인 글감이 너무 많았다. 그래서 이것이 동부 해안에서 서부 해안에 걸친 여행임을 암시하기 위해, 나는―뉴저지에서 운전자 재교육 프로그램을 이수해야 했던 개인사로 서두를 열어 내 운전 적성을 인증한 뒤―오리건 동부의 데드맨패스와 캐비지힐*, 그리고 에인즈워스가 비키니 차림의 여성 운전자에게 경례를 붙이는 장면에서 시작했다.

애틀랜타와 샬럿에서 오리건주 노스파우더까지 오는 동안 에인즈워스가 경적을 울린 건 이번이 처음이었다. 그는 나와 함께 차를 타고 이동한 5133킬로미터를 통틀어 딱 네 번 경적을 울렸다.

그 뒤에 이어지는 일곱 개의 테마 절은 내가 TSG라는 암호로 키워드를 붙인 절과―개념적으로―매우 유사할 터였다.

무지막지한 초대형 트럭에 대해 쓸 때 빼놓아서는 안 될 테마가 하

---

* '캐비지힐' 정상의 '데드맨패스Deadman Pass'는 급경사와 악천후로 인한 사고 다발 지점으로 악명 높은 도로다.

TSG

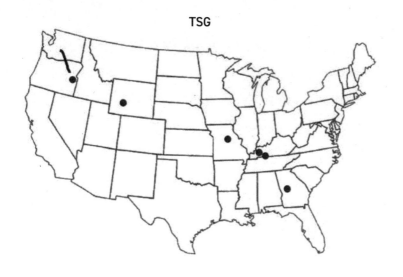

나 있다면 그건 바로 트럭 휴게소의 특성에 대한 전반적인 묘사다. 이 글에서 묘사하는 (그리고 지도에 점으로 표시된) 주요 트럭 휴게소들은 미주리주 킹덤시티, 조지아주 뱅크헤드, 켄터키주 오크그로브, 와이오밍주 리틀아메리카 등지에 오게 될 것이다.

탱크로리는 폭발물을 액체 형태로 운반한다. 좀더 조심성 있는 트럭 휴게소들은 '안전 피난처safe haven'를 따로 지정해놓았다. 옆 카운티까지는 안 가더라도 최소한, 에인즈워스의 말을 빌리면 "여기 불이 붙었을 때 그 자리에 있고 싶지 않은 나머지 사람들한테서 좀 떨어진 곳에" 위치한 1등급 주차 공간이다.

(…)

　내 생각에 트럭 기사들은 크고 서글서글하고 말씨가 상냥하고 비만한 사람들이라고 할 수 있다. 그들이 달고 다니는 풍선만 한 배는 열기구와 깊은 교감을 나누고 있다. 트럭에 자전거를 싣고 다니는 기사도 있지만, 그런 사람은 스테인리스스틸 탱크로리를 직접 운행하는 차주만큼이나 드물다.

이 이야기의 구조를 요약하면 이랬다.

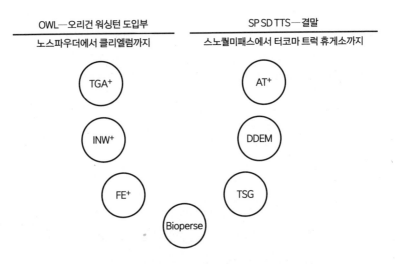

OWL—오리건 워싱턴 도입부
노스파우더에서 클리엘럼까지

SP SD TTS—결말
스노퀄미패스에서 터코마 트럭 휴게소까지

TGA+

INW+

FE+

Bioperse

AT+

DDEM

TSG

*

　노트를 여러 번 검토하고 자료를 충분히 숙지했어도, 도입부를 쓰기 전까지는 구조의 틀을 잡기 어려운 경우가 많다. 노트들을 힘겹게 헤집고 돌아다니지만 아무런 진전이 없다. 패턴이 보이지 않는다. 뭘 해야 될지 모르겠다. 그럴 땐 모든 걸 중단하라. 노트를 들여다보지 마라. 좋은 글머리를 찾아 머릿속을 뒤져라. 그리고 써라. 도입부를 써라. 만일 글 전체가 그리 길지 않다면, 그길로 풍덩 뛰어들어 반대편으로 나와보니 어느새 초고가 완성되어 있을 수도 있다. 하지만 내용과 복잡성과 구조적 병치를 어떻게든 결합해서 결실을 보려는 글이라면 그런대로 무난하고 쓸모 있는 도입부부터 시작하는 것도 방법이다. 일단 도입부를 쓰면 이 도입부를 손에 쥐고 기대 앉아 이제 어디로 갈지, 거기에 도달할 계획을 어떻게 짤지를 생각해볼 수 있다. 다시 말해서 성공적으로 쓰인 도입부는 글의 구조적 문제를 조명하여 글 전체를 바라볼 수 있게 해준다. 즉 글의 다양한 부분을 개념적으로 바라보고 거기에 글감을 배분할 수 있게 해준다. 일단 도입부를 찾고 구조를 세웠다면 이제 자유롭게 쓸 일만 남았다.

　도입부에 대한 이런 생각들 중 일부는 내 세미나 노트에서 발췌한 것으로 몇 년 전 『월스트리트저널』 「말의 세공 Word Craft」이라는 칼럼난에 게재된 바 있다. 이 글을 약간 수정해서 여기에 싣는다. 심지어 나는, 수집한 자료 더미에 달려들어 이를 정리해서 구조를 세우기 전에 항상 도입부를 먼저 쓰라(그리고 이만하면 적당하다는 만족감이 들 때까지 계속 뜯어고치고 다듬으라)고까지 제안할 것이다.

그래, 그러면 도입부란 무엇인가? 우선 도입부는 글을 쓰는 데 있어 가장 어려운 부분이다. 그리고 끔찍하게 형편없는 도입부를 쓰는 일은 얼마든지 가능하다. 여기에 만성 불면증을 다룬 기사에서 뽑은, 지독하게 형편없는 도입부가 하나 있다. 기사는 이렇게 시작된다. "불면증은 매트리스에 대한 정신의 승리다." 이 문장이 왜 나쁠까? 슬랩스틱코미디언이 되고자 한다면―이런 차원의 유머가 목적이라면―이것도 전혀 나쁘진 않다. 하지만 주제를 진지하게 다루고자 한다면, 소재에 대해 자신이 없기 때문에 귀엽게 보여서 이를 만회하려 든다는 인상을 초장부터 심어줄 수 있다.

작가들한테 자주 듣기로, 도입부를 썼다면 어떤 의미에서 이야기의 반을 쓴 것이라고들 한다. 어쨌거나 좋은 도입부를 찾는 데는―시행착오를 거쳐―그 정도로 오랜 시간이 걸릴 수 있다. 시작은 거의 아무 데서나 할 수 있다. 몇 가지 가능성이 머리에 떠오를 것이다. 무엇을 택할 것인가? 무엇을 택하면 안 될지를 말하는 편이 더 쉽다. 도입부는 값싸거나 현란하거나 번지르르하거나 요란하지 않아야 한다. 말의 트럼펫이 장대한 팡파르를 울린 뒤에는 생쥐 한 마리가 구멍에서 눈을 껌뻑이며 기어 나오게 마련이다.

블라인드 도입부―글의 주제인 중심인물의 이름을 밝히지 않다가 한두 단락 뒤에 가서야 드러내는 방식의 도입부―는 약간 싸구려와 심한 싸구려 사이에 걸쳐 있다. 그렇다고 스스로 혹시 블라인드 도입부를 쓴 적이 없는지 걱정할 필요는 없다. 고백하건대 나도 블라인드 도입부를 쓸 만큼 썼다. 이 자체가 본질적으로 잘못된 건 아니다. 하지만 너무 빤하다. 이런 방종은 어쩌다 한 번씩만 누려주어야 한다. 블라인드 도입부는 마술사가 모자에서 토끼를 꺼내려는데 초장부터 귀가 삐져나와 있는 상황과도 비슷하다. 여기서 뭐가 잘못되기 십상인지 그 위험을 인지한 연후에 나가서 한번 시도해보라. 내가 쓴 글 중에도 블라인드 도입부가 단연 최선의 선택이었다고 느낀 글이 간혹 있었다. 하지만 그게 그렇게 자주 있는 일은 아니다.

모든 도입부는—어떤 종류이건 간에—견실해야 한다. 뒤에 나오지 않는 내용을 약속해서는 안 된다. 비좁은 도로 위에서의 자동차 추격전을 신나게 묘사한 액션 도입부를 읽었다 치자. 그런데 알고 보니 이건 사립대학의 부채 구조를 재정적으로 분석한 글이었다. 독자는 보기 좋게 골탕 먹은 셈이다. 제목처럼 도입부도 이야기를 환히 비추는 플래시가 되어야 한다. 도입부는 약속이다. 도입부는 글이 이런 모습을 띨 것이라고 약속한다. 그러지 않을 바에는 도입부를 쓰지 않는 편이 낫다. 도입부는 통상보다 훨씬 더 길어지기도 한다. 비단 첫 문장만을 말하는 게 아니다. 장면을 설정하고 이야기의 범위를 암시하는 첫머리 전체를 이야기하는 것이다. 이는 몇 단어일 수도 있고 수백 단어일 수도 있다. 또 길이가 50배 더 긴 이야기의 장면을 설정하려면 수천 단어가 될 수도 있다. 좋은 도입부는 춤을 추거나 대포를 쏘거나 기차처럼 기적을 울려서 좋은 게 아니다. 뒤에 오는 내용에 절대적으로 충실하기 때문에 좋은 것이다.

펌프에 마중물을 붓는 또 한 가지 방법은 손으로 쓰는 것이다. 줄 메모지 같은 것을 상비해두었다가, 언제든 글이 막혔을 때―한 단어 뒤에 또 한 단어를 치지 못하는 마비 상태에 빠졌을 때―컴퓨터 앞에서 일어나 연필과 종이를 가지고 아무 데나 누워서, 속으로 생각한다. 이 방법은 어디까지 썼든 간에 기적을 일으킬 수 있지만 아직 한 글자도 못 썼을 때 특히 유용하다. 머잖아 뭔가가 떠오를 것이다. 그럼 일어나지 말고 엎드린 채로 종이 위에 그것을 휘갈겨 써라. 말이 더 이상 이어지지 않을 때까지 계속 써라. 그런 다음에 일어나서 적은 내용을 컴퓨터 파일로 옮겨라.

중요한 건 글을 완성하는 것이고, 어떻게 완성하느냐는 사람마다 고유한 방식이 있다. 나는 손글씨와 컴퓨터 타이핑을 번갈아가면서 하면 항상 글이 진전되지만, 그렇다고 이 방식이 여러분한테도 통한다는 건 아니다. 어디까지나 그럴 수도 있다는 말이다. 내가 알고 지냈던 한 편집자는 거의 모든 작가를 지극히 경멸했고, 자기 자신의 글은 깃펜으로 썼다. 이 주제에 접근하는 데 있어 앤 타일러에 필적할 만한 사람은 없다. 누가 됐든 복사기 없이는 『날기를 잊어버린 남자』 『우연한 여행자』 『종이시계』 『홈시크 레스토랑』 같은 작품에 근접하지 못하는 이치와도 같다. "나는 글쓰기에 관한 온갖 미신을 믿어요." 그는 『작가협회보Authors Guild Bulletin』와의 인터뷰에서 이렇게 말했다. "책을 작업할 때는 주 5일 집필하고 주말과 법정 공휴일에는 절대 일하지 않아요. 파커 75 만년필에 펜촉은 62가 찍힌 것—이게 더 이상 생산되지 않는다는 걸 알고 어찌나 망연자실했던지—거기에 검은 잉크와 줄 없는 백지를 쓰고요. 그리고 먼저 쓴 초고들을 컴퓨터로 타이핑하더라도, 개고할 때마다 다시 처음부터 끝까지 손글씨로 정서합니다. 집필을 일종의 수공예처럼 느끼거든요. 소설을 뜨개질한다는 느낌이죠."

1987년 웬들 베리는 「내가 컴퓨터를 사지 않는 이유Why I Am Not Going to Buy a Computer」라는 에세이에서 이렇게 설명했다. "농부로서 나는 거의 모든 일을 말의 힘을 빌려서 한다. 작가로서는 연필 한 자루, 펜 한 자루, 종이 한 장을 가지고 일한다. (…) 노천광에서 캔 석탄에 직접 의존해야만 작가로서 내 일을 할 수 있다고 생각하면 싫을 것 같다. (…) 같은 이유로 내게는 전기 조명이 없는 낮에 집필을 하는 것이 중요하다."

어느 해엔가 『샛별의 아들: 커스터와 리틀빅혼 전투Son of the Morning Star: Custer and the Little Big Horn』라는 작품을 가르친 적이 있다. 나는 저자인 에번 S. 코널이 뭔가를 처음에 짧게 언급한 다음 15쪽 뒤에서 그걸 약간 더 자세히 서술하고, 다시 20쪽 뒤에 가서 또 설명을 덧붙이는 식으로 서서히 흥미를 자극하여 종국에는 이 주제에 대한 본격적인 세트 피스를 갈구하게 만들 정도로 호기심을 극대화하는 방식에 경탄을 금치 못했다. 저자는 이 방법을 특히 전시 추장인 갈Gall이라는 인물에게 적용하여, 그가 처음 등장하는 장면에서 이목을 끄는 말을 몇 마디 하게 만들고 카메오로 두 번째 등장할 때는 좀더 흥미로운 말을 시키는 식으로 수백 쪽을 끌고 나갔다. 이 책은 논픽션이므로 이 말들은 자료 조사로 뒷받침된 인용구였다. 갈 추장과 그의 영웅적 지성에 대한 독자의 흥미와 호기심은 서서히 고조되어 급기야 더 이야기해주지 않으면 저자의 목을 조를 지경에 이르게 된다. 바로 이 지점에서 에번 S. 코널은, 위대한 홍크파파라코타족 지도자에 대한 훌륭하고도 상세한 전기를 서술해가기 시작한다.

나는 첫 페이지부터 이 인물 묘사 대목에 이르기까지 갈이 하는 모든 말을 수업에서 인용하고 싶었다. 한데 『샛별의 아들』에 붙은 찾아보기는 턱없이 짧고 조악하기 짝이 없었다. 그래서 나는 일면식도 없는 코널에게 편지를 보내, 그의 컴퓨터에 저장된 텍스트에서 겨우 몇 번의 클릭으로 갈의 대사를 검색하는 크나큰 은혜를 베풀어 내 시간을 대폭 절약해주십사 간청했다. 컴퓨터요? 그의 답장은 이랬다. 컴퓨터라고요? 그의 테크놀로지는 아직 올리베티 휴대용 타자기를 넘어서지 못했던 것이다.

그때가 20세기 말엽이었다. 2011년, 옛 제자 중 한 명인 릴리스 우드가 내게 편지를 보내왔다. 그는 지금 자기 고향인 알래스카에 대한 책을 쓰는 중이며 타자기—"포틀랜드의 '블루문 카메라 앤드 머신'이라는 가게에서 온라인으로 구입한 197×년식 레밍턴 프리미어"—를 가지고 컴퓨터에 도전해보고 있다고 썼다. 그는 계속해서 이렇게 썼다. "가게 주인과의 전화 통화까지 포함해서 대단히 인간적인 과정이었어요. 웹사이트에 '기계와의 끈끈한 관계를 맺을 준비가 되셨습니까?'라고 적혀 있더군요. 끄고 켜는 스위치가 없다는 게 정말 좋아요. 아, 그리고 이걸로 타이핑하는 것 자체의 쾌감이 있어요. 음악을 틀고 본격적으로 작업을 시작하는 거죠. 저는 스탠딩 책상 위에 올려놓고 쓰는데 자판을 말 그대로 쳐야만 된답니다."

*

2003년, 나는 화물 운송에 대한 시리즈 기사의 일환으로 강에서 예인선을 타볼 방도를 모색 중이었다. 낙관이 금물이었던 데는 이유가 있었다. 운수회사들은 기자들을 쫓아내기 위해 살충제를 상비해놓고 있었다. 대체로 그들은, 이를테면 FBI보다도 더 접근하기 힘들며 어쩌다 승낙이라도 하면 경계를 두 배로 강화한다. 나는 여러 회사에서 딱 잘라 거절당했고 처음에 응낙한 몇몇 회사에서도 결국 차였다. 부사장은 승낙했지만 이를 전해 들은 사장이 퇴짜를 놓은 것이다.

부사장: 하지만 아돌프, 이 친구는 악의가 없어. 그는 시모어 허시가 아니야. 업턴 싱클레어가 아니라고.

아돌프: 누군지가 무슨 상관이야. 그놈은 기자고 뭘 쓰건 간에 하여튼 기자 놈들이란 우리 회사에 털끝만큼도 도움이 안 돼.

이러한 배경에서, 나는 세인트루이스의 '멤코 바지 라인'에 취재 요청 메일을 보내고 며칠 뒤에 전화를 걸어 돈 허프먼을 찾았다. 그가 말했다. "며칠날 타실 건가요?"

　　마치 사우스웨스트 항공사와 통화하고 있는 것 같았다. 예인선은 항시 전국을 운항한다. 언제 어디서 탔으면 좋겠느냐고? 나는 부리나케 비행기를 타고 세인트루이스에서 내려 그래프턴으로 갔다. 얼마 있다가 예인선 빌리조볼링 호가 나타났다. 나는 강둑에서 소형 전동 보트로 다가가 그 배에 올라탔다.

　　이곳은 일리노이강으로, 미시시피강에서 시카고 외곽까지 이어지는 바지선 루트였다. 빌리조볼링 호는 일리노이주 남부의 그래프턴에서 미시시피강의 더 큰 예인선으로부터 끌어온 바지선 열다섯 척을 한 척의 선박처럼 와이어로 단단히 연결한 뒤 일리노이강을 거슬러 올라갔다. 그러다가 강폭이 좁아져서 더 작은 예인선으로 교체해야 할 시점에 이르면 다시금 새롭게 장비한 바지선 열다섯 척을 하류로 실어날랐다. 이 끝없는 왕복은 아문센적인 의미에서의 여행과 거리가 멀었다. 출발이라 할 만한 것은 전혀 찾아볼 수 없고 끝날 기약도 없었다. 연대기 구조가 무의미한 여행기라는 게 있다면 바로 이 여정이 그랬다. 사건들이 일어났다, 그게 전부였다─사건이 일어난 장소는 전역에 걸쳐 있었다. 이 일들은 테마별로 일어났으므로, 연대기를 무시하고 그 테마 하나하나를 절 첫머리의 소제목으로 붙여줄 수 있을 것이다.

　　전체 글의 제목은 「빡빡한 강 Tight-Assed River」이었다. 이 글은 여덟 개의 절로 구성되었고 그중 한 절의 제목은 '통항 교신Calling Traffic'이었다.

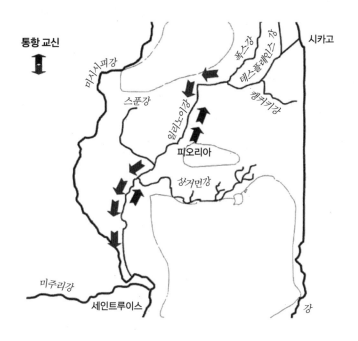

화살표는 사건이 일어난 장소와 일치한다. 크리브쿠어 선착장 앞의 키카푸 물굽이도 그런 장소 중 하나다. 하지만 이 사건들은 이야기에서 서로 연속성이 없다.

내 친구 앤디 체이스에게 이곳엘 간다고 전하자 그는 이렇게 말했다. "그 사람들이 배를 다루는 재주란—하, 기가 막히죠! 배를 몰고

말도 안 되는 곳까지 들어간다니까요. 진짜 경이로운 솜씨예요." 앤디
는 초대형 원양 선박의 항해사 자격증 소지자임에도 불구하고 내가 여
기 가는 걸 부러워했다. 이 예인선이 원양 항해선과 똑같지는 않다. 우
리 배가 타이태닉 호보다 더 긴 건 사실이지만, 무게는 훨씬 더 가볍다.
3만 톤밖에 나가지 않는다. 하지만 확실히 이 정도만으로도 우리 배의
느린 움직임을 육중하고 심상찮은 지각 변동으로 만들기에는 충분하
다. 크리브쿠어 선착장 앞의 키카푸 물굽이에서 큰 키와 측면 키를 왼
편으로 전타하며 물을 거슬러 오르느라 안간힘을 쓰던 톰 암스트롱
은 이렇게 말한다. "이 배가 저를 강둑에 올려놓기 전에 방향을 유지하
려고 하는 겁니다. 배를 기동할 공간이 없어요. 아무리 발버둥쳐봐야
못 이겨요. 어차피 그렇게 빨리 배를 돌릴 수도 없고, 급정거할 수도 없
죠. 어떤 때는 배를 안 돌려요. 그냥 후진해야 하죠. 일리노이강이 그렇
게 빡빡한 강이랍니다."

(…)

기차는 중앙 제어 시스템하에서 운행된다. 반면에 이 사람들은 운
항을 자체적으로 조직하여 VHF 채널로 대화를 주고받으며 어디서 대
기하고 어디서 전진할지를 계획하고 배 이름을 대며 교신을 종료한다.
"빌리조볼링 남향 중, 앤더슨호湖로 향하고 있다. 빌리조볼링, 남향 중."

이것을 '통항 교신'이라고 한다.

(…)

톰이 다른 선장에게 송신한다. "가기 전에 저 앞에 알려두는 게

좋을 것." 이 말은 다음번 대기 지점까지 수로가 비어 있는지—그리고 다음번 대기 지점이 확보되어 있는지—를 확인한 다음에 전진해야 한다는 뜻이다. 세인트루이스에서 시카고까지, 시카고에서 세인트루이스까지, 이는 연잎에서 연잎으로 건너뛰는 일과도 같다.

(…)

강폭이 넉넉한 수역에서는 두 예인선이 지나치려 할 때, 선장끼리 "1에서 봅시다" 혹은 "2에서 봅시다"라고 말한다. 1에서 통과한다 Passing on the 1는 건 항상 두 척 모두 우현으로 진로를 변경하여 충돌을 피한다는 뜻이다. 1에서 만나서 교행하는 두 배는 좌현 대 좌현으로 통과한다. 그러므로 1에서 서로 반대 방향으로 통과하는 것과 1에서 추월하며 통과하는 것은 다르다. 추월할 때 1에서 통과한다는 건 상대편 배의 우현으로 지나간다는 뜻이다. 유지선은—거의 항상 상류 쪽으로 올라가는 배가 유지선이 된다—가던 방향과 속력을 그대로 유지한다. 피항선은 충돌을 피하기 위해 선체를 움직인다. 이상의 내용을 여러분이 운항 중에 배우고 있다면, 지금쯤 피오리아 시가지에 올라앉아 있을지도 모르겠다.

*

내가 아직까지도 칠판에 분필로 적는 또 하나의 경구는 "1000개의 디테일이 모여 하나의 인상이 된다"는 말이다. 사실 이건 캐리 그랜트의 말을 인용한 것이다. 이 말의 함의는, 특정한 한 개의 디테일이 반드시 필요한 경우는 (있다 하더라도) 매우 드물지만, 집합적인 디테일은 절대적으로 필수라는 것이다.

무엇을 넣고 무엇을 뺄 것인가. 이 생각은 맨 처음부터 염두에 둔다. 현장에서 노트를 휘갈길 때조차 눈에 보이는 하고많은 것이 명백히 생략된다. 글쓰기는 선별이고 이 선별은 첫 단계부터 시작된다. 노트를 메모할 때는 굉장히 많은, 나중에 사용할 양보다 훨씬 더 많은 내용을 무차별적으로 쑤셔넣지만 그 와중에도 선별은 이루어진다. 글쓰기에 돌입하면 선택의 폭이 더 본격적으로 좁아진다. 이건 지극히 주관적인 상황이다. 흥미를 끄는 것은 포함시키고 흥미를 끌지 않는 것은 배제한다. 투박한 도구이긴 해도 이것이 내가 가진 유일한 도구다. 이 맥락에서 '흥미'라는 말은 대략 몇 가지 자질로 세분할 수 있다. 이를테면 장면을 설정하는 데 도움이 되는 요소, 묘사하는 사람이나 장소의 어떤 기류를 암시하는 요소 등이 선택 대상에 포함된다. 디테일을 창조하는 말의 소리, 즉 음성 자체도 다른 것 못지않게 중요하다. 물론—선택한 모든 항목은 논픽션 글쓰기의 정의상 당연히 필자가 관찰한 것이라는 사실에도 불구하고—싸구려 장식을 과도하게 많이 넣고 묘사를 줄이는 것도 가능하다.

예술이 내가 찾는 그곳에 있다면 그것은 캐리 그랜트의 말에서 찾을 수 있고, 빈스 롬바디*를 처음 기용한 대학 미식축구 코치인 얼 블레이크의 전략에서 찾을 수 있다. 블레이크는 미 육군사관학교 팀이 무적이던 시절에 육사 코치를 지냈다. 그는 (오늘날에는 모두가 당연히 그러는 것처럼) 경기 영상을 보고 데이터를 수집했는데, 그 시절에 영상은 셀룰로이드라고 부르는 실제 필름으로 제작되었다. 이 필름은 노출시킨 뒤에 현상소에서 처리 과정을 거쳐야 했다. 당시 가장 가까운 현상소는 브루클린에 있었고, 웨스트포인트는 (브루클린이 위치한) 허드슨강 어귀에서 89킬로미터 거슬러 올라간 지점에 있었다. 데이비드 매러니스의 『아직 자부심이 중요했을 때: 빈스 롬바디의 삶When Pride Still Mattered: A Life of Vince Lombardi』(Simon & Schuster, 1999, p. 107)에 이 이야기가 실려 있다. 블레이크는 수습 코치였던 롬바디를 브루클린에 심부름 보내 육사 미식축구 경기 필름을 배달시켰다. 그가 받은 지시는 필름이 현상될 때까지 기다렸다가 매주 서둘러 웨스트포인트로 돌아오되 그 전에 맨해튼에 있는 월도프아스토리아타워에 들러 더글러스 맥아더 장군에게 미식축구 경기를 보여주는 것이었다. 이 영상들은 블레이크가 다음 적수와 맞붙을 준비를 하기에 앞서 정기적으로 수집한 데이터의 극히 일부에 불과했다. 매러니스는 말한다.

블레이크의 독보적 재능은 이 온갖 데이터를 활용하여 단순명료한 뭔가를 창조해내는 것이었다. 롬바디의 표현을 빌리면, 그는 어떤

---

*Vince Lombardi, 1913-1970, 미식축구 감독으로 1967년 제1회, 1968년 제2회 슈퍼볼에서 그린베이 패커스 팀을 우승으로 이끌어 명성을 떨쳤다.

방어 전략에 맞서 어떤 공격 전략을 쓸지 파악한 뒤 "중요치 않은 것을 버리고 강점을 취하는 (…) 신묘한 재주"가 있었다. 이런 온갖 세세한 준비가 혼란스러운 전략 전술의 무더기가 아닌 그 반대의 결실을 맺은 건, 무의미한 요소를 솎아내고 해당 팀과의 경기에 필요한 것만 남을 때까지 줄이고 또 정제했기 때문이었다. 롬바디는 이 교훈을 절대 잊지 않았다.

어쩌면 내가 「배를 찾아서」의 구조를 짤 때도 모종의 코칭을 활용할 수 있었을지 모르겠다. 하지만 그랬다 해도 결과가 바뀌지는 않았을 것이다.

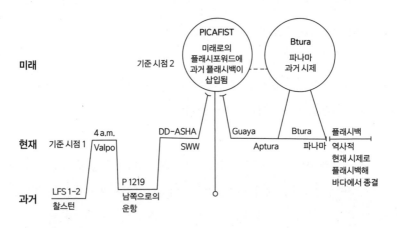

이건 이상적인 구조—즉 단순하고 쉽고 비가시적인 구조—를 제

시하는 용도로는 꿈에도 써먹지 못할, 그야말로 괴상하기 짝이 없는 구조였다. 설형문자를 닮은 외관에도 불구하고 이 구조는 그럭저럭 잘 숨어서 기능했지만, 그래도 독자들로부터 편지가 왔다. "끝 장면 뒤에는 어떻게 됐나요?" "그래서 배가 항구에 무사히 도착했나요?" "밀항자들은 어떻게 되었나요?" 등등. 이 모든 질문에 대한 답이 이미 글에 나와 있다는 사실은 글이 독자의 주의를 붙드는 데 그리 출중하지 못했음을 암시한다.

결말과 마찬가지로 서두에서도 나는 좋은 걸 다 갖고 싶었다. 나는 이 항해기가 완전한 어둠 속에서, 새벽 4시에 태평양 동남부 발파라이소 앞바다에 떠 있는 어느 배의 갑판 위에서 시작되기를 바랐고, 현재 시제로 여기에 현장감을 부여하고 싶었다. 밝아오는 새벽빛이 대화하는 사람들의 모습을 서서히 드러낼 것이다. 또 하필 그 배 위에 내가 타게 된 게 노조 회관에서 익명의, 완전히 무작위적인 뽑기 운이 작용한 결과라는 사실을 처음부터 명확히 하고 싶었고, 이를 위해서는 내가 뱃일을 구하는 한 2등 항해사와 함께 어디어디를 누비고 다녔는지를 묘사할 필요가 있었다. 항해 후반부에는 배가 물 위에서 멈췄다. 연안으로부터 약 160킬로미터 떨어진 지점에서 북쪽으로 파나마만을 향해 접근하던 중이었다. 배가 너울 속에서 일렁였고, 곧 제일 높은 마스트의 밧줄에 검은 구 두 개가 게양되었다. '선박 조종 불가'를 알리는 세계 공통 신호였다. 미국 상선단에 드리운 황혼과 닥쳐오는 파멸이 책의 가장 심층적인 테마였기에 내게는 이 엔진 고장이 선물처럼 보였다. 나는 바다 한가운데 멈춘 배가 두 개의 검은 구 밑에서 힘없이 삐걱거리는 장면으로 이야기를 끝맺고 싶었다.

그때는 1988년이었고 구조는 완전한 연대기적 통제 아래 있었다. 지금 이 글을 쓴다 해도 마찬가지일 것이다. 이 글은 플래시백으로 시작해서 플래시백으로 끝났다. 우리가 배에 타게 된 경위에 대한 과거 시제 서술이, 칠레 앞바다 어두운 갑판에서의 영화적인 현재 시제 도입부에 **선행했다.** 엔진 고장 이후에 다다른 지점들과 일어난 사건들—발보아에서 밀항자들을 발견하고, 카리브해에서 열대성 폭풍을 만나 대피하고, 포트뉴어크에서 선체에 금이 간 것을 발견하고, 잭슨빌에 있는 선장의 집과 그 외 여러 도시의 다른 승무원들을 찾아가는 등—을 다루기 위해 나는 미래의 일정한 시간대를 설정할 방법을 짜내야 했다.

그로부터 6년 뒤, 나는 4인 1조로 구성된 스위스군 정찰대와 함께 알프스산맥을 돌아다니고 있었다. 3주 동안 같이 지냈고 상당히 죽이 잘 맞았던 우리는 '레스토랑'이라는 이름의 레스토랑에 들어갔다. 우리가 옆길로 새어 출입이 금지된 곳에 들어간 건 이번이 처음이 아니었다. 계곡 위에 외팔보로 떠받쳐서 툭 튀어나온 '레스토랑'이 굽어보는 가운데, 430미터 밑에 놓인 론 계곡의 위아래로는 대포와 박격포가 투입된 군사 훈련이 진행 중이었다. 군인들은 명령을 받고 정보를 얻고 지휘소에 보고하기 위한 송수신 겸용 무전기를 가지고 있었다. 그들은 이 무전기 안테나로 퐁뒤를 휘저었다. 그러고는 지휘소에 다음과 같은 암호 전문을 보냈다. "오베르발트의 한 농부가 장크트니클라우스에서 나와 계곡 쪽으로 가는 무장 차량 네 대를 목격." 퐁뒤를 좀더 먹은 뒤 이번에는 이런 전문을 보냈다. "적의 기계화 보병 2개 중대가 라론에 도달. 장갑차 약 15대가 파괴되었음." 좀더 있다가는 이런 전문을 보냈다. "시에르에 소형 원자폭탄이 투하되었음. 피스프의 우리 바리케이드는 아직 건재함. 그렌기올스의 다리들은 확보되었음. 적과 접전 중임."

나는 연필을 내려놓고 다시 퐁뒤를 찍어 먹으며 혼잣말로 중얼거렸다. "이게 마지막 장면이다." 대양 한가운데서 고장 난 엔진처럼, 소형 원자폭탄도 글의 구조에 선사된 선물이었다. 마지막 장면을 쓰기란 어렵고 쓸 만한 마무리를 건지기도 어렵다. 이게 알맞은 시간과 장소에 짠 하고 나타나준다는 건 근사한 일이다.

예인선이 바지선과 함께 좌초한 뒤, 수로 도선사인 멜 애덤스는 이렇게 말했다. "선생님이 이걸 다 쓰실 수 있으면 제 이름을 톰 암스트롱으로 개명합죠."

집필을 채 시작하기도 전에 내 눈에는 항상 어디서 끝을 맺을지가 보이곤 한다. 윌리엄 숀은 내 글이 서너 개의 결말이 있는 것처럼 보여서 좀 이상하다고 말한 적이 있다. 이건 구조에 집착한 결과임이 확실하다. 어쨌든 만족스러운 끝마무리를 위해 발버둥 치면서 겪곤 했던 경험은 어쩌면 그 때문인지도 모른다. 계획한 결말에 다다랐는데 그게 영 신통찮아 보인다면, 앞에 있는 페이지들을 넘겨가며 다시 훑어보라. 어쩌면 최선의 결말이 그 어딘가에 있고 자신이 미처 알아채지 못한 사이에 글을 끝맺었음을 깨달을지도 모른다.

사람들은 이게 끝이라는 걸 어떻게 아느냐고 자주 묻곤 한다. 언제 끝마무리에 다다랐는지뿐만 아니라, 초고를 쓰고 다시 수정하고 한 단어를 다른 단어로 교체하는 과정에서 이제 더 이상 해볼 게 없음을 어떻게 알 수 있을까? 언제가 끝일까? 그냥 안다. 그런 면에서 나는 운이 좋다. 내가 아는 건, 이보다 더 잘할 순 없다, 다른 사람이면 더 잘할 수 있을지 몰라도 나는 여기까지다, 하면 거기서 끝낸다는 것이다.

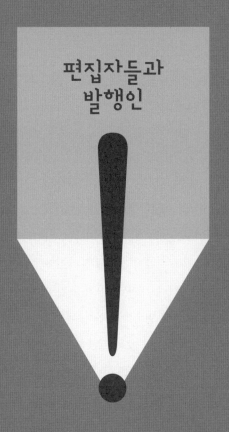

편집자들과
발행인

로버트 고틀립은 1987년 윌리엄 숀의 후임으로 『뉴요커』 편집장에 취임했다. 기벽이 이 자리에 앉기 위한 기준이라면 로버트는 자격이 충분했다. 한때 그의 사무실에는 매시 정각에 플라스틱 토스트가 두 장씩 튀어나오는 토스터가 있었다. 내가 그와 가장 긴 대화를 나누었던 날에는 그사이에 토스트가 세 번 튀어나왔다. 때는 늦은 시간이었고 나는 세 대의 기차를 놓쳐야 했다. 로버트는 경청할 줄 알았지만 그때의 대화는 주로 독백이었고 "『뉴요커』를 구하기 위한" 그의 역할과 관계된 내용이었다. 플라스틱 토스트가 그의 전부는 아니었다. 원고에 대한 반응이 빠르고 확실했던 그는 자기가 싣는 글을 잘 알고 대부분의 필자보다―그리고 확실히 이 필자보다―더 똑똑했다. 그는 30년간 책을 편집했고 사이먼 앤드 슈스터와 앨프리드 A. 크노프의 편집장을 지냈다. 그가 『뉴요커』 편집장일 때 내가 8만 단어에 육박하는 길이의 글을 넘긴 적이 있다. 그는 이튿날 아침에 이 글에 대해 논의하자고 나를 불러서 말문이 막히게 만들었다. 나는 8만 단어를 읽으려면 2주일이 걸린다. 어쩌면 2개월일지도 모르겠다. 고틀립이 원고를 다 읽었다고 했을 때 나는 그 말을 믿지 않았다. 하지만 그는 두 장문의 세트 피스와 그것이 전체 구조에서 하는 역할을 분석한 뒤, 과학적 설명이 어디에 있는지를 언급하고 그것이 명료하지 않은 것 같다고 지적한 다음, 글을 개선하기 위해 내가 바꾸었으면 좋겠는 부분들을 열거했다.

「배를 찾아서」에 대해서도 그의 신속함은 여전했지만, 내가 넘긴 원고가 『뉴요커』에 게재되기까지 9개월이 걸린 건 딱 한 대목 때문이었다. 나는 상선 스텔라라이크스 호를 타고 마이애미, 카르타헤나, 발보아, 부에나벤투라, 과야킬, 카야오, 발파라이소를 다녀와서 6만 단어를 썼고, 고틀립은 그중 딱 한 단어를 제외한 전문을 샀다. 그 단어는 존 셰퍼드라는 선원의 입에서 나온 것으로, 그는 이렇게 말했다. "힘들어, 힘든 생활이야. 뭍에 오르면 돈 실컷 쓰고서 걷어차이는 게 일이라니까. 친구가 많은 것도 돈 떨어지면 끝이지. 뱃사람은 돈이 있으면 막 장미 향기를 풍기지만 돈이 없으면, '니미씨발Motherfucker, 가서 배나 잡아 타라' 소리나 듣는다고."

『뉴요커』에 처음 게재된 움찔할 단어들의 일가족에서 'Mother-fucker'는 아직 태어나지 않은 상태였다. 'Fuck'은 살아 있지만 간신히 숨만 붙은 채였다. 존 치버는 1950년대에 게재된 한 단편에서 이 단어를 삭제하는 데 동의했고, 이런 순응의 전통은 1980년 앨리스 먼로에게—또 그를 넘어서—까지 이어졌다. 그러는 내내 『뉴요커』의 편집장은 윌리엄 숀이었다. 그는 "우리한텐 안 맞는다"는 조용한 표현을 통해 자신을 복수형으로 지칭했다. 순화가 가능하다고 생각하면 그것을 요구하곤 했다.

1960년대에 캘빈 트릴린은 한 유머 글을 쓰면서 'Mother Jumpers'라는 임부복 상점을 상상해냈다.*

"아, 안 됩니다. 우리한텐 안 맞아요."

트릴린이 지면으로 공개한 이야기에 따르면, 그는 미스터 숀에게 Mother Jumpers "자체가 이미 순화한 단어"라고 말했다고 한다.

"네, 그런데 우리한텐 안 맞아요."

『뉴요커』의 아트에디터로 20년간 재직한 카툰 작가 리 로렌즈의 견해에 따르면, 이 잡지는 "점잔을 뺀다는 다소 과분한 명성"을 얻고 있었다. 카툰 작가 조지 부스와 그가 그린 고양이 무리, 사팔눈 개들에 대한 경의의 표시로 엮은 작품집에서 로렌즈는 이렇게 썼다. "1960년대의 사회적 격동 속에서 다른 간행물들이 s**t과 f**k의 별표를 득의양양하게 글자로 교체하는 와중에도 이 잡지는 '속된 말'을 삼가는 전통을 고수했다. 무엇보다도 이러한 태도는 '트렌디'한 것을 꺼리는 숀의 성격

---

*Mother Jumpers는 엄마가 입는 스웨터라는 뜻도 되지만 'motherfucker'와 비슷한 욕설로도 쓰인다.

에서 나온 것이었다."

여러분이 열 명의 서로 다른 윌리엄 숀을 만나고 싶다면, 리 로렌즈, 릴리언 로스, 앨런 숀, 제임스 서버, 로저 에인절, 베드 메타, 레나타 애들러, 브렌던 길, 개리슨 케일러, 그리고 여러분 손에 있는 이 책을 읽으면 된다. 내 생각에 'motherfucker'가 그의 잡지에 침투하려 했을 때 숀이 품었던 가장 큰 우려는 트렌디함이 아니었다. 미스터 숀─담배나 이를테면 성기와 직접 닿는 의류 광고조차 용인하지 않았던 이 한 명의 '우리'─은 트릴린의 'Mother Jumpers'가 다른 잡지로 넘어가는 걸 감수할 마음의 준비가 되어 있었다. 한 등장인물이 페서리라는 피임 기구를 언급한다는 이유로 그가 필립 로스의 「굿바이, 콜럼버스」를 거절했다는 이야기도 전해진다.

세라 리핀콧은 1970년대에 쓴 한 짧은 글에서, 그 시절의 시알리스라 할 수 있는 '안 쓰면 없어진다Use it or lose it'*의 변형태를 시도해보았다. 자전거를 타고서 뉴욕 버스 운전기사에게 "안 비키면 없애버린다Move it or lose it!"라고 소리친 것이다. 이마저도 미스터 숀의 얼굴을 달아오르게 만들었다. 그는 자기 잡지에 이런 걸 실을 수 없었다. "왜요?" 세라가 물었지만 숀은 즉답을 피했다. 세라가 다시 묻자 그는 얼굴이 빨개졌고 끝내 대답을 하지 않았다.

---

*여기서는 남성 성기능은 안 쓰면 퇴화한다는 의미로, 맥피는 이를 오늘날의 발기부전 치료제인 시알리스에 빗대고 있다.

하지만 똑같은 케케묵은 시절에 숀은 트릴린이 조지아주 주지사 레스터 매덕스에 대해 쓴 글에 '쑤셔박을ram it'이라는 표현을 넣는 걸 허락하기도 했다. 주지사가 공개석상에서 "연방정부가 이 교육 예산을 갖다 '쑤셔박을' 수도 있다"라고 말한 것이다. 처음에 숀은, 이런 식의 쑤셔박기는 『뉴요커』에서 일어날 수 없다고 고집했다. 트릴린은 숀이 끝내 뜻을 굽히지 않으면 잡지사를 떠날 생각이었다. "그의 말은 (…) 다른 기자들은 들어도 되는 걸 나더런 듣지 말라는 말이었다. 나는 과연 그럴 수 있을지 자신이 없었다. 결국 그는 밤새 생각해보겠다고 했다."

이튿날 아침, 숀은 작가에게 전화를 걸어서 특유의 변함없는 정중한 투로 입을 뗐다. 그러곤 아주 가만가만 이렇게 말했다. "안녕하세요, 미스터 트릴린. 잘 지내셨습니까? 지금 통화하기 편한 시간인지요?"

이리하여 '쑤셔박을'은 원고에서 부활했다.

이런 일은 15세기 항해자들이 지도에도 없는 대륙으로부터 400리나 떨어진 망망대해에서 띄엄띄엄 조우했던 초목과도 같이 귀했다. 언젠가는 『뉴요커』에서도 순화어가 사라질 터였다. 그래, 언젠가는. 하지만 '쑤셔박기' 사건으로부터 6년이 흐른 1974년에는 아니었다. 그때 나는 서러브레드의 에로틱한 교배와 대조를 이루는 쿼터호스의 인공수정을 상세히 묘사했다. 이 대목이 포함된 원고를 읽으면서 얼굴을 붉히는 미스터 숀을 상상해보라. 그리고 숀이 재직하던 시기의 『뉴요커』 아카이브에서 이 대목을 찾아볼 생각일랑 단념하길.

'고 맨 고Go Man Go'는 뉴멕시코주 로즈웰에 있는 부에나수에르테 목장의 씨수말로 활약 중이다. 녀석의 삶은 목가적으로 보인다. 희고 견고한 펜스가 전용 방목장을 둘러싸고 있다. 펜스로 구획된 단독 목초지 옆에 놓인 전용 마사에는 녀석의 이름이 금박으로 쓰여 있다. 하지만 제구실을 해야 할 때가 되면 고 맨 고는 클리닉으로 끌려간다. 거기서는 교미를 돕는 수말인 시정마teaser를 동원해 암말 무리를 준비시킨다. 조련사들은—고삐를 잡고서—암말과 시정마를 각각 붙든다. 시정마가 암말에게 가까이 갈 때는 제지하지 않는다. 시정마는 암말에게 가서 코를 비빈다. 암말에 대고 몸을 문지른다. 깊은 교성을 낸다. 심장이 뛴다. 피가 끓는다. 암말의 피도 따라서 끓는다. 시정마는 콧구멍에서 콧김을 뿜으며 암말에 올라타려 한다. 이때 녀석을 강제로 끌어내려 떼어놓는다. 말은 울타리 안으로 질질 끌려 들어간다. 암말은 배란을 했고 준비가 되었다. 시정마들은 오래 버티지 못한다. 불과 수개월이면 심리적으로 무너진다. 이제 약 열네 마리의 암말이 흥분한 현장으로 고 맨 고를 데려온다. 고 맨 고는 목초지에서 한 마리의 짝과 사랑을 나누는 게 아니라 클리닉에서 열네 마리의 암말을 상대한다. 그중 한 마리를 대령하자 고 맨 고가 대뜸 올라탄다. 곁에는 수의사가 서 있다. 삽입 직전 최후의 순간에 수의사는 고 맨 고를 인공 질로 유도한다. 묵직한 가죽 튜브를 플라스틱으로 둘러 감싼 인공 질은 길이 약 60센티미터에 여행가방용 손잡이가 달려 있다. 외벽에는 두 개의 밸브가 있는데 하나는 압축공기용이고 또 하나는 섭씨 75도로 데운

물을 넣는 용도다. 뜨거운 물거품을 공기와 함께 주입하여 고 맨 고의 수용감을 높여주기 위한 것이다. "애는 무슨 일이 벌어지고 있는지 몰라요", 수의사가 설명한다. "자기가 암말 안에 있는 줄 알죠."

인공 질에 든 통에 정자와 정액을 받는 즉시 분석기로 옮긴다. 정자 5000만 마리에 해당되는 정액을 측정한 뒤 흥분한 암말에 주사기로 주입한다. 다음 5000만 마리는 다음 암말의 몸속으로 들어간다. 한 번의 사정으로 무리 전체를 상대하고도 남는다. 고 맨 고는 다시 전용 방목장으로 끌려간다. 산산이 흩어진 그의 메타포—씨수말로 활약하는 고 맨 고—도 그를 따라 질질 끌려간다.

말할 필요도 없겠지만 이건 1975년에도 마찬가지였다. 그해에 나는 헨리 베일런코트를 위시한 일행과 함께 나무껍질 카누의 노를 저어 노스메인우즈를 240킬로미터에 걸쳐 종주했다. 이 사람은 도끼, 송곳, 굽은 칼, 까뀌만을 가지고, 가문비나무와 다른 상록수 뿌리를 가늘게 쪼개어 만든 실로 선체를 딱 맞게 바느질해서 카누를 짰다. 알고 보니 그는 작업장에서만 솜씨 좋고 신중한 게 아니라 숲속과 물 위에서도 고집불통이었고, 마치 갤리선의 선주이자 선장처럼 여정을 뚫고 나아갔다. 마지막 10킬로미터는 코콤고목호를 동남쪽에서 서북쪽으로 건너는 여정이었는데, 시스 물길에서 벗어나 호수에 도달했을 때 너무 센 역풍이 몰아치는 바람에 카누는 높은 파도 사이의 깊숙한 골짜기로 가라앉았다. 파도에서 물보라가 연기처럼 피어올랐다. 베일런코트는 이

험악한 조건을 무시하고 호수를 건널 것을 지시했다. 우리는 전진했다. 건현*이 낮은 카누들은 서북쪽으로 채 90미터도 못 가서 파도를 뒤집 어썼다. 안 그래도 그간 베일런코트의 판단력에 대한 의구심이 극에 달해 있던 워런 엘머는 뱃머리에서 홱 뒤돌아보더니 그를 향해 고함질렀다. "씨발 이 미친놈아You fucking lunatic, 호숫가로 돌아가!"

씨발, 씨발놈, 개씨발; 개씨발, 씨발놈, 씨발Fuck, fucker, fuckest; fuckest, fucker, fuck. 평생 내게는―묶음인 'c'와 규암처럼 단단한 'k'가 들어간―이 네 글자 단어가 천둥소리보다 더 큰 충격처럼 느껴졌다. 내 부모님은 이 말을 수사적 범죄로 여겼다. 미스터 숀은 이 단어가 언어에 존재한다는 사실에 대해서는 초탈한 듯 보였지만 자신의 간행물에서만은 아니었다. 내 어린 딸들은 그나 나나 조부모님이 느꼈던 부담감이 확실히 전혀 없는 듯했다. 애들이 중학생일 때는 차 앞좌석과 뒷좌석에서 마치 탁구 치듯이 이 단어를 주고받았다. 한번은 이 단어가 임계 질량에 다다르는 걸 듣다못해, 운전하다 말고 즉흥적으로 (어디까지나 차분하게, 아버지다운 말투로) 이렇게 고함쳤다. "씨발 씨발 씨발 씨발 씨발 씨발 씨발 씨발Fuck fuck fuck fuck fuck fuck fuck fuck―나도 할 수 있다고!"

차 안에서라면 몰라도 『뉴요커』에서는, 더구나 1975년에는 안 될 일이라는 걸 굳이 들을 필요도 없었다. 나는 이 잡지에 12년간 기고해 온 터였다. '씨―f―'이나 '씨*f••k'이나 '[비속어는 삭제했음]'과 같은 대

---

*배에 짐을 가득 실었을 때 수면에서 상갑판 위까지의 수직 거리.

안은 존재하지 않았다. 이건 슈트를 타고 내려오는 자갈돌처럼 아주 듣기 싫게 덜그럭거렸다. 『뉴요커』가 이런 방편을 썼다면—물론 쓰지 않았지만—나는 이 잡지를 멀리했을 것이다. 'F로 시작하는 단어F-word'라는 표현은 당시만 해도 상용되지 않았을뿐더러, 차라리 상용 어구가 되지 않는 편이 나라를 위해 더 좋았을 것이다. 이리하여, 워런 엘머는 코콤고목호에서 "씨발"이라고 말했지만 『뉴요커』에서는 이렇게 인용되었다. "빌어먹을 이 미친놈아You God-damned lunatic, 호숫가로 돌아가!"

1980년 이후로도 『뉴요커』의 고도는 바뀌지 않았다. 일례로 그해 마지막 권호에 실린 앨리스 먼로의 「칠면조 시즌The Turkey Season」에서 한 줄이 사라졌는데, 그 틈은 대충 화분으로 가려졌다.

짐작건대 먼로의 원고는 이러했을 것이다. 「칠면조 시즌」이 그의 책 『목성의 달들The Moons of Jupiter』에 묶여 나왔을 때는 이렇게 찍혀 있었기 때문이다.

하지만 지긋지긋해서 때려치웠다고 했다.

그가 한 말은 이랬다. "하, 씨발놈의 배들fuckin' boats, 이제 지긋지긋해."

'칠면조 헛간'에서 오가는 말은 거칠고 거침없었지만 이것만은 한 번도 들어본 적 없는 말이었다.

『뉴요커』에는 이렇게 실렸다.

하지만 지긋지긋해서 때려치웠다고 했다.

'칠면조 헛간'에서 오가는 말은 거칠고 거침없었지만, 이 말을 하면서 브라이언은 요즘과 달리 당시만 해도 흔치 않았던 표현을 썼다.

그로부터 7년 뒤, 숀이 편집장으로 재직한 마지막 몇 개월 사이에 프록터 앤드 갬블에서 비누가 가라앉았다.*

트릴린은 재정적으로 궁지에 몰린 자신의 곤경을 '망할 씨발놈의 fuckin' 유대인들!' 탓으로 돌린 한 네브래스카 농부에 대한 글을 넘겼다. 트릴린은 이렇게 적었다.

물론 그가 할 일이 아주 많다는 걸 잘 알고 설령 안 된다고 하더라도 화내지 않을 테지만, 내 글에 반드시 필요한 이 인용문에 대해 미스터 숀과 얘기를 좀 해야 될 것 같다고 말했다. 미스터 숀은 순화가 가능한지에 대해 물었다. 나는 이 말이 주 경찰의 수사 기록을 인용한 것이라고 대답했다. 다른 선택지들에 대해 잠시 이야기를 나눈 끝에, 마침내 그가 말했다. "그냥 쓰시죠." 나는 몇 마디 웅얼거리고는 행여 내

---

*프록터 앤드 갬블은 자사 제품인 아이보리 비누를 '물에 뜨는 비누'라고 대대적으로 선전했다. 1928년 『뉴요커』에는 「산업의 위기: 비누 한 개가 가라앉은 날Industrial Crisis: The Day a Cake of Soap Sank」이라는 만평이 실렸다. 이는 『뉴요커』 역사상 가장 유명한 만평 중 하나가 되었다. 맥피는 다음에 소개하는 일화를 아이보리 비누가 가라앉은 '위기'에 빗대어 『뉴요커』에 닥친 중대 분기점으로 풍자하고 있다.

가 갑자기 움직이면 그의 마음이 바뀔지도 모른다는 두려움에 천천히 조심스럽게 그의 사무실을 나왔다.

이러한 배경하에 로버트 고틀립이 성큼성큼 들어왔고, 「배를 찾아서」가 인쇄된 시점은 그가 이 자리에 온 지 3년이 흘렀을 무렵이었다. 이 글의 곳곳에는 다채로운 '똥shit'과 '씨발fuck'이 있었지만 이것들은 그의 눈길을 사로잡지 않았다. 하지만 선원 존 셰퍼드가 한 말— "니미 씨발, 가서 배나 잡아타라"—은 그의 눈길을 사로잡았다.

이 글이 인쇄에 들어가기로 한 날 로버트가 나를 자기 사무실에서 보자고 불렀다. 나는 그의 사무실에 가는 걸 좋아했다. 토스터 때문만은 아니었다. 그가 수집한 핸드백 컬렉션의 일부도 사무실에 진열되어 있었다. 그는 선원의 대사를 재고하는 게 바람직할 것 같지 않느냐고 물었다.

셰퍼드는 그 말을 재고하지 않았다고 나는 대답했다. 그런데 내가 어떻게 그럴 수 있겠는가?

로버트는 그럴 수 있다고 했다.

나는 그대로 두었으면 좋겠다고 했다.

로버트는 몸을 굽혀 샛노란 4인치짜리 포스트잇에 검은 매직 마커 펜으로 큼직하게 'MOTHERFUCKER'라고 썼다. 그는 오픈칼라 긴소매 셔츠를 입고 있었는데, 그 주머니 위에 포스트잇을 척 붙였다. 그러곤 오늘 중으로 나를 다시 부르겠노라고 했다.

나는 자리로 돌아갔다. 기묘하게도, 「배를 찾아서」에는 그가 우려할 만한 짧은 대목이 한 군데 더 있었지만 그는 이에 대해 전혀 언급하지 않았고―누가 알겠냐만―생각해보지도 않은 듯했다. 그건 바다를 떠나기 위해 바다로 나가는 사람들의 무료함과 갈망을 다룬 대목이었다.

자유의지로 여기에 있고 (대부분의 경우) 바다에서의 이력이 수십 년씩 되면서도, 이 사람들은 마치 벽에 'X' 자를 긋는 죄수들처럼 행동했다. 어느 날 아침 짐 고싯이 윌리엄 케네디에게 이렇게 말하는 것을 들었다. "꼬맹이, 우리 이제 50일도 안 남았어. 앞으로 49일이다." 이 말을 들으니 메인주 메인해양대학교의 실습선에서 보았던 낙서가 떠올랐다. 학생들은 교육 과정의 일환으로 두 번의 여름을 메인주에서 보낸다. 그 배의 화장실 칸막이에 적힌 낙서는 "13MFD밖에 안 남았다, 12MFD밖에 안 남았다, 11MFD밖에 안 남았다" 이런 식으로 죽 이어지고 있었다. 여기서 'D'는 '일$_{day}$'의 약자였다.* 바다에 나가기 위해 대학에 진학한 사람이 썼다고 하기엔 이상하게 보였다. 하지만 직업 선원이라면 누구나 이해할 것이다.

그날 고틀립은 MOTHERFUCKER 포스트잇을 마치 학회장에서 다는 이름표처럼 가슴에 붙이고 잡지사 복도를 이따금 어슬렁거렸다.

---

*그리고 MF는 motherfucking의 약자다.

사무실마다 가서 기웃거리고, 온갖 부서에 들어가 서성였다. 그걸 보고 누구는 얼굴을 붉혔고, 누구는 웃었고, 누구는 깜짝 놀란 눈짓을 했고, 누구는 헛기침을 했고, 누구는 눈살을 찌푸렸다. 그는 필자들에게 잠시 숨 돌릴 여유를 주었다. 편집자들에게는 저자 말고 잠시 다른 걸 생각할 수 있는 시간을 주었다. 그는 거의 모든 사람을 찾아가 딱히 의견을 묻지 않고도 그들의 관점을 흡수했다. 끝으로 그는 나를 불렀다. 그러더니 『뉴요커』는 'motherfucker'와 안 맞는다고 말했다.

*

『뉴요커』가 쓰는 어휘와는 무관하게, 내가 여기 들어왔을 때는 아주 운이 좋았다. 내 첫 번째 글은 1963년에 실렸지만, 이건 포괄적으로 회고담이었고 분량이 짧았고 이 잡지의 용어에 따르면 '캐주얼'했으며, 사실을 다룬 글이었음에도 픽션 부서에서 맡아 처리했다. 내 존재를 바꾼 글은 그로부터 2년 뒤에 찾아왔다. 프린스턴대 농구 선수 빌 브래들리에 대한 1만7000단어 분량의 프로파일이었다. 숀은 이 글을 직접 편집했다. 그는 신규 필자가 쓴 장문의 논픽션은 늘 손수 편집하여 그들을—말처럼은 아니고 야구 글러브처럼—길들이곤 했다. 우리는 인쇄일 약 1주일 전부터 매일 만나 교정쇄의 콤마 하나하나—추가로 세미콜론—까지 샅샅이 뜯어보았다. 그는 자신이 『뉴요커』처럼 보이는' 글을 사는 데 관심이 없음을 몇 차례에 걸쳐 조심스레 강조했다. 나는 이것이 당시 '장안의 화제The Talk of the Town' 코너가 취했던 일인칭 복수형 시점을 가리키는 말이었으리라고 짐작한다. 그가 실은 기명 기사들은 그렇게 동질하지 않았기 때문이다. 아무런 꼬리표도 붙지 않은 S. J. 페럴먼의 글 한 조각을 보고 그걸 하나 아렌트가 쓴 글로 여길 사람은 없을 것이다. 이따금 미스터 숀은, 신경증까지는 아니어도 자신감 부족으로 조바심치는 필자들에게 기운을 한껏 북돋는 말을 해주곤 했다. 그는 실무 경험이 풍부했다. 내가 처음 만났을 때 그는 57세였고, 79세가 될 때까지도 『뉴요커』의 편집장이었다. 이 잡지에 정기적으로 실린 다양한 형태의 글 가운데 숀이 스스로 가장 심혈을 기울인 것은 바로 장문 논픽션의 잠재력과 가능성이었다.

1965년 전까지 나는 이런 걸 하나도 몰랐다. 이 잡지는 발행인란이 없었으므로 나는 그의 이름을 들어본 적도 없었다. 대부분의 독자처럼 나도 『뉴요커』가 높은 데 있는 모종의 위원회, '우리'로 통칭되는 편집자들의 컨소시엄에 의해 만들어진다고 생각했다. 나는 고교 시절부터 『뉴요커』에 내 글이 실리는 걸 보고 싶었을 따름이고 30대가 될 때까지 계속 『뉴요커』에 딱지를 맞았다. 그랬던 내가 이제 43번가에 있는 낡은 빌딩 19층의 특징 없는 방에 앉아, 예의 바르고 정중하고 자그마한 대머리 남자가 3-2 지역방어, 블라인드 패스, 리버스 피벗, 스크린 걸기에 대해 이야기하는 걸 듣고 있었다. 그는 수비 구조와 공격 동작에 무지했고 들어도 곧 잊어버릴 게 뻔했지만, 이번 주만큼은 이해하고자 했고 이것이 정확히 쓰였는지에 지대한 관심을 보였다. 어떤 이유로—너무 긴장해서겠지, 달리 뭐였겠는가?—나는 이 글을 넘기기 전에 제목을 다는 걸 깜빡 잊었다. 모든 부류의 편집자들은 제목이 자신의 특권이라고—원고를 샀으면 그 첫머리에서 제목을 들어내고 자기가 지은 제목을 붙일 수 있다고—생각하는 것 같다. 젊었을 적에는 이런 일이 생기면 막 살갗이 달아오르고 소름이 돋곤 했다. 내가 『뉴요커』 말고도 거의 모든 잡지—『보그』『홀리데이』『새터데이 이브닝 포스트』—에서 이런 편집자들을 만났음을 덧붙여야겠다. 제목은 글의 필수불가결한 일부이고 가장 중요한 부분 중 하나이며, 뒤에 오는 내용을 쓴 사람이 아니면 누구도 제목을 붙여선 안 된다. 필자가 붙인 제목을 자기가 지은 것으로 바꿔치기하는 편집자들의 습관은, 판지로 만들어 세운 마오쩌둥의 몸에 관광객이 머리만 갖다 대고 찍은 사진에 빗댈 수 있다. 하지만 빌 브래들리에 대한 글에 제목이 빠진 건 내 실수였다. 나는 원고에 제목을 달지 않았다. 숀이 달았다. 그는 글의 본문을 뒤져 주인공의 입에서 나온 여섯 단어를 건져냈고, 내가 『뉴요커』의 첫 번째 교정지를 받아들었 때 이 글에는 「내가 어디 있다는 감각A Sense of Where You Are」이라는 제목이 붙어 있었다.

나는 이에 대해 지난 50여 년간 그에게 감사의 마음을 품어왔지만, 그렇다고 숀에 대한 내 경계심이 조금이라도 누그러진 건 아니었다. 논픽션 제목과 관련해 그는 몇 가지 기본적인 편견을 품고 있었고 그것을 이 잡지의 헌법적 조항으로 땅땅 박아놓았다. 예를 들어 주제의 명칭은 제목에 올 수 없었다. 그 주제가 오렌지라 하더라도 말이다. 내가 두 번째로 그에게 넘긴 장문의 글이 바로 이 경우였다. 나는 여기에 「오렌지Oranges」라는 제목을 붙였다. 그것이 이 글의 주제였다. 그것 말고 달리 뭐가 필요하단 말인가? 미스터 숀은 첫머리에서 '오렌지'를 지우고 「푸른 밤의 금빛 등불Golden Lamps in a Green Night」이라는 제목의 교정지를 만들어놓았다. 그렇다. 나는 조지 부스의 카툰에 나오는 사팔눈 개가 아니었다. 내 시선은 한곳으로 모여 숀이 붙인 제목에 가서 꽂혔다. 그것은 내가 본문에서 인용한 앤드루 마벌의 시 「버뮤다 이주민들의 노래Song of the Emigrants in Bermuda」에서 따온 구절이었다. 내가 발작을 일으키자 미스터 숀은 친절하게도 이를 주섬주섬 주워다 도로 「오렌지」로 만들어주었다.

몇 년 뒤 내가 「소작농과 지주The Crofter and the Laird」라는 제목의 글을 넘겼을 때도 미스터 숀은 '주제를 제목에 넣지 않는다'는 조항을 들먹였는데, 이번에 그가 취한 해법은 너무나 조심스럽고 감동적이어서 나를 무장해제시키고 말았다. 이 글은 『뉴요커』에 「소작농과 지주의 섬 The Island of the Crofter and the Laird」이라는 제목으로 실렸다.

콤마와 기벽이 그의 전부는 아니었다. 그는 말을 확실하게 했다. 내가 굴에 대한 글을 써도 되겠느냐고 물었을 때 그는 느릿하고 차분하게 말했다. "아뇨. 일반적인 의미에서 그건 다른 필자의 몫으로 잡혀 있습니다."

'다른 필자'는 그가 필자와의 대화 중 간혹 다른 필자를 거명하는 경우에 들을 수 있는 최대치의 정보였다. 숀은 자전거의 바퀴 축이었고 그가 거느린 필진은 바큇살이었다. 그는 필자들을 따로따로, 뻣뻣하게, 개별적으로—그와는 이어지지만 그들끼리는 이어지지 않게끔—관리했다. 딱 한 번, 드물게 그가 신중치 못했던 순간에 내게 목소리를 낮추어 은밀한 어조로 '유려한 필자들'에 대해 (물론 이름은 거론하지 않고) 언급한 적이 있다. 이 유려한 필자들이 그 재주를 위해 치르는 대가에 대해, 그들의 매끄러운 산문에 쌓이는 의구심과 기타 등등에 대해 듣고 있자니, 내 글은 그에게 자갈밭처럼 껄끄럽게 느껴졌으면 좋겠다는 생각이 들었다. 그는 같이 일하는 남성들을 미스터라고 불렀다. "안녕하세요, 미스터 싱어, 잘 지내셨습니까? 지금 통화 괜찮으신지요?" 절대로 이보다 더 친근하게 굴지 않았다. 내게 이 정중함은 실용적인 방편처럼 느껴졌다. 미스터라고 부르는 사람을 자르는 편이 더 수월하다. 샌디라고 부르던 사람을 해고하기가 얼마나 더 힘겨울지 생각해보라. 여성의 경우 미스터 숀은 미스나 미시즈라고 불렀다. 그는 1907년생이었다.

윌리엄 숀과 음식에 얽힌 두 가지 아주 밀접한 일화—하나는 알래스카의 카리부에 대한 것이고, 또 하나는 조지아주에서 차에 치여 죽은 동물들에 대한 것이다—가 내 책 『실크 낙하산Silk Parachute』에 실렸는데, 그것을 여기에 인용한다.

1971년 '알래스카 원주민 권리 확립에 관한 법Alaska Native Claims Settlement Act'이 통과되면서 알래스카 땅이 광대하고 복합적인 규모로 재편되기 시작했다. 나는 이곳에 가서 체류하며 변화에 직면한 알래스카주에 대해 글을 쓰고픈 욕구가 간절했다. 윌리엄 숀에게 이 기획을 승인하고 경비를 지원해줄 수 있는지 물었을 때 그의 반응은 확고히 부정적이었다. 왜? 그것이 무가치한 주제이기 때문도 아니고, 『뉴요커』의 예산을 초과하기 때문도 아니었다. 그가 추운 곳에 관한 글을 읽기 싫어하기 때문이었다. 그는 뉴펀들랜드에 대해서도 비슷한 반응을 보였다("음, 어, 글쎄요, 어, 거기 춥지 않나요?"). 뉴펀들랜드는 플로리다와 마찬가지로 북극권에서 1000마일 이상 떨어진 남쪽에 있는데도 미스터 숀은 그곳을 생각하며 부르르 떨었다. 뉴펀들랜드에는 끝내 가지 못했지만, 나는 똑똑 물을 떨어뜨리듯 알래스카에 대한 이야기를 부단히 거듭한 끝에 마침내 시카고에서 노스웨스트 3번 편 비행기에 탑승할 수 있었다.

우리는 브룩스산맥 남쪽 사면의 새먼강과 코북강을 여행했다. 이곳에서 강을 따라 내려간 첫 번째 장거리 여행이었다. 어느 시점엔가 나는 그 지역의 숲 이누이트들이 카리부 눈알 뒤에 붙은 지방질을 귀한 별미로 높이 친다는 걸 알고서 기록해두었다. (최근 알래스카주 정부의 천연자원부 장관이 된) 연방야외휴양국의 팻 프루쇼가 이 여행을 꾸리고 식량을 조달했다. 프루쇼는 여러 분야에 대해 전문 지식이 있었지만 음식은 그의 전문 분야가 아니었다. 아침 식사로 그는 핑크색 아이싱을 바르고 속에 라즈베리 잼을 채운 팝타르트 시리얼을 잔뜩 가져왔다. 이 팝타르트 때문에, 나는 코북강 둑에서 철학적 선택의 기로에 직면하게 되었다. 최종적으로 잡지에 실린 원고는 다음과 같았다.

토스터도 없고 어차피 별로 신경도 안 썼으므로 우리는 그걸 차가운 상태로 그냥 먹었다. 이는 한 가지 의문을 불러일으켰다. 편견이 없는 입맛—개방적인 정신을 지닌 베르베르인의 입맛이나, 화성인 여행자의 입맛—에는 무엇이 더 만족스러울까? 핑크색 아이싱에 라즈베리로 소를 채운 (차가운) 팝타르트일까, 카리부 눈알 뒤에 붙은 비곗덩어리일까?

그 시절에는 '숀 교정지'라고 하는 것이 있었다. 팩트체커fact-checker*, 그 밖의 편집자들, '교정자reader'라 불리는 어법의 천재들이 생산해내는 교정지가 많이 있었지만, 이 금욕적인 교정지는 고고하게 떨어져 있었으며 지저분할 때가 드물었고 미스터 숀의 가장 중대한 관심사가 띄엄띄엄 표시되어 있을 따름이었다. 그는 추운 곳을 혐오했지만, 가상 또는 현실에 존재하는 희한한 음식을 대하는 그의 결벽증에 대면 그건 아무것도 아니었다. 나는 그와 식당에 가본 적이 거의 없지만 어쩌다 함께 갈 때면 그가 전식으로 택하는 메뉴는 단연 콘플레이크였다. 그는 자기 앞에 놓인 콘플레이크의 낱알 하나하나를 혹시 움직이지 않는지 확인하려는 듯 유심히 살피곤 했다. 숀 교정지의 위에 인용한 대목 옆에 펼쳐진 희고 널찍한 여백에는—그 특유의 가느다란 필기체로, 조그맣게—'팝타르트'라고 적혀 있었다.

---

*사실 확인 담당자.

*

그래서 나는, 그로부터 수년 전 손에게 무슨 기이한 부주의가 발동했기에 차에 치여 죽은 짐승들을 수집하고 그 대부분을 먹는 여성과 함께 조지아주 시골을 돌아다니겠다는 내 기획서를 승인했는지 알 길이 없다. 캐럴 루크데셸이라는 이 여성에게는 사실 몇 가지 의제가 있었는데, 그중 첫째는 조지아 자연구역 위원회Georgia Natural Areas Council의 동료인 샘 캔들러와 함께 주 전역을 돌며 너무 늦기 전에 보존할 수 있을지 모를 야생지역을 찾는 것이었다. 아마도 이 생태주의적 안개에 가려서 미스터 손이 죽은 짐승을—누군가의 음식으로 여기는 건 고사하고—알아채지 못한 듯하지만, 나는 내 첫 번째이자 어쩌면 유일한 독자가 윌리엄 손이 될 것임을 여정 첫날, 집필 첫날부터 날카롭게 의식했다. 농담이 아니라 진짜로 이것이 글의 구조를 결정한 주요인이었다. 어디서부터 시작할까? 첫날밤에 우리가 먹었던 족제비부터? 턱도 없지, 나는 속으로 중얼거렸다. 답을 기다릴 필요도 없었다. 이건—북쪽으로는 애팔래치아의 한 외딴 계곡으로부터 남쪽 끝으로는 케모체코비 크리크까지 포함한—1770킬로미터에 걸친 여정의 삽화적 내러티브였으므로, 나는 연대기적 플래시백에 의해 앵무조개 형태를 띤 구조를 만들고 여기서 가능한 한 가장 무난한 장소로부터 시작할 수 있었다. 어디서부터 시작할 것인가? 우리는 이매뉴얼 카운티의 스웨인즈버로가, '굶주림과 고난의 실개천Hunger and Hardship Creek' 부근에서 죽어가는 거북—악어거북—한 마리와 마주쳤다. 보안관이 거북을 직사 거리에서 쏘려다 빗나간 우스운 장면도 있었다. 거북은 족제비와 달랐다. 악어거북은 인스턴트 수프 제조사에도 낯설지 않은 재료였다. 악어 거북을 족제비나 독사와 나란히 놓고 비교하는 일은 따로 상의가 필요 없었다. 여행에서 거북 다음에 이어지는 내용은 딱히 비위가 상할 만한 음식이 안 나오는 하천 정비 사업이었다. 거북과 하천 정비 이후부터는 중심인물(캐럴 루크데셸)에 대한 전기적 서술로 넘어갈 수 있었고, 다시 첫날부터 시작해서 족제비를 먹어야 하는 시점이 닥치기 전까지 손을 배려한 8000단어 분량의 도입부를 용케도 써낼 수 있었다.

원고를 넘긴 뒤, 나는 닷새 동안 우리 집 거실 안을 뱅뱅 돌며 서성였다. 마침내 전화벨이 울렸다.

"여보세요."

"안녕하세요, 미스터 맥피, 잘 지내셨습니까?" 그는 무척 가볍고 나지막한, 약간 노래하는 듯한 목소리로 말했다. 약한 목소리는 아니었지만, '강철의 생쥐iron mouse'라는 별명으로 불리는 사람치고는 굉장히 소심한 목소리였다.

"네, 괜찮습니다. 감사합니다, 미스터 손. 좀 어떠세요?"

"네, 좋습니다. 감사합니다. 지금 통화하기 괜찮으신가요?"

"그럼요."

"네, 쓰신 글 괜찮았습니다……. 아니, 저는 안 괜찮았지만요. 읽기가 너무 힘들었어요. 하지만 그 여성분이 저보다 더 자연과 가까우시니까요. 하시는 일도 의미 있고요. 게재하게 되어서 기쁩니다."

캐럴은 족제비를 측정했다. 종이에 족제비의 본을 뜨고 귀를 어루만졌다. 족제비의 두개골과 털가죽은 대학에 연구용 소장품으로 보내지게 된다.

그는 생물학자로서 두개골과 털가죽을 모아 조지아주립대학교에 보냈다. 연구실 학생들이 이것을 매우 빨리 소진하기 때문에 자주 보충해주어야 했다.

캐럴은 고환을 간단히 잘라서 떼어낸 뒤 종이 위에 놓고 길이를 쟀다. 0.75인치였다. 그리고 족제비 털을 스윽 가르며 가죽을 제거하기 시작했다. 기다란 목에서 피부를 확실하게 떼어냈다. 털가죽 밑의 살덩이는 송아지 안심 부위처럼 생겼다. "지난겨울에는 다람쥐를 먹고 살았어요", 그가 말했다. "도로 모퉁이를 돌 때마다 다람쥐가 한 마리씩 있더라고요. 이젠 고기 사던 걸 끊었어요. 1년 동안 전혀 사 먹지 않았죠. 혀만 빼고요. 제가 혀를 워낙 좋아하다보니." 그는 말하면서 가볍고도 확실한 손놀림으로 날을 움직였다. "말짱하지요?" 그가 말했다. "거의 손상이 없어요. 대형 트럭에 치인 동물의 가죽을 벗기기 시작하면 진짜로 어디가 어딘지 구분이 안 가서 헤매게 돼요."

"네, 감사합니다, 미스터 숀. 좀 어떠세요?"

캐럴은 족제비를 기다란 포크에 찍어서 숯불에 구웠다. "족제비를 어떻게 해드릴까요?" 샘이 물었다. "심하게 바짝 익혀주세요." 내가 말했다. 캐럴이 코를 킁킁거리며 구이에서 나는 향을 들이마셨다. "이건 야생의 냄새가 있어요." 그가 말했다. "아시다시피 쇠고기가 아니니까요. 제가 처음 곰을 먹을 때 사람들이 '지방을 제거해라, 거기서 역한 맛이 나온다'고 하기에 그렇게 했더니, 곰고기에서 쇠고기랑 똑같은 맛이 나더라고요. 그래서 다음번 곰은 지방이 붙은 채로 놔뒀죠." 족제비의 맛은 강렬했고 그리 불쾌하지 않았다. 식사가 끝난 뒤에도 맛이 입안에 감돌았다. 고기는 섬유질이 많고 색이 짙었다.

*

장문의 논픽션 글을 놓고 논의하면서, 미스터 숀은 "그걸 어떻게 알죠?" "그렇게 될 걸 어떻게 알죠?" "그걸 어떻게 알 수 있죠?" 하는 질문을 숱하게 던지곤 했다. 그는 이 말을 충분히 명확하게 전달했기에 모든 논픽션 필자가 이 질문을 항상 마음의 맨 앞자리에 품고 있어야 했다.

언젠가 그는 본론에서 벗어나 깊은 생각에 잠긴 듯한 말투로, 젊은 작가들이 "자신이 어떤 종류의 작가인지 아는 데 더 오랜 시간이 걸리는" 것 같다고 말한 적이 있다. 그는 왜 그런지를 설명해내지는 못했다. 하지만 이 말 자체에는 실무적인 깊이가 있었다. 글을 쓰고자 하는 충동은 자신에게 맞는 자리를 찾아 헤매지만 그걸 발견할 기회가 항상 주어지지는 않는다. 비교문학 강의를 듣고서 앞으로 러시아 소설가가—심지어 미국 소설가, 혹은 시인이—되겠다고 마음먹을 수는 없다. 젊은 작가들은 경험을 통해 자신이 어떤 종류의 작가인지를 깨닫는다. 특정한 형태의 글이 수업 시간에 칭송되었다거나 매력적인 위신이 있다는 등 하는 이유로 처음부터 그런 글만을 쓰기로 결심한다면, 애초에 글쓰기를 시작하는 데 내재되어 있던 위험이 엄청나게 증폭된다. 스스로를 오판하고 그릇된 장르에 달려들기란 너무나 쉽다. 이 위험을 피하려면 일찍부터 모든 장르의 글을 써보면 된다. 당신 마음의 소리가 시인이라고 속삭인다면 시를 써라. 많이 써라. 만약 그중 단 한 편도 좋은 결실을 맺지 못했다면 전부 내버려라. 당신은 시인이 아니다. 어쩌면 당신은 소설가일지도 모른다. 소설 몇 편을 써보기 전에는 모르는 일이다.

나는 10대 시절과 그 이후로도 한참 동안을 내가 어떤 종류의 작가가 될지, 아니 어떤 작가든 간에 될 수는 있을지 궁리하면서 보냈다. 대학 때는 여러 장르의 글을 썼다. 여기에는 시도 포함되었는데, 어찌나 대단한 독창성을 선보였던지 친구 조지 개럿이 「소방차Fire Engine」라는 탁월한 자유시를 발표하고 나서 얼마 후 『나소 리터러리 매거진Nassau Literary Magazine』에 「소화전Fire Plug」이라는 짤막하고 투박한 시를 투고하기까지 했다. 내 의도는 패러디가 아니었다. 스키 점프대가 『보스턴이브닝 트랜스크립트Boston Evening Transcript』의 독자들처럼 바람에 흔들린다고 썼을 때도 내 의도는 표절이 아니었다.* 나는 열아홉 살이었다. 젊은 작가들은 자신의 품종을 가늠하고 자신이 어떤 장르에 가장 잘 어울리며 어디서 실력을 발휘할 수 있는지를 알기까지 대체로 오랜 시간을 필요로 하며, 그 과정은 날이 갈수록 길어지는 것 같다는 숀의 말에는 이 모든 것이 압축되어 있었다. 언제부터 길어졌다는 말일까? 아마 그는 자신이 소장 편집자였던 1930년대를 염두에 두고 있었을 것이다. 1950년대와 1960년대에 이 과정은 매우 길어지는 듯했다. 나로 말하자면 몇몇 텔레비전 단막극과 기타 잡다한 글을 거친 뒤로 픽션을 쓰는 일이 아주 뜸해졌다. 나는 장문 논픽션에 완전히 빠져들었다. 어떤 형태의 글이건 난도는 똑같이 높고 논픽션 또한 쉬운 일이 아니었지만, 적어도 이것은 다른 형태의 글과 달리 내게 맞는 옷처럼 느껴졌다. 오래전부터 나는 "남자는 어느 한 종류의 글에 더 기울고 능하다 할지라도 모든 종류의 글을 연습해야 한다"는 벤 존슨의 말이 이 과정을 잘 요약했다고 생각해왔다. 성별은 제쳐두고, 나는 이것을 젊은 작가들에게 주는 메시지로 여긴다.

예술은 당신이 찾는 그곳에 있다. 좋은 글도 당신이 찾는 그곳에 있다. 내가 보기에 픽션은 논픽션보다 훨씬 더 어렵다. 논픽션 작가는 수

---

* "「보스턴 이브닝 트랜스크립트」의 독자들이 / 익은 옥수수밭처럼 바람에 흔들린다"는 T. S. 엘리엇의 시 「보스턴 이브닝 트랜스크립트」의 첫 구절이다.

집해놓은 특정한 자료를 갖고서 작업하며 구조를 사전에 설정할 수 있지만 픽션 작가는 시행착오를 겪으며 앞으로 나아가기 때문이다. 픽션과 논픽션의 경계가 모호해졌다는 말이 가끔씩 들린다. 제 눈에 안경이라지만 내 눈에는 그렇지 않다. 둘의 차이는 뚜렷하다. 그런 맥락에서 다음 인용구는 흥미롭다. "픽션은 사실에 충실해야 하며 사실이 더 진실할수록 픽션도 더 나아진다고 우리는 들었다." 버지니아 울프, 『자기만의 방』.

미스터 숀은 일부 독재자, 출판사 대표, 교장 들이 그러하듯이 후계를 고려하지 않는 리더의 부류에 속했다. 하지만 물론, 나이를 먹어감에 따라 후임에 대한 의문이 그를 껍질처럼 둘러싸며 무성히 자라났다. 그는 여기에 책략으로 대응했다. 실제로 퇴임하기 10년 전이자 퇴임을 받아들이기 50년 전인 1970년대 중반, 그는 (다른 많은 필자를 불러서 똑같이 했듯이) 나를 불러—은퇴를 염두에 두고 있다고 대놓고 말하지는 않았지만 그런 암시를 풍기면서—자신이 평소 하던 일을 밑으로 분산시킬 생각이라고 말했다. 그리고 이제부터는 편집 일과 관련하여 자기보다 미스터 빙엄을 더 자주 상대하게 될 터이므로 무슨 일이 생기면 그에게 연락하라고 했다. 숀이 나를 직접 상대하는 건 특정한 경우에 한정될 것이었다. 그 특정한 경우는 첫째 내게 새로운 글의 아이디어가 있어서 제안하고자 할 때, 둘째 완성된 원고를 그에게 넘길 때, 셋째 글이 인쇄에 들어갈 때였다.

편집장을 지낸 마지막 10년간 그는 거의 프랑스 왕조 500년에 걸친 황태자들을 합친 만큼이나 많은 황태자를 거느렸다. 아니 그런 것처럼 보였다. 숀의 후계자들은 전부 겉보기에만 후계자였을 뿐 진짜가 아니었다. 공자처럼 말하자면, 내가 뭐가 될 수 없느냐가 내 참모습을 말해준다. 하지만 적어도 당분간은 아무도 나처럼 되지 못하게 만들 수 있다. 숀이 잇따라 지명한 사람들은 전속 필자와 전속 편집자 들이었다. 그는 한 명씩 차례로 일으켜 세워서 스포트라이트를 비추었다가, 나중에 무슨 이유를 찾아내어(혹은 무슨 이유로 실망하여) 그들을 도로 주저앉혔다. 이에 대해 관련자들이 듣는 설명이라는 것도 대체로 제각각이었기에 숱한 오해와 착각, 원망과 실망이 빚어졌다. 다른 면에서는 자애로웠던 그의 독재의 부정적 일면이 비단 이뿐만은 아니었지만, 이건 아마 가장 잔인한 일면이었을 것이다. 일례로 한번은 그가 로버트 빙엄에게 『뉴요커』의 편집장직을 맡기겠다고 한 적이 있다. 빙엄은 마음의 준비를 하고 1년이 넘도록 기대감 속에 살았다. 그러던 어느 날 숀이 편한 시간에 자기 사무실에 들르라고 해서 가보니, 차기 편집장은 그가 아닐 것이라는 통보가 기다리고 있었다. 숀의 말을 그대로 옮기면 빙엄이 충분한 '캐릭터'를 갖추지 못했다는 게 그 이유였다. 그 이전에 황태자였던 한 사람은 세상을 떠났는데, 나중에도 숀은 아쉬울 때마다 그의 기억을 떠올리며 고인이 된 그 후보자야말로 현대사를 통틀어 차기 편집장의 자격을 충분히 갖춘 유일한 인물이었다고 아련한 눈빛으로 말하곤 했다.

미스터 숀은 창조적 작업—모든 종류의 창조적 작업—과 시간의 어긋난 관계를 이해했다. 내가 접하기로 이를 가장 간결하게 요약한 말은, 첫 번째 『뉴요커』 프로파일 기사를 최종 마감하고 인쇄를 넘기기 직전 던진 질문에 그가 해준 대답이었다. 『뉴요커』 매거진이 데드라인으로 돌진하는 와중에도 백도어 플레이와 농구 지식체계에서의 왼쪽 따옴표 역할을 고찰하는 숱한 일대일 면담을 갖고 난 뒤, 나는 마침내 경탄하며 이렇게 말했다. "어떻게 편집장님은, 이 사업 전체의 운영을 짊어진 상황에서 단 한 명의 필자와 이렇게 많은 걸 이토록 자세히 검토하는 데 그렇게나 많은 시간을 쏟을 여유를 낼 수가 있죠?"

그는 이렇게 말했다. "걸릴 만큼 걸려야 되는 일이니까요."

글쓰기 선생으로서 나는 이 말을 두 세대에 걸쳐 학생들에게 반복해왔다. 그들이 작가라면 이 말을 절대 잊지 않을 것이다.

*

또한 숀은 눈송이나 지문처럼 작가들도 한 사람 한 사람 다르다는 걸 인정했다. 어느 누구도 나와, 아니 다른 누구와 똑같은 방식으로 쓰지 않는다. 이 사실 때문에 작가들 사이에는 진정한 의미의 경쟁이 있을 수 없다. 경쟁처럼 보이는 건 사실 질투와 뒷공론에 지나지 않는다. 집필은 오로지 스스로를 개발하는 일이다. 나는 오로지 나 자신과 경쟁할 뿐이다. 여러분은 집필을 통해 여러분 자신을 개발한다. 편집자의 목표는 작가가 고유의 패턴을 최대한으로 발휘할 수 있게끔 돕는 것이다.

작가의 글에 자기 패턴을 덮어씌우고, 자신이 글을 쓴다면 취했을 방향으로 일을 끌고 나가는 게 자기 역할이라고 생각하는 사람들이 있다. 이런 사람들도 편집자라고 불리지만 실은 편집자가 아니라 가필자다. 과거 내 강의를 들은 학생들이 매체에 실린 자신의 글을 보내올 때면, 원래 글이 어땠는지를 설명하는 주석으로 여백이 꽉 채워져 있는 일이 비일비재하다. 내가 아는(직업 관계로 아는 사이는 아닌) 한 편집자는 말하길, 자신은 이 주제를 다른 측면에서 보며 대부분의 필자에게는 그렇게 해줄 필요가 있다고 했다. 그는 이 필자를 절대 납득시키지 못할 것이다. 내 조언은 자기만의 고유한 특징을 사수하기 위한 싸움을 멈추지 말라는 것이다. 편집자가 내 생각에 큰 보탬이 될 수는 있을지언정, 내 이름으로 실리는 글은 내 것이며 또 내 것이어야 한다.

"이 글에는 괜찮은 넛그래프가 필요해" 하는 식으로 '넛그래프nut graph'* 같은 용어를 쓰는 편집자들이 생겨났다. '넛그래프'란 첫머리 부근에 위치하며 글의 주제와 취지가 압축된 단락을 뜻한다. 이런 종류의 구조적 형식주의는 더 나은 아이디어가 없는 사람들의 생각을 지배하는 기계적 방법론의 일부다. 이 넛그래프 두더지들은 『뉴요커』의 준수뇌부에도 이따금씩 침투하곤 했다. 한 두더지가 편집자 C. P. 크로에게 편집할 원고를 건네면서 넛그래프가 빠졌다고 말했다. 그러고는 잠

---

*nutshell paragraph의 준말.

시 뒤에 필자가 "이야기를 풀어가는 법을 확실히 알기는 한다"며 별 뜻 없이 덧붙였다.

크로는 이렇게 대답했다. "그럼 이야기는 필자가 하게 놔두시죠."

크로는 30년간 내 글을 이따금씩 편집했고 로버트 빙엄이 세상을 뜬 뒤로는 10년 넘게 내 책임편집자였다. 크로는 싹싹하고 호감이 가는 사람이었으며 수다스러우면서도 사려 깊었다. 하지만 그가 맡은 원고에 한해서는, 미스터리나 수수께끼라고 할 정도까진 아니었지만 거의 아무런 내색도 비치지 않았다. 이 글이 그의 마음에 들었을까? 그에게서는 답을 들을 수 없을 것이다. 이 글을 산 사람은 그가 아니라 총괄편집자overarching editor였다. 크로가 이 글을 읽기는 했을까? 새롭게 눈에 띄는 세세한 디테일들을 통해 점진적으로 분간해낼 수 있는 바로는, 대여섯 번 읽었다. 짐작건대 음식을 사랑했던 그는 『뉴요커』 편집 과정의 가드망저garde-manger*로서, 문법 전문가grammarian, 팩트체커, 1차 교정자first reader, 2차 교정자second reader, 최종 교정자closer, 변호사, 그리고 지고하신 편집장님께서 여백에 적은 메모들을 검토하고, 그중 타당한 것과 반드시 반영해야 할 것 사이의 좁은 스펙트럼에 속하는 메모들을 선별해 저자에게 넘기는 일을 했다.

크로는 마크 싱어, 이언 '샌디' 프레이저와 함께 내 낚시용 좌대에서 오랜 시간을 보냈고 거기서만큼은 마크와 샌디를—그들의 나이가

---

*주방에서 냉장고의 재료를 총괄하고 불이 닿지 않는 요리를 만드는 직책.

예순이 넘은 뒤에도—'쟤들the children'이라고 부르곤 했다. 또 내가 미리 준비해오는 음식이 오후쯤이면 '지저분한 박테리아 수프'가 되어 있을 것이라고 말하곤 했다. 그가 내 글에 대해서도 그런 느낌을 받았는지는 이날 이때까지도 모르는 일이지만, 어느 날엔가는 자기 집 서가에 꽂힌 책에 실린 내 글을—무슨 글인지 모를 어떤 글인데 편집한 지 25년이 흐른 뒤에 느닷없이—이제 막 다 읽었다고 말한 적도 있다.

편집자들은 작가의 상담사로서 출판 과정에서 마지막 단계보다 초고 단계에서 훨씬 더 큰 도움을 줄 수 있다. 작가들은—겉으로 자신 없는 작가와 속으로 자신 없는 작가의—두 부류로 나뉘는데 두 부류 모두 편집자의 도움을 활용할 수 있다. 말로 해주는 이 비공식적 조력은 진행 중인 프로젝트에 대해 통찰, 격려, 확신을 심어준다. 이런 편집자와 함께한다는 건 무엇보다도 행운이다. 또한 둘이 시간을 두고 오래 이야기를 나눌수록 대화는 더욱 유익해진다. 나는 『뉴요커』에서 윌리엄 숀과 가진 첫 대화들부터 해서 로버트 빙엄, 세라 리핀콧, 팻 크로, 존 베넷, 데이비드 렘닉은 물론이고—패러, 스트로스 앤드 지루 출판사에서 책을 엮어준—해럴드 버셀, 톰 스튜어트, 퍼트리샤 스트레이천, 엘리셰바 어바스, 린다 힐리, 조너선 갤러시, 알렉산더 스타, 폴 엘리와의 대화들을 통해 그런 행운을 누려왔다. 특히 그 자신도 논픽션 작가이며 내가 작가로서 우러러보는 인물이기도 한 폴 엘리는, 편집자로서 내 책에 자기 책에 들이는 만큼이나 지극한 정성을 기울여주었다.

*

윌리엄 숀과 패러, 스트로스 앤드 지루의 대표인 로저 W. 스트로스 주니어는 오랜 친구였다. 미스터 숀이—은퇴와 관련하여—스스로 실행에 옮기는 데 진지한 관심이 없었던 일을 새로 『뉴요커』를 인수한 오너들이 대신 실행해준 1987년, 로저는 실제로 미스터 숀을 영입하여 유니언스퀘어의 FSG 사옥에 그의 사무실을 마련해주었다. 로저와 미스터 숀이 완전 딴판이라는 건 아무리 강조해도 지나치지 않았다. 둘은 콩꼬투리 안에 든 완두콩과 새우 같았다. 숀은 전형적인 상인 계층에서 성장한 반면, 로저는 구리 수저—케니컷구리회사인 아메리칸 제련정련American Smelting and Refining—를 입에 물고 태어났으며 그의 모친은 구겐하임 가문의 일원이었다. 숀은 조용조용한 말투만큼이나 수줍음을 탔던 반면, 로저는 다변을 분수처럼 뿜어냈다. 말이 너무 빨리 쏟아져 나와서 그는 단어를 절약하기 위해 하나 걸러 한 문장 끝마다 '기타 등등, 기타 등등'을 붙였다. 뭔가가 '마벌러스marvelous〔경이롭다〕' 할 때 그는 '모-벨리스mawveless'라고 말했다. 마치 단어들이 각반을 차고 있는 듯했다.

그는 편집자가 아니고 발행인이었지만, 대화를 통해 작가들에게 기울인 관심은 줄잡아 말해도 어마어마했다. 또 약간은 잔소리꾼이기도 했다. 기묘하게도 언제 전열을 가다듬고 『뉴요커』에 실을 글을 마감할 거냐고 묻는 사람은 늘 그였던 반면, 숀은 22년간 단 한 번도 그런 적이 없었다. 하지만 로저와 함께 하는 일은 대부분—이따금 직접 만나기도 했지만 주로 전화를 통한—그냥 순수한 대화였다. 이것이 시작되었을 때 나는 풋내기 저자였다. 그는 1965년에 내 첫 책을 출간했는데, 이후로 거의 40년간 해마다 대략 40번씩은 전화를 걸어왔다.

로저는 어퍼이스트사이드의 한 저택에 자리한 문학·예술 협회인 로터스 클럽Lotos Club의 회원이었다. 1990년대 초에 이 클럽에서 로저를 주빈으로 만찬회를 개최하며, 나와 톰 울프에게 FSG의 저자로서 축사를 부탁했다. 그날 내 차례가 되었을 때 나는 이렇게 말했다. "노트를 보고 읽는 것에 대해 양해 부탁드립니다. 저자와 발행인으로 이분과 30년 가까이 인연을 맺어왔지만, 제가 끼어들어 몇 마디 할 기회가 생긴 건 이번이 처음입니다. 그래서 단 한 마디도 놓치고 싶지 않군요. 지난가을에 이듬해 1월 30일에 열릴 이 행사에 연사로 초청받았는데, 그 직후에 로저 스트로스가 전화를 걸어와서 말하길, 이건 전적으로 클럽 측의 아이디어이고 기타 등등 기타 등등 절대 자기가 제안한 아이디어가 아니라고 하더군요. '실은 클럽 사람들한테 당신이 별로 명석하지 않은 것 같다고 했다'라나요. 그러니 나한테 전혀 의무감을 느낄 필요가 없다, 프린스턴에서 그 먼 길을 달려오지 않아도 된다, 기타 등등, 기타 등등.

제가 말했습니다. '그게 문제가 아니죠, 로저. 지금 논의해야 될 문제는 그게 아니고요. 내가 알고 싶은 건, 로터스 클럽에서 '개소리 집어치우쇼Fuck you'라는 말을 해도 괜찮냐는 거예요.'

그가 말하길, '아하, 무슨 생각 하는지 알겠어요. 당연히 괜찮지. 괜찮고말고. 게다가 당신은 회원도 아니잖아요.'"

아주 어렸을 때부터 나는 로저 스트로스와의 미래에 대비한 무장을 알게 모르게 갖추고 있었다. 할아버지가 출판사를 경영했고 삼촌도 그랬던 것이다. 그 회사는 펜실베이니아주 필라델피아의 '도서 및 성서 출판' '존 C. 윈스턴 컴퍼니'였다. 이 출판사의 도서 목록에는 '실버 치프 Silver Chief'라는 시리즈가 있었는데 추운 북쪽 지방의 썰매 개에 대한 이야기였다. 이 개는 내 소년 시절의 영웅이었다. 어느 날 나는 이 책들의 저자인 잭 오브라이언이 별세했다는 소식을 신문에서 읽고 슬픔에 잠겼다. 몇 년이 흘렀다. 나는 고등학교에 진학했다. 그 출판사는 '홀트, 라인하트 앤드 윈스턴 Holt, Rinehart & Winston'으로 이름이 바뀌었고 밥 삼촌은 사무실을 뉴욕으로 이전했다. 어느 날 밥 삼촌의 사무실을 찾아갔는데, 삼촌이 말했다. "존, '실버 치프' 시리즈의 저자인 잭 오브라이언 씨와 인사하렴." 나는 저자와 악수했다. 이상하게도 손이 차갑지 않았다. 그가 자리를 뜬 뒤에 내가 말했다. "밥 삼촌, 저는 잭 오브라이언이 죽은 줄로만 알았어요."

밥 삼촌은 이렇게 말했다. "죽은 거 맞아. 죽었지. 사실 우리에겐 잭 오브라이언이 서너 명 있었단다. 한 가지 말해줄 게 있는데 말이다, 존. 저자들은 쌔고 쌨어. 하지만 개는 죽지 않지."

이전에 내가 여러 곳에서, 또 다른 지면에서도 언급했듯이, 로저 스트로스는 내 조부뿐만 아니라 내 증조부인 조지프 파머도 이해했을 것이다. 농부였던 그분은 필라델피아 서쪽으로 약 50킬로미터 떨어진 도런에서 물방앗간과 제재소를 경영했다. 여기서 만드는 물건들 중에는 판지—요즘 말하는 견장정에서 딱딱한 부분—도 있었다. 그는 이것을 '프랭클린 제본소' 사장이었던 내 종조부 찰스 지글러에게 판매했고, 이 제본소의 가장 큰 거래처 중 하나가 '존 C. 윈스턴 컴퍼니'였다. 윈스턴 사의 주장에 따르면 이 회사는 세계에서 가장 많은 성서를 찍어냈고 그 도서 목록의 반대편 끝에는 우리 할아버지의 전문 분야, 즉 신문의 호외에 해당되는 견장정 책이 있었다. 1912년에는 배가 침몰한 거품이 꺼지고 얼음이 채 녹기도 전에 타이태닉 호에 대한 책을 급조해서 찍어내기도 했다.

출판사 발행인으로서 자연스럽게도 할아버지의 서재에는 손잡이에 자개가 박힌 44구경 콜트 피스메이커 두 자루가, 안쪽에 벨벳을 댄 상자 안에 보관되어 있었다.

나는 로저 스트로스와 에이전트 없이 직접 거래했다. 계약을 위한 협상은 사적인 대화를 통해 이루어졌다. 나는 호구가 될 위험을 감수했다. 한번은 로저에게 물어보았다. "내가 에이전트가 없어서 손해 보는 액수가 얼마나 되나요?" 그는 이렇게 대답했다. "뭐 그렇게 엄청나게 큰 액수는 아니에요."

한번은 내 이름이 저자로 박힌 두툼한 견장정 책의 출판을 계약하면서 내가 선인세를 요구했다. 그의 대답은 "개소리 집어치우쇼Fuck you"였다. 이게 정확히 그가 한 말이었다. 하지만 사실을 털어놓자면, 그건 그가 오래전에 선인세를 지불한 다른 책들의 일부분을 조금씩 짜깁기한 책이었다.

그는 늘 자신이 출판하고자 하는 건 책이 아니라 저자라고 말하곤 했다. 이 원칙에는 집필 공간으로 쓸 근사한 다락방은 물론이고 개가 있으면 파티에 데려와도 된다는 희미한 암시까지 포함되어 있었다. 1968년 다섯 번째 저서이자 첫 잡문집이 될 책 출간을 논의하다가 내가 이렇게 말했다. "이걸로는 한 푼도 못 벌 거예요. 선집이란 게 원래 안 팔리잖아요. 그냥 출간해주시는 것만으로도 감사해요. 선인세는 굳이 안 주셔도 됩니다."

"말도 안 되는 소리", 그가 말했다. "난 당신 발행인이에요. 당연히 선인세를 줘야지. 그냥 받아둬요." 그러고는 여기 밝히기도 좀 민망할 정도로 낮은 액수를 불렀다.

사실 그건 1500달러였다. 그 책은 1969년에 출간되었다. 그리 잘 팔리지는 않았다. 1500달러를 회수하는 데 14년이 걸렸다. 하지만 유의할 점은 그러는 동안에도 절판되지 않았다는 사실이다. 『재고 Remainder』라는 제목을 단 책이 상업적으로 대형견이 될 수는 없는 노릇이다. 요즘 같으면 거대 출판 그룹에서 이런 책은 출간된 지 3주 만에 자취를 감출 것이다. 하지만 로저는 이 책을 절판시키지 않았을 뿐만 아니라 내 모든 저서를—판매가 미미한 책과 그렇지 않은 책, 견장정과 연장정을 가리지 않고—꾸준히 재판했다. 그에게 받은 수표를 현금으로 바꾸고서 걸어 나갈 때면 뒤에서 창구 직원들이 킬킬대는 소리가 들려오곤 했지만, 내 스코틀랜드인 특유의 자존심이 무색하게도 정말 아무렇지도 않았다. 이 케케묵은 잡문집은 21세기의 첫 10년간 매년 약 700부씩 팔렸다. 적은 부수이지만, 이 책―아니 시장에서 판매되는 모든 책―에 관한 한 40년은 놀라운 수명이다. 이건 전적으로 그 발행인 덕분이다. 개는 죽지 않는다.

로터스 클럽에서 이런 이야기들을 주워섬기고 난 뒤, 나는 이렇게 말했다. "톰과 제가 여기에 있는 건, 톰은 이 기업체의 독수리이고 저는 이 회사의 노새이기 때문입니다. 짐짓 겸손을 떨려고 하는 말이 아니고요. 자명한 사실입니다. 저라면 누가 성냥을 건네준다 한들 어떻게 불꽃을 지피는지도 모를 겁니다.* 저는 지질학에 대한 글을 씁니다. 어떤 의미에서는 암석을 판다고 할 수 있죠. 그리고 저는 유니언스퀘어에 가면 이걸 사줄 호구 한 명을 알고 있습니다."

1975년 나는 프린스턴에서 논픽션 글쓰기에 대한 강의를 시작했다. 로저는 2000년 이후까지도 매년 자신의 메르세데스를 몰고 프린스턴에 와서 그 자리에 모인 학생들에게 장시간 쉬지 않고, 약 4퍼센트씩의 재탕을 섞어서―기타 등등, 기타 등등, 그 밖에 여러 가지―이야기를 늘어났다. 그는 암으로 몸이 불편해진 시기에도 여러 차례 강의실을 찾았다. 학생들은 항상 그를 인터뷰할 만반의 준비가 되어 있었지만, 질문은 하나만으로 충분했다. "알렉산드르 솔제니친에 대해 이야기해

---

*톰 울프의 대표작이자 당시 FSG 최대의 베스트셀러였던 『허영의 불꽃』을 말한다.

주실 수 있나요?" 누군가 이렇게 물으면, 로저는 "18년 전 내가 처음으로 '빅 A'와 진지한 교류를 시작했을 때……"로 입을 떼서는 장장 세 시간에 걸친 연상의 나래를 펼치는 것이었다.

로저의 눈에 『뉴요커』가 망해가는 듯 보였던 시기, 그는 학교에 있는 내 작업실로 찾아와서 서로 독립된 다섯 권의 책 계약을 제안했다. 계약금은 다 합치면 헤지펀드 매니저에겐 시시하겠지만 저작권 에이전트가 그 자리에 있었다면 감명받았을 액수였다. 혹은 2004년 92번가 와이92nd Street Y에서 거행된 로저의 장례식에서 내가 말했던 것처럼, "그건 저를 지금 이 시간까지 실제로 살아 있게 해주기에 충분한 돈이었고, 아마 로저도 그 점을 염두에 두었을 것입니다. 그가 내 장례식에서 연설했더라면 이 이야기가 훨씬 재미났을 텐데 그 반대가 된 것이 다소 아쉽습니다. 저는 우리 대화가, 그 수백수천 건의 통화가, 그 덧없는 익살이 언젠가 끝날지도 모른다는 가능성을 되도록이면 생각하지 않으려 애썼습니다. 그는 저의 30대에도, 40대에도, 50대에도, 60대에도 변함없이 그 자리에 있었고 제가 70대에 접어들었을 때에도 저를 질질 끌고서 거리로 나가곤 했습니다. 행여 그가 제게 줄 돈을 좀 아꼈다손 치더라도 지금은 그 점이 특히 기쁩니다. 확신하건대 그건 지금 그의 곁에 있고 또 그에게 긴요할 터이기 때문입니다."

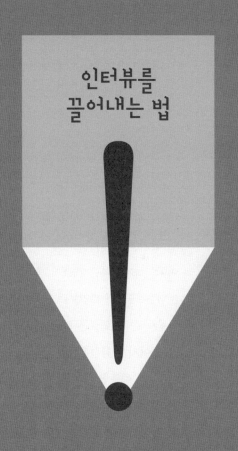

인터뷰를
끌어내는 법

내가 누군가와 함께 있고 인터뷰를 시도하는 상황에 놓인다면, 차라리 카프카와 함께 천장에 붙어 있기를 간절히 소원할 것이다. 나는 책상을 사이에 두고 사람들과 이야기하기보다는 그들이 평소 하는 일을 관찰하는 편이 훨씬 더 좋다. 나는 그들의 픽업트럭 조수석에 앉아—노트를 휘갈기는 중간중간에 몸이 붕 떠오르곤 하는 비포장도로에서— 수백 시간을 보냈다. 배낭을 짊어지고 환경운동가 데이비드 브라우어를 따라 노스캐스케이드를 걸어서 종주할 때는 갈지자로 난 산길을 오르락내리락하며 수첩에 메모를 끄적였다. 심지어 책상을 사이에 두고도 어떤 인터뷰이는 이따금 따라가기 불가능할 만큼 빠른 속도로 말할 때가 있다. 메인주 워터빌의 외과의사인 앨런 훔 박사가 그랬다. 훔 박사는 말해주지 않고 얼버무리는 것이 없었다. 그는 명료하게, 빠르게,

유창하게, 그리고 전문적으로 말했다. 나는 노트를 하면서 그를 따라가려고 최선을 다했지만, 그가 혈액가스의 생화학적 분석이라는 주제로 쑥 넘어갔을 때는 뭐가 뭔지 도무지 알 수가 없어서 기록을 일제 녹음기의 손에 넘겨야 했다.

여러분이 세계에서 제일 박식한 애팔래치아 지질학자 열 명 내지 열댓 명과 함께 버몬트에서 현장 답사 중이라고 가정해보라. 그들이 한 노두 주변에 모이자, 박리된 기반암, 용결된 저반, 그리고 층서구조학의 논쟁적 측면들을 둘러싸고 열띤 토론이 벌어진다. 여러분은 학습 곡선에서 까마득히 낮은 단계에 있고, 지형terrain과 지괴terrane도 구별하지 못한다. 어떻게 할까? 노두 위에 음성 녹음기를 올려놓는다.

"여긴 연대측정자료가 없어!"

"이건 북아메리카의 말단부라고!"

이게 무슨 뜻인지는 나중에 공부하면 된다.

다큐멘터리 영화 제작진이 그 자리에 있다는 사실 자체가 그들이 촬영하는 장면을 변화시킬 수 있듯이, 음성 녹음기도 인터뷰 환경에 영향을 끼칠 수 있다. 일부 인터뷰이들은 시선을 옮겨 인터뷰어가 아닌 녹음기를 향해 말하기도 한다. 게다가 인터뷰어가 자신이 물어본 질문의 대답에 저도 모르게 귀를 기울이지 않게 되는 부작용도 있다. 음성 녹음기는 쓰더라도 처음부터 무턱대고 쓰기보다는 구원 투수처럼 활용하는 게 좋다.

무엇을 하든 간에 기억에 의존하지 마라. 낮에 사람들이 말한 내용을 저녁 때 고스란히 기억해낼 수 있으리라고 자만하지 마라. 그리고 화장실에 노트를 감추지 마라. 누가 술자리에서 말한 내용을 화장실로 숨어 들어가서 몰래 메모하지 말라는 뜻이다. 내가 뭘 하고 있으며 내가 쓴 글이 어디에 실릴지를 처음부터 분명히 밝혀야 한다. 수첩을 마치 낚시 면허증처럼 눈에 잘 띄게 전시하라. 인터뷰가 진행되는 동안, 수첩은 음성 녹음기의 재주를 능가하는 다른 목적에 활용될 수도 있다. 내가 메모를 적는 동안 인터뷰이는 당연히 나를 주시한다. 그러다가, 인터뷰이가 계속 말하고 있는 사이에, 뚜렷한 이유 없이 메모하던 손놀림을 늦추거나 심지어는 쓰기를 중단한다. 초조해진 인터뷰이는 더 열심히 말하기 시작한다. 어떤 은밀한 삶의 비밀을 털어놓거나, 아니면 아까 말한 내용을 좀더 명료하고 인용하기 쉽게 다시 말하기도 한다. 역으로 인터뷰이가 관심을 끌 만한 이야기를 전혀 하지 않으면, 단지 인터뷰를 진전시키기 위해 계속 받아 적는 시늉을 할 수도 있다.

아무것도 하지 않음으로써 유용한 반응을 이끌어낼 수 있다면, 멍청해 보이는 것도 같은 효과를 낼 수 있다. 우둔함을 가장함으로써 얻을 수 있는 이득은 분명하다. 내게는 확실히 도움이 필요하다. 지금 내 질문에 답해주는 사람이 아니면 누가 나를 도와주겠는가? 반대로 내가 모르는 게 없는 듯이 청산유수로 나가면 상대방이 입을 완전히 닫아버리는 상황이 벌어질 수도 있다. 헤매는 것처럼 보이면 아마 상대방은 나를 도와줄 것이다. 상대의 말을 들으면서 동시에 그것이 지면에 어떻게 인쇄되어 나올지를 상상한다면, 했던 질문을 하고 또 해서 인터뷰이의 말이 지면 위에 뚜렷한 모습으로 떠오를 때까지 대답을 반복시킬 수도 있다. 내가 마분지 상자보다 우둔해 보인다고 한들 누가 상관하겠는가? 기자들은 이걸 창의적 덤벙이라고 부른다.

나는 초짜 기자 시절 『타임』지에 실릴 연예계 인물들을 인터뷰하면서 이런 행동 전략을 익혔다. 내가 맡은 인터뷰 상대 중에는 유난히 다루기 까다로운 인물들도 있었지만, 우디 앨런만큼 간단하고 수월한 상대는 없었다. 여러 해가 흐른 지금 돌이켜보면 기묘한 일이지만, 그는 록펠러센터의 타임 사옥에 있는 내 책상 칸막이 앞까지 직접 찾아왔다. 당시 스물일곱 살이던 그는 자기가 '잠재적 이성애자'라고 묻지도 않은 말을 털어놓았다. 그리고—'아무나의'—포궁으로 되돌아가고픈 강렬한 소망이 있다고도 말했다. 기사에서 나는 그를 "풀어뜯어서 뭉툭해진 손톱에 스포츠 재킷을 걸친 납작머리, 붉은머리 여우원숭이"로 묘사했다. 그는 "소리 내면서 땀 흘리는" 사람들에 대해 이야기했다. 그리고 자기 아버지는 공장 노동자였는데 하던 일을 조그만 기계가 대체하는 바람에 해고되었다고 했다. 어머니는 그길로 달려 나가 그 기계를 샀다. 인터뷰 당시 우디 앨런은 그리니치빌리지의 나이트클럽에서 스탠드업 코미디언으로 일하고 있었다. 텔레비전 코미디언들을 위한 대본 작가로 일하며 그는 2년 동안 2만 5000개의 개그를 짰다고 했다. 그가 내게 말하고 있는 내용이 그 개그 중 일부라는 사실은—그에게나 나에게나—아무래도 상관없었다.

인터뷰 난도의 반대쪽 극단에는 재키 글리슨이 있었다. 1961년 그가 폴 뉴먼과 함께 찍은 영화 「허슬러The Hustler」가 나왔고, 이는 오랫동안 텔레비전에서 이어온 그의 경력에서 새로운 시작을 알리는 중요한 전환점처럼 보였다. 커버스토리로 실릴 인터뷰를 수락했을 때 그는 다른 영화를 촬영 중이었다. 미키 루니, 그리고 당시만 해도 아직 캐시어스 클레이*였던 젊은 무하마드 알리 등과 함께 출연한 「헤비급을 위한 진혼곡Requiem for a Heavyweight」이라는 작품이었다. 12월에 촬영을 참관하러 뉴욕 이스트강의 랜들스섬에 갔을 때 배우들은 스타디움 아래 춥고 안개가 자욱하고 결핵균이 떠다니는 세트장에서 옹송그리고 있었다. 글리슨의 분장실은 조그만 이동식 트레일러였는데, 그가 올라탈 때마다 바닥이 반 척씩 꺼지며 거의 뒤집히려고 했다. 며칠 동안 그는 매일 나를 트레일러에 초대하여 질문에 기꺼이 참을성 있게 대답해주었다. 하지만 머잖아 그가―태도를 180도로 바꾸어―나를 내쫓는 날이 닥쳤다. 내가 암살자들 밑에서 일하고 있다나. 그는 내가 자기를 암살할 것이라고 했다. 그러는 와중에도 나를 친구라고 불러주었다.

"친구, 이제 끝이네."

랜들스섬에 있지 않을 때 글리슨은 그의 다른 친구들과 함께 웨스트 52번가에 있는 '잭 앤드 찰리스 21Jack & Charlie's 21'에 자주 갔다. 당시 이 친구들은 「헤비급을 위한 진혼곡」의 감독인 랠프 넬슨, 제작자인 데이비드 서스킨드, 그리고 미키 루니 등이었다. 그들이 『타임』 매거진

---

* 무하마드 알리의 본명.

을 암살자들의 성채로 매도한 주범이었다. 그걸 어떻게 알았냐고? 글리슨이 내게 말해주었다. 그리고 글리슨은 그—우리가 작정하고 그를 옭아매어 풍자적으로 베어 죽일 거라는—말을 믿었다. 친구 중 한 명은 그에게 이렇게 말했다. "재키, 그놈들은 널 주정뱅이 개자식처럼 보이게 만들 거라고."

하지만 그놈들은 그럴 생각이 없었다. 그러면 말이 안 될 것이다. 그를 CBS 시추에이션 코미디언으로 절정의 스타덤에 올려놓은 「허니무너스」가 종영한 지도 6년이 흐른 뒤였다. 그가 레지널드 밴 글리슨 3세, 펜윅 배빗, 럼 덤 등의 캐릭터로 나와서 촌극을 펼친 「재키 글리슨 쇼」라는 코미디 프로그램도 로런스 올리비에 비견될 걸작은 아니었다. 그런데 놀랍게도 이제 그가 할리우드 영화의 일급 배우로 새롭게 떠오른 것이다. 우리가 말하려던 내용은 대략 이런 것이었다.

미네소타 패츠의 캐릭터를 재키 글리슨이 연기한다는 것부터가 호기심을 불러일으킨다. 미국 텔레비전에서 떠오른 가장 이름 높은 광대로부터 무수한 폭소를 기대하며 들어왔을 관객들은, 적이 놀라면서도 한 가지 인상을 품고서 극장을 나서게 된다. 바로 이 능란한 광대의 내면에 원숙한 배우가 숨어 있다는 사실이다. 유명 코미디언, 이기주의자, 골프 선수, 대식가, 신비주의자, 최면술사, 술꾼, 허풍쟁이인 글리슨은 이제 일급 영화 스타로서 새롭게 부상하고 있다.

나는 글리슨에게 전화로 내가 맡은 기사가 이런 방향을 겨냥하고 있음을 설명하려 애썼지만 그는 이렇게 답했다. "잘 가게, 친구."

그는 2-3일 뒤에 내게 전화를 걸어, 그동안 이 문제를 숙고해보았고 다시 랜들스섬의 트레일러로 찾아와도 된다고 말했다. 이렇게 재개된 인터뷰는 다시금 그가 나를 내쫓을 때까지 잘 진행되었다. 이번엔 미키 루니가 뭐라고 했기에? 인터뷰 기록은 찾아볼 필요도 없었다.

인터뷰는 이렇게 끊겼다 이어졌다 하며 계속되었지만 실은 진전이 있었다. 글리슨은 다정하고 재미있었으며 모든 질문에 가능한 한 가장 완벽하고 사려 깊은 답을 주기 위해 대체로 열심히 노력했다. 그러던 어느 날 아침 전화를 걸어 이제 연락하지 말라고, 이번엔 진짜로 끝이라고, 다 됐으니 종료하자고 통보했다.

한 프리랜서 표지 화가—러셀 호번—가 『타임』 표지 인물의 아크릴 초상화를 의뢰받았다. 랠프 넬슨, 데이비드 서스킨드, 미키 루니는 호번을 설득하여 그 그림을 '21'으로 가져오게 했다. 호번은 글리슨과 그의 고문단 앞에서 그림을 공개했다. 홀마크 카드에나 어울릴 그림처럼 보이지는 않았지만, 그렇다고 노먼 록웰의 작품으로 오인될 만한 그림도 아니었다. 심술궂은 관찰자라면, 칼라브리아 레스토랑에서 흔히 볼 수 있듯이 술병에 꽂아놓은 양초에서 색색의 촛농이 흘러내린 모양같이 생겼다고 해석할 수도 있었을 것이다. "이거 봐, 재키. 이제 알겠어? 그놈들은 널 주정뱅이 개자식처럼 보이게 만들고 싶은 거라고."

하루가 경과한 뒤 나는 최후의 시도로 그에게 전화를 걸었다. 그는

'21'에 돌아와 있었지만 친구들은 곁에 없었다. 나는 그 그림을 보지도 못했고 그 그림과 무관하며 필자로서 순수하고도 단순하게 그를 찬양하는 글을 쓸 의도라고 말했다. 그 밖의 다른 말은 무의미했다.

"자넨 그냥 아첨꾼이야, 친구. 온갖 좋은 말을 주워섬겨봤자 아무 의미가 없어. 자네가 『타임』지를 운영하는 것도 아니잖아."

나는 그 점에서만은 그가 옳다고 말했다.

"누가 『타임』지를 운영하지?"

"오토 퓌르브링거인데요."

"그게 누군데?"

"편집국장이요. 만나보시겠어요?"

"거 좋지."

"한번 물어보죠."

나는 몇 개의 복도를 지나 『타임』 편집국 층의 가장 외진 구석방으로 갔다. 퓌르브링거는 사무실에 있었다. 내가 상황을 설명하자 그는 일어나서 나와 함께 엘리베이터로 걸어갔다. 우리는 타임 앤드 라이프 빌딩에서 북쪽으로 두 블록을 걸어 52번가로, 다시 동쪽으로 꺾어 '21'으로 갔다.

글리슨: "누가 『타임』지의 책임자요?"

퓌르브링거: "접니다."

글리슨: "누가 『타임』지의 최종 결정권자요?"

퓌르브링거: "접니다."

169

퓌르브링거는 캐스퍼 밀크토스트*였기 때문에 그런 식의 칭호를 갖지 않았다. 그는 언뜻 부드러운 목소리와 준비된 미소를 지녔지만 그 무엇도 그를 기죽이지 못했다. 그는 랠프 벨슨과 데이비드 서스킨드와 미키 루니의 입김을 천천히, 그러나 확실히 걷어냈다. 표지 그림과 커버 스토리는 1961년 12월 29일 자에 실렸다.

촬영장은 랜들스섬에서 브로드웨이에 있는 잭 뎀프시의 레스토랑으로 옮겨져 있었다. 잡지를 건네받은 글리슨은 잠시 휴식을 청하고 혼자 바에 앉아 천천히 페이지를 넘겼다. 영화사 홍보 담당인 그레그 모리슨이 이튿날 전해준 말에 의하면 그랬다. 글리슨은 자기가 읽는 글을 무표정하게 쳐다보며 최소 반시간 동안 페이지를 넘겼다고 한다.

"내게 터무니없는 에고와 어마어마한 자만심이 없었다면 대체 어떻게 연기자가 될 수 있었겠소?"라고 그는 설명한다. 모두에게 호소할 만한 측면이 그에게는 있다. 친절하고 너그럽고 무례하고 고집이 세며, 격정적이고 충동적이고 밝고 짓궂다. 그는 프라이버시를 신성시하는, 외향적이고 대담한 남자다. 따발총처럼 재담을 내뱉다가도 어느 순간 접근하기 어려운 고요한 분위기를 풍기며 홀로 앉아 있다. 그는 너무 자주 싫증을 낸다. 평소 대화에서는 듣는 둥 마는 둥 하지만 연기할

---

*H. T. 웹스터가 1925년부터 1952년까지 연재한 만화 「소심한 영혼The Timid Soul」의 주인공으로 말 그대로 소심하고 줏대 없는 인물이다.

때는 집중해서 경청한다. 그는 비행기와 낯선 사람을 두려워한다. 그와 함께 일했던 한 스태프는 말한다. "신나게 웃기면서 허풍을 떨다가도, 낯선 사람이 들어오면 그 육중한 껍질 속으로 들어가버려요." (…) 그의 엄청나게 풍부한 어휘력은 이따금씩 발을 헛디뎌 '오개념 하지 말라Don't misconcept this'거나 '저 사람은 내향적이 대단한 인물That guy is a man of great introspect'이라는 식의 표현이 튀어나오기도 한다. 하지만 그가 가장 좋아하는 형용사는 '아름답다beautiful'이고 가장 좋아하는 명사는 '친구pal'이며, 가장 좋아하는 어구는 '아름다워, 친구, 아름다워beautiful, pal, beautiful'다.

글리슨은 바에서 몸을 일으켜 잭 뎀프시의 식당 한구석에 있는 전화 부스로 들어갔다.

내 전화벨이 울렸다. "여보세요."

"친구, 내가 2센트짜리밖에 안 되는 인간이었구먼. 부끄럽네."

그에게 이보다 훨씬 더 큰 액수의 잠재 가치가 있다고 본 사람들도 있었다. 1962년인가 1963년인가—정확한 연도는 잊어버렸다—한 남자가 57번가에 있는 글리슨의 사무실로 걸어 들어와서 자신을 '존 맥피'라고 소개하며 현금을 빌려달라고 요구한 것이다. 그때 글리슨은 플로리다의 한 골프 클럽에 있었다. 직원이 그에게 전화를 걸어 상황을 설명했다. 글리슨은 말했다. "그자가 어떻게 생겼는데?"

직원이 말했다. "어, 일단 키가 엄청 크고요."

글리슨이 말했다. "경찰 불러."

＊

재키 글리슨과의 인터뷰는 녹음하지 않았다. 내가 쓰는 기본 테크놀로지—연필 한 자루와 4×6인치 유선 노트—만으로도 충분히 따라갈 수 있었다. 그는 나를 배려하여 알아듣기 편한 속도로 말했다. 게다가, 대부분의 사람이 그렇듯 그도 항상 흥미진진한 말만 하지는 않았다. 글쓰기는 선별이다. 노트를 적을 때는 쉴 새 없이 선별을 한다. 내가 받아 적은 말보다 생략한 말이 더 많았다.

학생들은 항상 내게 인터뷰 준비로 무엇을 하느냐고 물어보곤 한다. 솔직히 그렇게 많지는 않다. 하지만 예의를 갖추기 위한 최소한의 준비는 해야 될 것 같다. 스티븐 하퍼＊에게 직업이 뭐냐고 묻는다면 곤란할 테니까. 인터뷰를 진행하는 동안과 그 전후에는 상황에 필요한 만큼의 독서를 하라. 어차피 집필 과정에서 내가 뭘 모르는지를 진짜로 깨닫고 이를 바로잡기 위한 독서를 하게 된다. 하지만 그래도 틀리게 마련인데, 특히 내가 수에 약한 영문학 전공자로서 과학에 대한 글을 쓰고 있다면 더더욱 그렇다. 남아공에서 성장한 프린스턴대 지질학자 로버트 하그레이브스와 인터뷰한 뒤, 나는 마르다이아트림maar-

---

＊전임 캐나다 총리.

diatreme 화산에 대해 설명하는 글을 썼다. 마르다이아트림이란 맨틀에서 무서운 속도로 탄소를 빨아올려 가장 밀도가 높은 형태의 탄소가 암경에 다이아몬드로 굳어진 화산을 말한다. 인터뷰 상대에게 원고를 보여주지 않는 것은 언론계의 관행—기본 규칙—이다. 많은 상황에서 에고가 끼어들어 작업 과정을 망칠 공산이 크기 때문이다. 인터뷰 대상이 기사 본문을 마사지하려 들 가능성은 말할 것도 없다. 하지만 나는 과학을 다룬 글만은 이 규칙을 반증하는 예외로 둔다. 나는 과학에 대한 글을 발표하면서 참여한 과학자들의 감수를 거치지 않은 적이 단한 번도 없다. 로버트 하그레이브스는 내가 마르다이아트림 화산에 대해 쓴 글을 읽고 이 글의 반 정도만 맞는다고 말했다. 며칠 뒤 수정본을 가지고 그를 다시 찾았을 때는 4분의 3 정도가 맞는다고 판정했다. 며칠 뒤 다시 봐달라고 청했을 때에야 비로소 "틀린 게 눈에 안 띄네요"라는 말을 들을 수 있었다. 나는 그에게 박사학위Ph.D를 수여받은 기분이었다. 아마 여기서 'D'는 평균 이하 지능의 동의어일 것이다.

모든 이가 로버트 하그레이브스처럼 객관적이거나 재키 글리슨처럼 철두철미하지는 않다. 기꺼이 인터뷰에 응하면서도 그 결과로 어떤 기사가 나와서 어떤 영향을 끼칠지 가늠하지 못하는 사람이 수두룩하다. 펼쳐놓은 노트의 존재나, 이 글이 어디에 어떻게 실릴지에 대한 형식적인 통보만으로는 불충분하다. 내가 글감으로 삼은 이들 중에는 집필 과정을 너무나 훤히 꿰고 있어서 글에 들어갈 콤마 하나까지 제공한 사람들도 있는 게 사실이다—가장 먼저 떠오르는 사람은 메트로폴리탄미술관의 토머스 P. F. 호빙이다. 이 스펙트럼의 한쪽 끝단에는 호빙 한 명이 있지만, 그 반대쪽 끝단은 매우 붐빈다. 따라서 안심하고 어쩌면 부지불식중에 자신의 말과 이야기를 필자의 통제하에 넘겨준 사람들을 공정하게 대할 책임이 있다. 너무나 안정되고 침착하고 자신감이 넘쳐서 무슨 잡지 나부랭이가 자기에 대해 어떤 소리를 하건 전혀 신경 쓰지 않는 사람들도 있지만, 자기 삶을 필자의 손에 넘기는 이들 가운데 그런 사람은 소수에 불과하다.

인터뷰 관계의 모든 측면에서 내게 가장 중요한 것은 시간이다. 일간지 기자들은 나가서 취재하고 기사 쓰는 일을 하루 만에 해내야 하는데 내게는 기가 막힌 위업처럼 느껴진다. 내 프로젝트들에 소요된 시간—뉴욕시의 노천 청과물 시장인 그린마켓에서 4개월, 수렵 관리 파일럿과 함께 3주일, 네바다주의 축산물 도장 검사관과 함께 2주일, 3년에 걸쳐 한 번에 몇 개월씩 소요된 알래스카 여행—과는 비교가 무색할 정도다. 나는 질문을 하는 요령이 없다. 그냥 거기 머무르며 배경으로 녹아들어 사람들이 평소 하는 일을 지켜볼 뿐이다.

조지 플림프턴은 『뉴욕타임스 북리뷰』 1966년 1월 16일 자에 쓴 트루먼 커포티와의 질의응답식 인터뷰 기사에서, 그가 스스로 훈련을 통해 대화 내용을 정확히 기억해낼 수 있게 되었다고 주장한 말을 인용했다. 커포티의 주장에 의하면 수첩이나 녹음기 없이 사람들을 인터뷰하고 들은 내용을 몇 시간 뒤에 옮겨 적었을 때 정확도가 90퍼센트를 훌쩍 뛰어넘었다는 것이다.

제임스 애틀러는 『뉴욕타임스 매거진』의 편집장이던 1991년에—많은 기사를 썼지만 그중에서도—인용부호와 그 안에 들어가는 내용에 대한 기사를 쓴 적이 있다. 어디까지가 피인용자의 말이고 어디서부터가 인용자의 말일까? 실례로 애틀러는 새뮤얼 존슨이 만찬회에서 했다는 말을 인용한 보즈웰의 글을 인용한다. 존슨은 음식을 씹는 중간에 이렇게 말했다고 한다. "남자와 여자가 결혼 상태로 산다는 건 자연스러운 일과 너무나 거리가 멀어서, 혼인 관계를 유지하기 위한 온갖 동기와 문명사회가 이혼을 막기 위해 부과하는 온갖 제약도 이들을 한데 묶어놓기에는 불충분하다." 애틀러는 이 말이 "존슨처럼 탁월한 말재주를 지닌 화자한테도 너무 길고 복잡한 문장"이라고 평한다. 보즈웰에게 공정을 기하기 위해, 애틀러는 계속해서 이렇게 말한다. "보즈웰은 필기를 매우 성실하게 하는 사람이었다. 그는 단어들을 축약해서 몇 줄을 휘갈겨 쓰곤 했다. 그는 이걸 '휴대용 수프'라고 불렀다. '이런 작은 힌트가, 비록 남들에게는 형편없이 빈약해 보이겠지만, 일어난 모든 일을 내 머리에 고스란히 재생시켜준다.'" 수프 스푼조차 필요 없었다고 하는 트루먼 커포티도 여기서 제외시켜야 할 것이다.

일단 포착한 말은 처리를 거쳐야 한다. 두루뭉술한 말을 명료한 지면으로 옮기려면 다듬고 바로잡아야 한다. 말과 글은 같지 않으며, 녹음된 말을 맹목적으로 받아쓴 것이 다듬고 바로잡은 대화만큼 화자를 잘 드러내지 못할 수도 있다. 이건 어디까지나 다듬고 바로잡으라는—'음' '어' '음, 그런데 어' 따위의 군말이나, 문장을 시작하다 말고 다시 고쳐서 말하는 부분 등을 들어내라는—뜻이지 없는 말을 만들어내라는 뜻이 아님을 부디 이해하길 바란다.

손수 제작한 나무껍질 카누를 타고 나와 함께 노스메인우즈를 종주했던 헨리 베일런코트는 '버머bummer'*라는 말을 애용했다. 나는 매일 최소 14시간 동안 노트를 했는데, 헨리는 '버머'를 시간당 최소 60번씩은 내뱉었다—혹은 그렇게 들렸다. 어쨌든 내 수첩은 '버머'로 거의 포화 상태가 되었다. 글을 쓰면서 나는 그중 3분의 2를 의식적으로 들어냈다. 글이 게재된 뒤, 나는 낯선 사람들과 친구들로부터 공히 현실의 어떤 인간도 '버머'라는 말을 그렇게 자주 내뱉지 않는다는 지적을 들었다.

그리고 이 주제를 다루는 김에 이른바 삽입 어구에 대한 불만을 좀 토로해야겠다. 이건 인용구 속에 다시 인용구가 들어 있는 문장이 대명사에 의해 오염되는 경우—대명사의 지시 대상이 중도에 바뀐 것처럼 보이는 경우—와 관련이 있다. 무작위로 한 가지 예만 들자. "부두에 도착했을 때, 그는 '내 배가 이미 들어왔다'는 걸 깨달았다." 여기서 '내 배'는 누구의 배인가? 저자의 배인가? 이런 문장을 청중 앞에서 읽거나 오디오 CD로 들어보라. 문장이 사실에 충실하고 구두점을 세심하게 찍었어도 여전히 어색하게 들린다. 나는 글쓰기 학생들이 이런 구조를 피하게끔 하려고 지난 40년간 노력했지만 결과는 줄줄이 실패였다.

---

*맥락에 따라 '귀찮다' '실망이다' '꽝이다' 등의 뜻이 있다.

1991년 연방대법원의 한 명예훼손 사건에서 면밀히 검토된 여러 관행 중 하나는 바로 기자들이 직접 인용을 처리하는 방식이었다. 다수의견을 집필한 앤서니 M. 케네디 대법관은 대화의 인용이라는 문제를 두고 어느 한 대목에서 이렇게 썼다. "어떤 의미에서 축어적 인용에 대한 일체의 수정은 허위이나, 작가와 기자 들은 필요에 의해, 최소한 문법적·통사적으로 부적절한 표현을 제거하기 위해 사람들이 말한 내용을 수정한다." 합리적인 "독자라면 인용구가 취재원의 진술을 거의 말 그대로 보도한 것임을 이해할 것이다". 케네디가 "최소한" "거의 말 그대로" "필요에 의해 (…) 수정한다"라고 쓴 것에 유의하자. 다시 말해서 일반적인 수준의 이해력을 갖춘 독자들은 『뉴요커』의 세라 리핀콧이 말한 "인용문의 먼지를 터는 일"을 이해한다. 케네디 대법관은 이런 관행을 '기술적 허위technical falsity'라고 불렀다.

여기서 내 관심사는 명예훼손 사건이 아니라, 논픽션 집필의 일반 관행에 대한 다수의견의 유효성이다. 케네디와 그에게 동의하는 법관들이 혹시라도 법학에 염증이 나서 언론대학원에 일자리를 구하려 했다면, 나는 그들에게 종신교수직을 주는 데 찬성했을 것이다. 혹은 린다 그린하우스가 『뉴욕타임스』에 쓴 대로, "앤서니 M. 케네디 대법관의 의견에 대해, 언론사를 대리하는 변호사들은 널리 안도하며 환영해마지않았다. 그들은 작가들이 인터뷰 상대의 말을 파악하려 할 때 직면하는 실질적 문제에 대해 법원이 전향적 감수성을 보여주었다고 말했다".

상대의 말을 파악하는 일은 벅찬 과업이 될 수도 있다. 다음은 1992년 1월 10일 조지 허버트 워커 부시 미국 대통령이 한 말이다. "내 생각에는 [관점의] 차이가 일부분 존재했고, 이 점은 의문의 여지가 없으며, 앞으로도 그러할 것입니다. 여기서 우리는 매우 중대한 상황을 논의하고 있습니다. (…) 그러니까 우리는 대단히 친밀한 관계—경제적 관계, 안보에 있어 매우 중요한 관계를 구축했습니다. 이 모든 것을 망각해서는 안 될 것입니다." 녹취자들의 콤마와 대시로도 이 과업을 감당하기에는 역부족이다. "우리가 세계를 둘러볼 때 가장 엄청난, 가장 극적인 변화가, 여러분이 아는—이 나라를 가장 위대하게 만든, 자유, 민주주의, 자유로운 선택의—가치를 향해 다가오고 있음을 목격할 수 있습니다." 같은 대통령, 1990년 1월 12일. "카메라들이 듣고 있으니까, 문장 끝에—아니—문장을 전치사로 끝맺지 않도록 주의해주세요. 여기서 그…… 감시하는 분들이 전국에 그대로 보도할 테니까." 같은 대통령, 1989년 3월 29일. "여러분 모두 대단히 감사드립니다. 그리고 개인적인 차원에서 한마디 하겠습니다. 제가 이 자리에서 몇 번 말실수를 했는데 바로잡는 데 도움을 주셔서 매우 고맙게 생각합니다. 휴, 그 답변들이 그냥 나갔으면 어땠을지 생각도 하기 싫네요." 같은 대통령, 1990년 8월 8일 기자회견.

이 점에서는 그의 아들도 별반 다르지 않았다.

케네디 대법관 얘기로 되돌아와서, "기자가 공인의 발언을 테이프에 녹음하더라도, 그 정확한 전문이 보도되는 상황은 드물다". 이는 "아마도 두서없을 화자의 말을 편집하여 알아들을 수 있게 만들 실용적 필요성"때문이다.

조작까지는 아닐지언정, 인용문을 처리할 때 자구를 그대로 옮기면서도 허위인 내용을 제시하는 일은 가능하다. 나는 1977년에 출간된 책에서 "알래스카는 미국인이 매우 많이 거주하는 외국이다Alaska is a foreign country significantly populated with Americans"라고 쓴 적이 있다. 2009년 7월, 『타임』 매거진이 세라 페일린*에 대한 기사에서 이 책을 인용하며 "알래스카는 외국이다Alaska is a foreign country"라고 썼다. 그다음에 무슨 일이 벌어졌을지 상상해보라. 자, 다음은 공영 라디오에서 나온 발언의 전문을 인용한 것이다. "대럴 아이사 공화당 하원의원은 패널 의장들이 그들의 정보 출처를 밝히기를 바란다Republican Congressman Darrell Issa wants the heads of the panel to be forthcoming about their sources of information." 누가 이 문장을 '패널'에서 끊어서 짧게 줄인다 해도 자구 그대로의 인용문임에는 변함이 없을 것이다.**

케네디 대법관은 또 이렇게 말했다. "대체로, 특정 구절을 둘러싼 인용 부호는 독자에게 이 구절이 화자의 말을 자구 그대로 재현한 것임을 암시한다. 이는 독자 자신이 저자의 의역이나 기타 간접적 해석이 아니라 화자의 발언을 읽고 있음을 알려준다. 이러한 정보를 제공함으로

---

*Sarah Palin, 알래스카주 주지사이자 2008년 대선에서 공화당 존 매케인 후보의 러닝메이트였다.
**그렇게 줄인 "Republican Congressman Darrell Issa wants the heads of the panel"은 "대럴 아이사 공화당 하원의원은 패널의 머리를 원한다"라는 뜻으로 읽힐 수도 있다.

써, 인용은 발언의 권위를 높이고 저자의 글에 신뢰성을 부여한다." 또 이런 말도 했다. "인용은 독자가 인터뷰 대상에 대한 저자의 묘사에 전적으로 의존하기보다 스스로의 결론을 구체화하고 저자의 결론을 평가할 수 있게 해준다." 경청할 대목이다. 정직하게 처리한 인용문은 복잡다단한 상황에서 독자들 저마다가 나름의 판단을 내릴 수 있게끔 도와주며, 작가에게 이는 특정한 관점의 연설문을 공들여 쓰는 것보다 더 중대한 사명이다.

간접화법은 누군가 말한 내용을 전달하면서 자구 그대로의 인용이라는 문제를 깔끔하게 피해가는 훌륭한 방법이다. 간접화법에 불편해지기란 여간해선 어렵다. 일례로 "동틀 무렵에 모든 준비를 갖추고 거기서 봅시다"가 인용구라고 치면, 그리고 어떤 이유로 자구 그대로 쓰기에는 먼지가 너무 많은 것 같다면, 인용 부호를 지우고 간접화법으로 기술할 수 있다(또 그러는 김에 문장의 논리도 개선해줄 수 있다).

그는 모든 준비를 갖추고 동틀 무렵에 거기서 보자고 했다.

서너 장소에서 띄엄띄엄 이루어진 대화들을 하나로 묶어 다섯 번째 장소에서 행해진 것처럼 제시하는 일은 잘못일까? 나는 잘못이라고 본다. 여러분은 어떤가? 나는 사람들이 내게 했던 말을 수정하거나 때로는 좀더 자세히 말해달라고 부탁하기 위해 그들을 다시 찾아가곤 한다. 이런 식으로 인용구를 수정하거나 더 자세히 보충하는 경우에도 처음에 그 말을 했던 장소를 변경하지는 않는다. 이건 여러분이 보기에 어떤가, 용인할 수 없는 일인가? 나는 그렇게 보지 않는다. 문장의 리듬을 개선하기 위해 사실을 약간 변경하는 것은 잘못일까? 나는 그렇다고 알고 있다. 여러분도 마찬가지일 것이다. 만일 그렇게 한다면 여러분은 정의상 논픽션을 쓰고 있는 게 아니다.

J. 앤서니 루커스는 그의 책 『코먼 그라운드Common Ground』에 실린 저자의 말에서 이렇게 썼다. "이것은 논픽션 저작이다. 여기 나오는 모든 인물은 실제 인물이다. (···) 대화를 활용한 부분들은 그 대화에 참여한 최소 한 명의 당사자가 회상한 내용을 기반으로 했다." 대화에 참여한 최소 한 명의 당사자? 밥 우드워드는 『사령관들The Commanders』 앞에 실린 「이 책을 읽는 독자에게」라는 글에서 이렇게 말했다. "한 인물이 품은 생각, 믿음, 결론 등은 당사자로부터, 혹은 당사자를 통해 직접 그것을 알게 된 취재원으로부터 얻은 것이다." 성실성이 덜커덩거리는 소리는 이런 식으로 시간을 뛰어넘어 울려퍼진다. 언젠가 열렬한 원칙주의자인 한 훌륭한 기자가 편집자 혹은 펙트체커와 통화하며 명확성을 위해서든 다른 어떤 목적을 위해서든 간에 기사의 단 한 음절도 고쳐선 안 된다고 고집을 부리는 것을 어깨너머로 들었던 기억이 난다. 성실성이라는 분야에서 각고의 노력을 기울일 수 있다면 이것이야말로 각고일 것이다. "그건 인용문이라고요!" 기자는 이렇게 소리 질렀다. 그리고 다시금 읊조렸다. "그건 **인용문이라고**." 공교롭게도 그것은 러시아어를 번역한 인용구였다.

노먼 매클린은 『흐르는 강물처럼』을 픽션으로 지칭했고 이 책의 권두에도 '픽션'이라는 말이 붙어 있다. 『흐르는 강물처럼』은 한 가지를 제외한 거의 모든 측면이 자전적 사실이었다. 저자는 동생이 살해당한 장소를 개인적인 이유로 변경했는데, 노먼 매클린답게도 이것과 그 밖의 자잘한 변경 사항을 이 글에서 논픽션으로서의 자격을 박탈하기에 충분한 조작으로 여겼던 것이다.

*

감시인minder은 코트를 입고 넥타이를 맨 경비견으로, 간혹 그들이 입회하는 조건으로 인터뷰를 승낙받는 경우가 있다. 감시인을 배치하는 측은 주로 기업과 연방 기관이다. 이들이 딱히 인터뷰 과정의 촉매 구실을 하지는 않는다. 메모를 끼적여서 집중을 방해할 때도 있다. 그들의 역할이 인터뷰를 관찰하고 감시하는 데 국한되어 있어야 함에도, 심지어는 인터뷰어의 질문에 대신 답하기까지 한다. 일부는 "사담 후세인 스타일의 감시인"으로 묘사되기도 한다. 나는 감시인 운이 매우 좋았는데, 그 운의 상당 부분은—그리 거슬리지 않았던 두 건의 예외만 제외하고—50여 년간 그들을 용케도 피할 수 있었기 때문이었다. 2004년 나는 '소트Sort'에 대한 취재에 착수했다. 켄터키주 루이빌에 있는 이곳은 자동화된 거대한 복층의 미로로, 여기서 UPS가 하루 100만 건의 택배 화물을 집하·분류·재발송한다. 이 건물을 한 바퀴 돌려면 8킬로미터를 걸어야 하겠지만, 감시인을 대동하더라도 그럴 수 있는 사람은 아무도 없다. 꼬리날개가 갈색인 무수한 대형 항공기가 서쪽으로 기수를 향하고 있다. 루이빌 국제공항의 활주로가 있는 곳이다. 이 공항의 구역들과 유도로를 감시인 없이 차로 돌아다니는 일은 절대 불허된다. 건물 내부의 끝없는 컨베이어벨트 위로 휙휙 지나다니는 화물과 마약탐지견 들 사이를 어정거리는 일은 말할 것도 없다. 실제로 나는 거기서 수십 명의 노동자와 인터뷰를 하는 거의 모든 자리에 얌전히 입회한 감시인과 함께 2주를 보냈다. 그의 이름은 트래비스 스폴딩이고 켄터키주 웨스트포인트, 포트녹스 육군 기지 부근의 오하이오강에서 성장했으며, 아무리 봐도 내가 누구의 금괴를 훔치려 한다고 의심하는 것 같지는 않았다. 주말에 나는 그와 그의 아내, 부모님과 함께 처칠다운스 경마장에 가서 자유 시간을 보냈다.

다른 한 명의 감시인은 1995년 오마하에서 연방수사국이 내게 붙여준 사람이었다. 나는 이 기관의 물질성분분석과를 통해 로널드 라월트 특수요원과의 인터뷰를 성사시킬 수 있었다. 이 부서 업무의 절반 정도는 지질학에 관한 것이었는데, 광물학자이자 고생물학자인 그는 멕시코에서 지질학 첩보 활동을 수행하여 그곳에서 벌어진 한 미국인 마약단속관의 살인 사건을 실질적으로 해결하는 공로를 세우기도 했다. 라월트의 집과 사무실은 네브래스카주 노스플랫에 있었다. 그렇다면 논리적으로, 비행기를 타고 덴버로 가서 노스플랫까지 차를 타고 가면 되지 않을까? 천만의 말씀. 그렇게 쉬울 리가 없다. 라월트는 1월

24일 아침 9시에—자기 집에서 450킬로미터 떨어진—오마하의 연방 수사국 건물 면담실에서 나를 만나라는 지시를 받았다. 그 방에 가보니 감시인이 있었다. 그는 8-9시간 동안 그 방에 있었지만, 공교롭게도 인터뷰 내내 자리를 지키지는 않았다. 라월트는 암석학, 광물학, 결정학, 석영의 용해도, 모래의 표면 상태 연구에 대한 이야기를 했다. 그 감시인의 이름은 끝내 알 수 없었다. 그가 자러 갔다고 말하는 건 아마도 온당치 못할 것이다. 하지만 그는 내내 조용히 있다가 저녁때가 되자 자리를 떴다. 라월트는 이야기를 계속했고 인터뷰를 시작한 지 12시간이 지날 때까지도 그치지 않았다.

나는 그러는 내내 녹음기를 틀어두었다. 집에 돌아와서 그의 이야기를 녹취하는데 카세트 한 개가 고장이 났는지 재생되지 않았다. 나는 망연자실해서 라월트에게 전화를 걸었다. 그는 직전 카세트의 끝부분과 다음 카세트의 첫머리에서 자기가 무슨 이야기를 했는지 물었다. 그러고는 이야기에 반드시 필요한 이 부분을, 노스플랫에 있는 자기 집 식탁 앞에 앉아 자신의 녹음기에 대고 다시 녹음했다. 게다가 우편 요금까지 자비로 부담해주었다.

그리고 5년이 흘렀다. 안개가 짙게 낀 어느 날 아침, 프린스턴대 캠퍼스의 작업실에 있는데 전화가 울렸다. 인문학위원회에서 알려오길, 한 FBI 요원이 들어와서 나를 찾은 뒤 밖으로 나갔다는 것이었다. 그의 이름은 라월트이고 안개 속에서 나를 기다리고 있다고 했다. 나는 계단 몇 층을 황급히 뛰어 내려가서 문밖으로 나갔다. 라월트는 '이 근처에서' 어떤 화이트칼라 범죄를 수사 중이라고 했다. 이 근처는 그가 가고자 하는 GPS 좌표와 가까웠다. 이 임무에는 헬기가 필요했는데 안개 때문에 헬기가 뜰 수 없었다. 그는 잠깐 들러 인사나 한 마디 나누고 싶었다고 했다.

그리고 다시 5년이 흘렀다. 나는 너무 일이 안 풀려서 미치기 일보 직전이었다. 당시 완성하려던 책의 마지막 장에는 유니언퍼시픽 석탄 열차를 타고 여행하는 내용을 담을 계획이었다. 나는 이 일을 여러 달 걸려 준비했고 철도 회사도 이를 적극 지원할 듯 보였는데, 재키 글리슨이 했던 일을 이제는 철도 측이 하고 있었다. 매일 몇 번씩—하루도 빼놓지 않고—전화를 걸어도 오마하 본사 사람들에게서 전혀 답신이 오지 않았던 것이다. 그들은 불과 몇 달 전 내게 일주일간의 귀중한 오리엔테이션을 제공해준 터였다. 여기에는 아이오와주 카운실블러프스에 있는 유니언퍼시픽 차량기지 견학과, 오마하에 있는 난공불락의 건물로 열차 운행 관제사들이 전장 3만600킬로미터에 걸친 철로에서 일어나는 모든 일을 통제하는 '벙커the bunker' 견학도 포함되어 있었다. 그런데 몇 개월이 흐른 지금, 집으로 돌아온 나는 오마하로 전화를 걸어 자동응답기의 목소리를 들으며 속절없이 메시지를 남기고 있었다. 내 책은 바다 한가운데서 멈추어버렸고 나는 속수무책이었다. 그때 머리에 전구가 켜졌다. 나는 로널드 라월트에게 전화를 걸었다. 어쩌면 그가 도와줄 수 있을지도 모를 일이었다. 노스플랫에는 세계에서 가장 큰 차량기지가 있다. 라월트는 "비행기를 타고 덴버로 가서 노스플랫까지 차를 타고" 오라고 했다. 하루하고 반나절이 흐른 뒤, 나는 운송노조연합 지역총무국장, 기관사협회 지부장, 그리고 라월트와 함께 아침을 먹고 있었다. 아침을 먹은 뒤, 나는 길이 2251미터짜리 유니언퍼시픽 석탄 열차의 기관실에 몸을 싣고 '트리플트랙 메인Triple-Track Main' 철로를 따라 캔자스로 향했다.

*

1960년대 초 내가 『타임』지에 쓴 대부분의 커버스토리에선 취재의 전부 혹은 대부분을 다른 사람들이 담당했다. 그룹 저널리즘이라고 하는 이 보편적 포맷을 창안한 인물인 헨리 루스는 중국내지선교회가 세운 즈푸의 미션스쿨에서 성장기의 대부분을 보냈다. 오늘날이라면 그가 창안한 것을 클라우드 저널리즘, 일종의 유토피아적 코뮌이라고 부를 것이다. '파일file'이라고 부르는 취재 보고서들이 미국 전역과 전 세계의 타임 지국에서 뉴욕에 있는 필자와 편집자에게로 모여들었다. 문장가를 지망했던 나는 내가 맡은 길고 짧은 글의 모든 문장을 내 손으로 쓰고 싶었다. 그래서 ('잡지 뒷부분back of the book'을 담당한 다른 많은 필자가 그랬듯) 기자들이 보내온 파일을 참고 문헌 겸 인용 출처로 활용했지만 다른 사람들의 글을 여기저기서 한 뭉텅이씩 갖다 꿰어 맞추는 식으로 글을 쓰지는 않았다. 모든 기사는 무기명이었다.

나는 소피아 로렌에 대한 커버스토리를 썼다.

그는 발이 너무 크다. 코는 너무 길다. 치아는 고르지 않다. 그리고 한 라이벌의 표현을 빌리면 '나폴리 기린'과 같은 목을 가졌다. 허리는 허벅지 중간부터 시작되는 것처럼 보인다. 그는 풀백처럼 달린다. 손은 큼지막하다. 이마는 좁다. 입은 너무 크다. 그리고, 맘마미아! 그는 기막히게 아름답다.

하지만 소피아 로렌은 이탈리아에 있었고 나는 뉴욕에서 선교사 저널리즘을 수행 중이었다. 나는 그를 만난 적이 없다(있었다면 당연히 기억이 날 것이다). 존 바에즈나 모트 살도 만난 적 없다. 하지만 진 커에 대한 커버스토리는 상당 부분을 취재했고, 바브라 스트라이샌드도 당시 그의 아파트가 어퍼웨스트사이드에 있었기에 조금 취재했다. 나는 매주 '쇼 비즈니스' 섹션의 짤막한 인물 기사와 단신을 쓰면서 취재 일부와 집필 전부를 감당했는데, 국제 뉴스나 국내 뉴스 같은 섹션을 맡았다면 하지 못했을 경험이었다. 이례적이게도, 나는 글리슨의 커버스토리뿐만 아니라 1963년 리처드 버턴에 대한 커버스토리의 집필과 취재까지 사실상 100퍼센트 도맡았다.

나는 토론토에서 버턴이 뮤지컬 「캐멀롯Camelot」을 초연했을 때 그를 만났다. 그리고 이후 2년간 잊을 만하면 한 번씩 오토 퓌르브링거에게 버턴에 대한 커버스토리를 제안해온 터였다. 나는 「캐멀롯」의 작사가와 작곡가이며 이전에 「마이 페어 레이디My Fair Lady」에서도 협업한 바 있는 앨런 제이 러너와 프레데릭 뢰베에 대한 기사를 맡아 토론토를 찾았다. 그 방문의 목적은 러너와 뢰베였지 버턴이 아니었으므로 나는 그와 비공식적으로 부담 없이 안면을 트게 되었다. 내가 보기에 그는 배우로서 다다를 수 있는 가장 위대한 경지에 근접한 배우였다. 마침 그가 올드빅 극장에서 처음 햄릿 역으로 데뷔했던 시즌이 떠올랐다. 당시 영국에서 학교를 다니던 나는 그를 두 번 본 적이 있었다. 나중에 완성된 글에서 나는 이렇게 썼다.

지금도 그렇지만 그때도 공연 개막날은 그를 극도로 겁에 질리게 했다. 첫 공연을 앞둔 전날에는 한잠도 못 자기 일쑤였다. 1953년의 어느 날 저녁, 그는 햄프스테드에 있는 집을 나서서 정처 없이 걸었다(고 생각했다). 하지만 새벽 4시가 가까웠을 때 그는 워털루 다리를 건너는 중이었고, 다리 건너편에는 집에서 약 16킬로미터 떨어진 올드빅 극장이 있었다. 한 경관이 다리 위에서 그를 멈춰 세우고 신원을 물었다. 리처드는 자신이 겁에 질린 배우이며 오늘 밤 올드빅에서 덴마크의 왕자 햄릿 역으로 데뷔할 예정이라고 설명했다. "오, 저런", 경관이 말했다. "페컴라이에 사는 사람들은 모를 거 아니에요. 그렇죠? 세인트존스우드에 사는 사람들도 모를 거예요." 이에 약간 긴장이 풀린 버턴은 밤이 샐 때까지 경관과 함께 걸으며 워털루를 순찰했다.

「캐멀롯」 제작진이 묵은 토론토의 호텔에서, 버턴은 저녁 식사가 끝나면 다른 배우들, 무대 감독, 무대 일꾼, 기타 등등을 자기 방으로 끌고 들어가곤 했다. 이야기는 새벽 3시까지 이어졌고, 기타 등등에 속했던 나는 여기에 완전히 매료되었다. 뉴욕으로 돌아와서 그에 대한 커버 스토리를 제안했지만, 퓌르브링거는 계속 퇴짜를 놓았다. 그러다가 버턴이 엘리자베스 테일러와 함께 런던의 도체스터 호텔에 체크인하고 세계에서 가장 유명한 두 사람 중 한 명으로 일컬어지는 날이 왔다. 퓌르브링거는 나를 자기 사무실로 부르더니, 리처드 버턴에 대한 커버스토리야말로 『타임』이 오랫동안 필요로 했던 것이라고 말했다. 아무렴요, 나는 이렇게 맞장구치며 그를 무엇보다도 우선 배우로서 묘사하고 싶다고 덧붙였다. 버턴은 내가 아닌 잡지사 측의 문의에 대응하여, 내가 인터뷰어이자 필자로 와준다면 협조하겠다고 말했다.

아주 많은 인터뷰가 롤스로이스 안에서 이루어졌다. 실버 클라우드 한 대가 매일 아침 파크레인 53번지 앞에서 대기했다. 각기 다른 사람과 결혼한 버턴과 테일러가 펜트하우스 스위트룸에서 내려와 일하러 나오기를 기다리는 것이었다. 그들은 히스로 공항 부근의 한 스튜디오에서 「V.I.P.s」라는 영화를 찍는 중이었고 거기까지 가는 데 편도로 한 시간이 걸렸다. 감독인 앤서니 애스퀴스는 제1차 세계대전 때 영국 총리를 지낸 허버트 헨리 애스퀴스의 아들이었는데, 그가 동틀 무렵에 촬영하기를 좋아했던 까닭에 롤스로이스가 도체스터에서 출발하는 시각은 이르면 5시, 늦어도 6시를 넘기지 않았다. 나는 같은 파크레인 거리에서 조금 올라간 86번지의 그로스브너하우스 호텔에 묵으며, 일주일 넘도록 매일 아침 차 안에서 테일러와 버턴이 나오기를 기다렸다.

테일러는 졸린 기색이 전혀 없었다. 버턴의 경우는 분간하기 어려웠다. 적어도 한 번, 그가 햄프스테드에서 아내인 시빌과 새벽 서너 시까지 이야기하다가 도체스터로 돌아와 술 한두 잔을 마시고 곧바로 실버 클라우드로 내려온 적이 있었다. 이건 시빌이 내게 전화로—다른 많은 이야기와 더불어—해준 이야기였다. 시빌은 그가 자기와 함께 있는 동안 코냑 한 병을 다 비웠다고 말했다. 레미 마르탱이었다. 용량은 물어보지 못했다. 혈중 알코올 농도가 얼마나 되었든, 배우로서의 버턴은 감독의 지시를 놓친 적이 한 번도 없었다. 이것이 당시 그의 주장이었고 또 그의 명성이기도 했다. 매일 아침 5시에 그를 지켜본 내게는 그 말을 믿을 확실한 이유가 있었다.

스튜디오에서 그는 항시 연기에 돌입할 준비를 갖추고 있었고, 촬영이 없을 때—다시 말해서 대부분의 시간—에는 다른 배우들, 촬영감독, 스태프, 기타 등등과 대화를 나누었다. 그는 모든 사람과 교류했다. 그는 끊임없이 축구 이야기를 했지만 가장 인상적인 부분은 그가 경청했다는 것이다. 그는 상대에게서 맨체스터 유나이티드나 토트넘 홋스퍼에 대한 이야기를 끌어내 뚜렷한 흥미를 보이며, 이따금 논평을 붙여가며 경청했다. 그는 뉴저지에 있는 내 자녀들에 대해 물었다. 딸이 셋이라고요! 정말 멋지네요. 그는 자녀가 둘뿐이었다.

스튜디오에는 매기 스미스도 있었다. 큰 눈과 날카로운 얼굴에 밤색 머리를 지닌 아직 20대의 젊은 미인이었다. 그는 사장을 몰래 짝사랑하는 조용한 비서라는 작은 배역을 연기하고 있었다. 연기하지 않을 때면 주변에 널린 타블로이드에도 아랑곳없이 앉아서 책을 읽었다. 버턴은 매기 스미스를 눈여겨보라고, 그가 이 건물에 있는 어느 누구보다도 많은 재능을 가졌다고 말했다. 한 장면을 같이 찍고 난 다음에는 연기로 자신을 압도했다고도 했다. 극작가 테런스 래티건이 대본을 쓰고 히스로 공항을 배경으로 한 이 영화는 어느 부유한 남자의 아내가 애인과 도피하는 내용이다. 그런데 공항에 안개가 껴서 비행기가 연착되자 아내의 마음을 돌리고자 애원하는 남편이 나타난다. 역시 기라성 같은 배우들이 연기한 다른 승객들도 비슷하게 불편한 상황에 놓여 있다. 래티건은 비비언 리("솔직히, 내 알 바 아니오")의 일화에서 이 이야기를 착안했다고 말했다. 로런스 올리비에와 결혼했지만 다른 배우와 사랑에 빠진 비비언 리가 도피하려다 히스로 공항에서 안개에 발이 묶인 적이 있다는 것이다.

　버턴은 심지어 우디 앨런보다도 인터뷰하기가 수월했는데, 그가 스스로를 인터뷰했기 때문이다. 그가 말하는 내용을 그냥 들으면서 받아 적으면 되는 일이었다. 스튜디오에 있을 때 인터뷰의 대부분은 엘리자베스 테일러의 분장실에서 이루어졌는데, 이곳은 좁은 방이 아니었다. 긴 소파와 커피 테이블과 걸어다닐 수 있는 널찍한 공간이 있었다. 테일러는 내가 거의 버턴에게만 주의를 집중했기 때문에 짐짓 짜증이 난 듯 굴었다. 확신하건대 그는 내가 하는 일을 이해했고 그리 심각하게 신경 쓰지 않았지만, 계속 우리를 방해하면서 재미있어했다. 그리고 확실히 나도 그랬다. 테일러는 내가 연예계에 대한 글을 쓰면서 만났던

수많은 여성 배우와 비교하면 그리 자기중심적이지 않았다. 그는 탐구심이 많고 세련되고 잘난 체하지 않았으며 내가 대학에서 알던 사람들과 비교해도 특별히 교양이 풍부해 보였다. 그는 어린 시절부터 MGM사의 구내식당에서 개인 과외를 받았다.

어느 날 우리가 인터뷰를 하는 도중에 테일러가 끼어들어, 버턴과 자신은 다른 인터뷰가 잡혀 있어서 영국인 기자 두 명이 곧 도착한다는 소식을 알려왔다. 원한다면 내가 옆에서 들어도 괜찮지만 내 인터뷰는 잠시 중단해야 했다. 좋고말고요. 고맙습니다. 이건 흥미로울 것 같았다. 둘 다 남자였다. 또 둘 다 키가 컸고 내 기억에는 기묘하게 소심해 보였다. 그들은 소파에 나란히 앉아서 잡담조의 질문을 던지고 이따금 잡담조의 논평을 했다. 그들은 녹음을 하지 않았고 노트도 적지 않았다. 테일러가 그들에게 차를 가져다주었다. 필자들이 메모를 하지 않았기 때문에 찻잔은 그들 무릎 위에 편안히 놓였다. 이튿날 이 세기의 스캔들에 대한 최신 뉴스가 그 신문의 1면에 실렸다. 기사는 인용문—긴 인용문, 짧은 인용문, 다소 선정적인 인용문—으로 가득 차 있었다. 하지만 이 기사의 필자들은 트루먼 커포티의 기억술을 갖추지 못한 듯 보였다. 어쨌든 나는 테일러나 버턴이 했다는 인용 부호 안의 말뭉텅이들이 두 사람의 입에서 나오는 걸 들은 기억이 없었다. 루퍼트 머독이 뉴스 오브 더 월드News of the World를 인수하기 7년 전의 일이었다.

영국 기자들이 가고 난 뒤 나는 다시금 전열을 가다듬었다. 버턴은 1953년의 올드빅에 대한 이야기로 되돌아갔다.

그의 연기가 세인트존스우드보다 훨씬 더 먼 곳에서도 기억되기에 이른 건「햄릿」상연 기간이 중반을 넘어선 이후에 나온 한 비평적 언급 덕이 컸다. 버턴의 햄릿은 일종의 투우 같아서 하루는 훌륭했다가도 이튿날엔 실망을 주곤 했다. 하지만 마침내 자기 색깔을 찾아 거기에 충만한 웨일스적 품성을 부여하기 시작하면서, 그는 길구드의 떨리는 발성에 오랫동안 익숙해져 있던 관객들을 전율시켰다. 그가 약 60회의 공연을 완료하고 관객 수가 슬슬 줄고 있던 어느 날 저녁, 극장 지배인이 그의 분장실로 와서 이렇게 말했다. "오늘 밤은 특히 잘해야 하네. 객석에 어르신이 왔거든."

"어떤 어르신이요?"

"1년에 한 번씩 와서는 1막까지만 앉아 있다 나간다니까."

"아니 대체 그 어르신이 누군데요?"

"처칠."

첫 대사를 읊었을 때—"숙질보다는 좀 가깝지만 부자라기엔 멀구나"—버턴은 앞줄에서 똑같은 대사를 중얼거리는 굵직한 목소리에 소스라치게 놀랐다. 계속해서 처칠은, 마치 연극 연출하는 비글처럼 그의 대사를 한 줄 한 줄 따라 읊었고 원작의 대사를 잘라낸 대목에서는 벼락을 내릴 것처럼 노여운 표정을 지었다. "나는 그를 따돌리려고 안간힘을 썼어요", 버턴은 이렇게 회고한다. "대사를 빨리 했다가 느리게 해보기도 하고, 그래도 줄기차게 따라오더군요." 실제로 처칠은 공연이 끝난 뒤 버턴이 열여덟 번의 커튼콜을 받을 때까지 줄곧 따라왔고,

한 기자에게 "내가 기억하는 한 가장 흥미진진하고 남성미 넘치는 「햄릿」 공연이었다"라고 평했다. 여러 해가 흐른 뒤, 「윈스턴 처칠의 용맹한 시절Winston Churchill—The Valiant Years」이라는 텔레비전 다큐멘터리를 준비 중인 프로듀서들이 윈스턴 경에게 누가 그의 목소리를 연기하면 좋겠느냐고 물었다. 어르신의 말은 이러했다. "그때 올드빅의 그 녀석을 데려와."

그들은 올드빅의 그 녀석을 데려왔다.

참조 틀

2000년, 사우스캐롤라이나주 컬럼비아 출신의 학부생이던 에이브 크리스털이 내가 프린스턴에서 가르치는 글쓰기 강의에 등록했다. 그의 과제물 중 하나는 그레인저 데이비드라는 다른 학생의 프로파일을 쓰는 것이었다. 우연히도 이 그레인저라는 학생은 왕년의 F. 스콧 피츠제럴드가 회원이었던 '유니버시티 코티지 클럽'의 학부생 대표였고—『낙원의 이편』의 에이머리 블레인을 비롯한—피츠제럴드 소설의 여느 등장인물처럼 매끈한 말씨에 우아한 몸가짐을 자랑했다. 이 프로파일에서 에이브 크리스털은, 그레인저 데이비드가 '스프레차투라sprezzatura'를 갖추었다고 별다른 부연 설명 없이 언급했다.

스프레차투라? 물론 모든 단어가 손안에 들어 있는 이 진보한 시대에는 지구상의 모든 사람이 스프레차투라가 무슨 뜻인지 알고 있지

196

만, 2000년의 나는 전혀 알지 못했던 까닭에 이탈리아어 사전을 찾아 보았다. 없었다. 또 다른 이탈리아어 사전을 찾아보았다. 거기에도 없 었다. 나는『웹스터 뉴 인터내셔널 대사전 제2판Webster's New International Dictionary, Second Edition』을 찾아보았다. 역시 없다. 나는 수화기를 들고, 이탈리아에 거주하며 교황 요한 바오로 2세의 책『희망의 문턱을 넘어 서Varcare la soglia della speranza』를 바티칸 이탈리아어에서 영어로 옮긴 내 딸 마사에게 전화를 걸었다.

이런 훌륭한 경력이 무색하게도 마사는 도움이 되어주지 못했다.

이번에는 에머리대학교의 미술·건축사 교수로 바로크 시대 로마를 전공한 다른 딸 세라에게 연락을 시도했다. 세라의 자동응답기도 매한 가지로 별 도움이 되지 못했다.

그날 저녁, 나는 뉴욕공립도서관에서 성황리에 개최된 한 리셉션에 역시 내 딸인 제니와 함께 참석하게 되었다. 제니는 마사와 함께 교황의 저서를 공역했고, 제니의 남편인 루카 파살레바는 피렌체에서 나고 자 라 학교까지 졸업했다. "이보게 루카, '스프레차투라'가 무슨 뜻인가?"

루카: "모르겠는데요. 제니한테 물어보시죠."

제니: "저도 모르겠어요. 하지만 저쪽에 있는 부부가 아실지도 몰 라요. 이탈리아 영사관에 계시거든요."

영사: "제 아내한테 물어보시죠. 이이가 문학에 조예가 있거든요. 저는 잘……"

영사 부인: "정말 죄송합니다. 저도 모르겠네요."

이튿날 프린스턴으로 돌아온 나는 에이브 크리스털과 예정된 면담을 가졌다. 우리 앞의 책상에는 그가 그레인저 데이비드에 대해 쓴 프로파일이 놓여 있었다. 나는 집게손가락으로 '스프레차투라'를 가리키며 물었다. "에이브, 이게 대체 뭔가?"

에이브는 1528년 카스틸리오네가 쓴 『궁정인The Courtier』이라는 책에서 이 단어를 따왔다고 말했다. "힘들이지 않는 우아함, 아주 수월하게, 눈에 띄는 노력을 들이지 않고 쿨한 일을 한다는 뜻입니다."

에이브가 나간 뒤, 나는 이내 다시 세라에게 전화를 걸었다. 이번에는 자동응답기가 아니라 세라가 직접 전화를 받았다. 세라는 에이브의 설명이 맞지만 그의 정의에 '무심함nonchalance'이라는 단어를 추가해야 한다고 말했다. 그리고 라파엘로가 스프레차투라의 이상을 회화로 옮겨놓았다고 했다. "라파엘로는 친구인 발다사레 카스틸리오네를 이상적인 궁정인으로, 스프레차투라를 구현한 인물로 묘사했어요. 그 그림은 지금 루브르에 있죠."

*

『뉴요커』에서 16년간 내 편집자였던 로버트 빙엄은 아주 선명한, 말할 것도 없이 빼어난 콧수염을 자랑했다. 초기에 쓴 어떤 글에서 나는 누군가를 묘사하며 그가 '진실한sincere' 콧수염을 가졌다고 쓴 적이 있다. 과연 내 바람대로, 이 표현은 빙엄이 원고를 들고 자기 사무실에서 나와 복도를 걸어서 내 사무실까지 행차하게 만들었다. 진실한 콧수염이라, 미스터 맥피, 진실한 콧수염? 이게 무슨 뜻이죠? 그럼 내가 진실되지 못한 콧수염도 있다는 암시라도 주고 있었던 건가요?

나는 이보다 더 명확한 표현을 상상할 수 없다고 말했다.

그 콧수염은 성공적으로 지면에 안착했고 이로써 나는 『뉴요커』의 논픽션 콧수염 전문가로 자리 잡은 듯한 기분이었다. 이후로 '허튼 수작이 먹히지 않는 콧수염'을 가진 사람, '자이로스코프 콧수염'을 가진 오대호 배의 선장, '산림조사관의 정직한 콧수염'을 가진 북부의 산사람 등이 잇따라 등장했다. 메인주의 한 가정의학과 의사는 '진통 효과가 있는 콧수염'을, 또 다른 의사는 '환자를 진정시키는 콧수염'을, 또 다른 의사는 '입꼬리 너머로 반듯이 펼쳐져 있으며 긍정적이든 부정적이든 그 어떤 예후도 암시하지 않는, 의학적으로 생긴' 콧수염을 가지고 있었다.

글쓰기도 최소한 100만 년에 한 번 정도는 재미있어야 하는 법이다.

도지의 윗입술에는 머리의 나머지 부분보다 훨씬 더 많은 털이 집중되어 있었다. 엄니만 없다뿐이지 그야말로 웅장한 바다코끼리의 콧수염이었다. (…) 그가 하는 말들은 기네스북에 등재될 콧수염 사이로 부드럽게 여과되어 흘러나왔다. 정말이지—그의 입술 위에 얹힌 배럴통만큼이나—볼만한 광경이었다.

이 모두는 필연적이게도 앤드루 로슨에게로 이어졌다. 앤드루 로 슨? 스코틀랜드가 낳은 위인 앤드루 로슨, 캘리포니아대 버클리의 구 조지질학자, 샌앤드레이어스 단층을—아마도 자기 이름을 따서—명명 한 바로 그 사람을 말한다. 앤드루 로슨은 금문교의 남측 교각을 그 자 리에 세울 수 있을지 판정하기 위해 샌프란시스코만에서 들통을 타고 케이슨* 밑바닥까지 몸소 내려간 사람이기도 하다.

순백의 머리카락, 장대한 기골, 신명사문자적tetragrammatonic** 콧 수염을 지닌 로슨은 지고한 권위의 화신이었다.

독자들의 문의 편지가 마치 케이슨에 부딪는 강물처럼 『뉴요커』 편 집실에 쇄도했다. 당시 『뉴요커』의 젊은 편집자였던 작가 찰스 맥그래 스는 지극히 너그럽게도 자진해서 답장을 써 보내주었다.

*

몇몇 독자에게, 신명사문자적인 무엇이라든지 이탈리아 르네상 스 시대에 화석화된 용어와 같은 참조점들은 그들을 계몽시키기는커

---

*속이 빈 상자처럼 생긴 대형 콘크리트 구조물로, 토사를 굴착한 자리에 가라앉혀서 다리의 교각 등 수중 시설물의 기초를 이룬다.
**히브리어로 야훼를 일컫는 네 글자를 말한다.

녕 그냥 짜증만 불러일으킬 뿐이다. 아니 대부분의 독자에게도 그렇다. 가해자는 작가다. 내 죄가 크도다. 그러나 한편, 우리는 글을 쓰는 데 있어 첫째로 중요한 주제를 역으로 마주하게 된다. 바로 글의 참조 틀 frame of reference이다. 참조 틀이란 글을 쓸 때 이해를 높이기 위해 넌지시 인유하는 사물이나 사람을 말한다. 비욘세를 들먹이면 누구나 바로 알아듣는다. 하지만 베로니카 레이크를 들먹이려면 차라리 쿼티코슈피리어에 가는 편이 나을 것이다.* 이런 논의에는 한 겹이 더 추가되어야 한다. 글이 언제 쓰였는가 하는 것. 이 글은 2010년대에 쓰였다. 뉴욕을 언급할 때는 대부분의 독자가 뉴욕이 무엇이며 어디 있는지 안다고 확실히 예상할 수 있다. 버널코너스를 언급할 때는 그렇지 않다. 이곳은 뉴욕에서 멀리 떨어진 뉴욕주 북부의 외진 시골이다. 스카스데일**은 어떻게 처리할까? 여러분은 여기가 어디인지에 대해 설명이 필요한가? 스텝 밴***, 스탠리 스티머****, 블랙 앤드 화이트 유닛*****, 구스넥 트레일러******. 구스넥 트레일러가 뭔지 아는 사람은 손을 들어보세요.

---

*베로니카 레이크는 1940년대 필름 누아르의 팜 파탈로 유명했던 배우다. 한편 쿼티코슈피리어는 캐나다 온타리오의 광대한 국립공원 지대 중 하나로 작은 호수가 매우 많다. 베로니카호는 그런 호수들 중 하나다.
**뉴욕 근교의 부촌.
***운전자가 쉽게 타고 내릴 수 있게 전고를 높인 밴으로 주로 배달 차량으로 쓰인다.
****20세기 초에 가장 많이 팔린 증기자동차 브랜드.
*****흑백으로 도색한 경찰차를 일컫는 속어.
******가축, 건초, 컨테이너 박스 등을 실을 수 있는 트레일러로 거위 목처럼 앞이 굽어 있다고 해서 구스넥이라는 이름이 붙었다.

32명 중에 한 명이 손을 든다.

"고향이 어디죠, 스테이시?"

"아이다호요."

참조 틀이 합성물로서의 성격을 띤다는 것을 감지하려면 그것이 으레 어떻게 귀결되는지를 생각해보라. 한 오래된 참조 틀이 세월을 거쳐 결국 역사의 독특한 층 하나를 이루게 된다고 생각해보라. 케임브리지대의 영문학 지도교수들은 아무런 단서도 표시되지 않은 산문이나 시를 복사해 건네주고는 이것이 몇 세기의 몇십 년대에 쓰인 건지 알아맞혀보라고 시키곤 한다. 연대 추정dating이라고 하는 이 관습은 여러분이 상상하는 것만큼 어렵지 않다. 이를 지질연대학과 비교하면 도움이 될 것이다. 예전에 나는 지질연대학을 이렇게 설명한 바 있다.

앨프리드 테니슨, 윌리엄 트위드, 애브너 더블데이, 짐 브리저, 마사 제인 캐너리가 식탁에 모여 앉아 러더퍼드 B. 헤이스*가 요리한 만찬을 먹는 E. L. 닥터로의 역사소설을 상상해보라. 지질학자들은 이것을 화석군fossil assemblage**이라고 부를 것이다. 그리고 닥터로의 추가 도움 없이도 지질학자는—아니 다른 누구라도—이 만찬이 1870년대 중반에 일어난 일이라고 곧 판정할 것이다. 캐너리가 성년이 된 때가

---

*모두 19세기 중후반에 활동한 실존 인물이다. 테니슨부터 헤이스까지 차례로 영국의 시인, 미국의 정치인, 군인, 탐험가, 서부 개척자, 19대 대통령이다.
**특정 지층에서 함께 발생하여 발견된 화석의 집합.

1870년이었고 트위드가 1878년에 사망했으며 나머지 인물의 일대기가 이 범위와 배치되지 않기 때문이다.

화석은 당시의 동위원소였고, 19세기에 과학이 그 이야기를 전개한 방식이었다. 이 모두는 오로지 참조 틀이 어떻게 작동하며 현재 통용되는 참조 틀이 얼마나 급속히 진화하여 시대에 뒤처지게 되는지를 보여주기 위한 것이다. 나는 젊은 작가들에게 시대를 초월하는 글을 쓰기 위해 의식적으로 노력하라고 말하는 것이 절대 아니다. 윽, 그건 너무 역하지. 어느 누구도 절대로 그런 걸 시도해선 안 된다. 우리는 그저 편집자가 보기도 전에 내 글이 구식이 되어버리지 않기만을 바라야 한다. 어느 정도 내구성 있는 인유와 이미지를 찾는다 해도 그렇게 선택한 인유와 이미지가 글을 (특정 시대의 현실에) 고정시키게 될 것이다. 내가 본 영화를 지구상의 모든 사람이 봤다고 섣불리 가정하지 마라. 그건 일회용 레퍼런스를 집대성한 아카이브에서 가장 두툼한 폴더 중 하나에 위치할 것이다. "그건 「서바이벌 게임」에서 계곡을 기어오르는 장면을 연상시켰다. (…) 마치 「버드맨 오브 앨커트래즈」의 마지막 장면 같았다."

세라 박서는 2010년 『뉴욕리뷰오브북스』에 미술 작가인 헤다 스턴과 솔 스타인버그에 대해 쓰면서 활기찬 무리 하나를 짜맞추었다. 이 부부는 "『뉴요커』의 모든 사람—찰리 애덤스, 코빈, 윌리엄 스타이그, 피터 아노, 이언 프레이저, 드와이트 맥도널드, 해럴드 로젠버그, E. B.

화이트, 캐서린 화이트 등을 비롯한 작가와 만화가와 영화인―을 알았고 그들 모두가 만찬에 왔다". 이 화석군에는 바이러스가 하나 끼어 있다. 이 만찬이 열린 연도에 이언 프레이저는 오하이오주 허드슨에 있었고 아홉 살의 어린 나이였다.

참조 틀은 자잘한 빛의 무리와 비슷하며 그중 일부는 밤에 공항으로 내려오는 여객기 위에서 깜빡인다. 우리는 그 빛을 본다. 이 빛들은 눈에 보이지 않는 어떤 구조를 암시한다. 그 참조 틀―하강하는 빛들―안에는 활주로를 앞두고 플랩을 내린 육중한 비행기가 존재한다.

*

빌려온 생동감 위에는 절대 순조롭게 착륙할 수 없다. 누구누구가 톰 크루즈처럼 생겼다고만 쓰고 거기서 그친다면, 톰 크루즈에게 내 글을 대신 써달라고 떠넘기는 것이나 다름없다. 독자들이 톰 크루즈가 누군지 모른다면 그 묘사는 실패한 것이다.

톰 리플리는 누구인가?

드와이트 가너는 2010년 『뉴욕타임스』에 이렇게 썼다. "카스텔리는 알기 힘든 사람이다. 그는 친구가 수천 명이지만 진짜 절친한 친구는 드물다. 그에게는 좀처럼 손에 잡히지 않고 자유자재로 변신하는, 거의 톰 리플리 비슷한 무엇이 있다."

이런 예는 여기저기 널려 있다. 그리 멀지 않은 과거의 사례들을 좀

더 들어보자.

존 레너드, 『뉴욕타임스 북리뷰』, 2005, 라이브러리오브아메리카 출판사에서 펴낸 제임스 에이지 선집에 대한 리뷰에서: "결혼이 무엇이 었는지, 어쩌면 전기의자 앉기 게임이었는지 누가 알랴. 이 모두를 종합 했을 때, 마초적 허세에 찌든 여성 편력담과 예술 창조의 고통에 대한 낭만적 일화를 넣고 버무렸을 때 얻어지는 것은 어른이 아니다. 그건 녹스빌의 루퍼스다."

재닛 매슬린, 『뉴욕타임스』, 2008, 로버트 를뢰, 『어느 아름다운 소 년의 회상The Memoirs of a Beautiful Boy』에 대한 서평에서: "많은 장애물, 그중에서도 오거스텐 버로스를 선망하는 습작생처럼 보일 위험성을 무릅쓰고, 그는 그녀를 이 미칠 듯이 어질어질한 성장담의 중심인물로 세웠다."

모린 다우드, 『뉴욕타임스』, 2008, 전임 대통령인 윌리엄 제퍼슨 클 린턴에 대해: "빌은 계속해서 달을 보고 (…) 울부짖는다. 그는 라이언 시크레스트를 닮은 리어왕이 되어가기 시작했다."

조엘 아컨바크의 멋진 책 『외계인의 납치Captured by Aliens』(1999), 391쪽: "우주에는 에이브 비고더처럼 생긴 성운이 하나 있다."

조엘은 대학 졸업반이던 1982년에 내 글쓰기 강의를 수강한 바 있 다. 아무래도 내 노력이 부족했던 것 같다. 계속 정진하겠다. 역시 『외계 인의 납치』에서 그는 터프츠대의 한 교수를 이렇게 묘사한다. "그는 약 간 진 와일더처럼 생겼고 그와 똑같은 광적인 에너지를 약간 지녔다."

진 와일더? 낸들 아나. 하지만 조엘이 "그와 똑같은 광적인 에너지"라고 덧붙임으로써 빌려온 생동감의 상당한 액수를 상환하고 있음에 유의해야겠다.

다음에 등장하는 인물은 조엘보다 4년 앞서 내 강의를 수강한 로버트 라이트다. 그는 『신의 진화』(2009)와 같은, 감히 정면으로 부딪치는 사람이 드문 주제를 떠맡아 장장 576쪽에 걸쳐 다루었다. 그의 첫 번째 저서는 『3인의 과학자와 그들의 신』(1988)이라는 책이었다. 이 책의 19장은 이렇게 시작한다. "케네스 불딩이 퀘이커교도라고 해서 그가 '퀘이커 오츠' 시리얼 상자에 그려진 퀘이커교도처럼 생겼다는 뜻은 아니다."

로버트는 앞으로 이 인유에 닥칠 운명에 무관심한 듯 보이지만, 계속해서 이렇게 말한다.

알고 보면 확실히 닮은 점이 있다. 둘 다 어깨까지 내려오는 백발에 파란 눈, 발그레한 뺨을 갖고 있다. 또 둘 다 기본적으로 기질이 쾌활해서 한 사람은 항상, 다른 한 사람은 거의 항상 미소 띤 얼굴이다. 하지만 차이점도 분명하다. 불딩의 머리카락은 오츠 상자에 그려진 퀘이커교도의 머리카락처럼 보송보송하지 않고, 아래로 늘어뜨리기보다는 귀 뒤로 넘겨져 있다. 그리고 불딩의 얼굴은 순하고 특징 없는 윤곽이 아니다. 코는 뾰족하게 튀어나왔고, 움푹 들어간 눈은 모든 걸 아는 듯한 형형한 빛을 띠고 있다.

빌려온 생동감을 이 정도로 두둑이 상환하기도 힘들 것이다.

트레버 코슨, 『물고기의 선The Zen of Fish』, 2007: "연어는 자기가 태어난 장소를 냄새로 되짚어 찾아간다. (⋯) 상류로 헤엄쳐 올라가는 연어의 몸에는 '인크레더블 헐크'로 변신하는 데이비드 배너 박사와 다르지 않을 만큼 놀라운 해부학적 변화 또한 일어난다."

브루스 핸디, 『뉴욕타임스 북리뷰』, 2005, 조너선 하의 『로스트 페인팅』에 대한 서평에서: "오늘날의 우리에게, 카라바조 그림의 모델이 지닌 더러운 발은 그의 형식미를 감상하는 데 방해가 되지 않는다— 아아, 우리는 낸 골딘에게 단련된 것이다. (⋯) 이건 화가의 가장 내밀한 종교화 중 하나다—할리우드 용어로 표현하자면 타이트 미디엄 숏으로, 마이클 베이가 본다면 존경해 마지않을 만큼 긴박하게 연출된 액션이 프레임을 꽉 채우고 있다."

마이클 폴런, 『뉴욕타임스 매거진』, 2002: "수송아지 한 마리가 도살장 입구로 통하는 경사로를 따라 강제로 끌려가는 광경을 지켜볼 때, 나는 이 소가 「데드맨 워킹」에 나오는 숀 펜이 아니며 소의 우둔한 머릿속에는 무로 돌아간다는 개념이 다행스럽게도 부재한다고 스스로를 다잡아야만 한다."

마크 싱어는 『미국의 어딘가Somewhere in America』(2004)에서 이자를 어찌나 후하게 얹어 상환했던지 빚을 깨끗이 청산했다. "키스에게서는 정치인다운 분위기와 거동을 찾아볼 수 없다. 환갑인 그의 분홍빛 얼굴에는 주근깨가 박혀 있고 붉은 머리카락은 백발로의 이행을 거의 마무리했다. 그의 축 늘어진 콧수염, 금테 안경, 체크무늬 셔츠, 청바지는 전체적으로 볼 때 날씬한 윌퍼드 브림리 같은 인상을 준다."

윌퍼드 브림리가 누구냐고? 몰라도 전혀 상관없다.

2014년 『뉴요커』의 이언 프레이저는 채무자 감옥에 갇히지 않으려고 발버둥치지만 성공하지 못한다. "그는 콩가 드럼을 연주할 뿐만 아니라, (투구게의 개체수를 조사하기 위해) 강물에 통발을 던지며 해양생물학에 중점을 둔 실험심리학 전공으로 두 번째 석사과정을 밟고 있다. 그리고 1970년대 시트콤 「모드」의 스타였던 고故 비 아서처럼 생겼다고 언급해주지 않으면 서운할 정도로 그와 닮았다."

*

참조 틀은 펀치라인을 노리는 기자와 방송인에 의해 심하게 오용되고 있다. 2020년대에 접어들고 있는 지금, 폭스 채널의 누군가는 "비틀스라는 밴드와 롤링 스톤스라는 또 다른 밴드"를 새침하게 언급한다. 참 깜찍하기도 하지Y2Kute. 그리고 NPR에서는 『워싱턴포스트』 편집인 벤 브래들리의 삶을 회고하며 이렇게 말한다. "그는 조지타운의 한 이웃과 가까워졌다. 존 F. 케네디라는 이름의 젊은 상원의원이었다." 등골이 부르르 떨려오지 않는가? 이게 바로 진동 감각이라는 것이다. 짜잔!

칼럼니스트 프랭크 브루니는 2014년 『뉴욕타임스』에 이렇게 썼다. "만약 여러분이 (…) 아주 중늙은이가 된 듯한 느낌을 받고 싶다면, 대학에서 강의를 해보라. 그게 지금 내가 하고 있는 일이다. (…) 내가 무엇을 인유했을 때, 학생들이 나를 무슨 고생대에서 떨어진 인간인 것처럼 빤히 쳐다보는 일이 수업 중 한 번씩은 반드시 벌어진다. (…) 한번은 버네사 레드그레이브에 대한 이야기를 꺼냈는데, 돌아온 건 멍한 눈빛이었다. 그레타 가르보. 마찬가지였다. 또 한번은 프루스트의 마들렌을 거듭 들먹이고 있는 어떤 에세이를 놓고 학생들과 토론하다가, 채 몇 분도 지나지 않아 깨달았다. 이 마들렌이 무엇을 의미하는지는 물론이고 프루스트라는 사람이 누군지를 이해하는 학생조차 거의 한 명도 없다는 것을."

공교롭게도 프랭크 브루니는 프린스턴에서 내가 가르치는 바로 그 프로그램의 강의를—같은 교실에서, 같은 학기에, 다른 수업을, 다른 요일에—맡고 있었는데, 내가 "중늙은이가 된 듯한" 느낌이 든다면 아마 시생대로 돌아가야 할 것이다. 프랭크는, 그의 매우 적절한 표현을 빌리면, 우리 모두의 '집단적 어휘'가 소실되고 있는 건 아닌지 걱정이라고 썼다. 그는 이렇게 물었다. "공통의 참조점이 점점 줄어들고 있는 것일까? 사적인 틈새가 공공의 광장을 대체해버린 것일까?"

내 대답은, 집단적 어휘와 공통의 참조점이 줄어드는 현상은 비단 지금뿐만 아니라 여러 세기에 걸쳐 항상 있어왔다는 것이다. 줄어드는 속도가 빨라졌는지는 몰라도 예로부터 늘 지속되어온 조건이다. 나는 다양한 연도에 생산된 글에서 무엇이 통용되고 무엇이 통용되지 않는지를 파악하기 위해 늘 학생들을 테스트하고 있다.

"Y2K—이게 무슨 뜻일까요?"

1990년대 말 이전에는 아무도 몰랐다. 이 용어가 아직 사라지지 않았다 해도 앞으로 과연 얼마나 오래갈까?

Y2K, QE2, P-38, B-29, 에놀라 게이, NFL, NBA, CBS, NBC, 폭스는? 눈 깜빡할 새 스쳐 지나가는 혜성들이 아닌지?

봄 학기가 시작되기 2주 전, 나는 매사추세츠에서 이 글을 쓰기 위한 인상을 수집하려는 목적으로 곧 『뉴요커』에 게재를 앞두고 있던 「인터뷰를 끌어내는 법」의 참조 틀을 테스트해보았다. 왜 매사추세츠였냐고? 거기에 브루클린고등학교가 있고 여기서 메리 버치널 선생님의 고학년 영어 수업이 진행되며, 내 딸 로라의 딸인 이저벨 맥피가 이 수업을 듣는 학생 중 한 명이기 때문이었다. 이 기사의 참조 틀은 약 7만 단어를 둘러싸고 흘러가는 60여 개의 항목으로 구성되어 있었다.

"이 리스트를 여러분에게 시험해보려고 해요. 다음의 이름이나 장소를 아는 사람은 손을 드세요. 우디 앨런."

19명의 손이 올라왔다. 그날 수업에 출석한 모든 학생이 우디 앨런을 알았다. 리스트를 확인해나가면서, 그 외에 무하마드 알리, 『타임』 매거진, 홀마크 카드, 덴버, 멕시코, 프린스턴대, 윈스턴 처칠, 「햄릿」, 토론토에도 19명이 손을 들었다. 그러니까 이 참조 틀에서 약 15퍼센트가 만점을 받았다.

세라 페일린, 오마하, 바브라 스트라이샌드, 롤스로이스—18명.

폴 뉴먼—17명.

히스로 공항—16명.

포트녹스—15명

엘리자베스 테일러, 「마이 페어 레이디」—11명.

캐시어스 클레이—8명.

워털루 다리, 매기 스미스—6명.

노먼 록웰, 트루먼 커포티, 존 바에즈—5명.

루퍼트 머독—3명.

햄프스테드, 미키 루니—2명.

리처드 버턴, 로런스 올리비에, 비비언 리—1명.

"영국에서 바비bobby가 뭔지 아는 사람?"—1명.

칼라브리아, 세인트존스우드, 페컴라이, 처칠다운스 경마장, 올드 빅, 뉴스 오브 더 월드, 재키 글리슨, 데이비드 브라우어, 랠프 넬슨, 데이비드 서스킨드, 잭 뎀프시, 스티븐 하퍼, 토머스 P. F. 호빙, 조지 플림프턴, J. 앤서니 루카스, 밥 우드워드, 노먼 매클린, 헨리 루스, 소피아 로렌, 모트 살, 진 커, 제임스 보즈웰, 새뮤얼 존슨—0명.

*

1970년에 나는 『플레이보이』의 청탁을 받고 윔블던에 갔다. 챔피언십이 열리는 2주 내내 체류하며 선수들뿐만 아니라 장소에서 받은 인상을 몽타주로 엮는다는 기획이었다. 최종적으로 완성된 글은 매우 길었지만 다음과 같이 짤막짤막하게 독립된 부분으로 구성되어 있었다.

5번 코트의 호드는 햇볕에 그을린 피부에 사자 갈기처럼 머리를 기르고, 그가 테니스 리조트를 운영 중인 스페인의 안달루시아 평원에서 건너왔다. 엄밀하게 말하면 그는 컴백을 노리는 옛 영웅이지만, 지든 이기든 간에 이 정도 규모의 관중이면 호드가 여기 있는 것만으로도 충분히 컴백했다고 할 수 있다. 그에게는 폭풍 같은 위풍당당함이 있으며, 사람들은 단지 그곳의 분위기를 느끼고 그를 다시 보기 위해 경기 코트 주위를 일곱 겹으로 에워싸고 몰려들었다. 호드가 폭발적으로 서브를 넣는다. 공이 먼저 코트 바닥에 닿지 않고 상대 뒤편의 펜스에 가서 부딪힌다. 정확성이 예전 같지 않다. 죽은 자는 언제나 천천히 일어나는 법이다.

이런 식으로 글은 호드의 임박한 종말을 향해 다가간다. 한편,

스미스는 그라운드의 한 구석진 코트에서 하이메 피욜을 서서히 진압하고 있다. (…) 레이버가 너무 멀찍이 앞서고 있어서 경기는 기량 과시의 장으로 변한 지 오래다.

윔블던이 개최되는 장소인 '올 잉글랜드 론 테니스 앤드 크로케 클럽All England Lawn Tennis and Croquet Club'은 너무나도 19세기의 지표 화석

과 같은 모습을 띠고 있어서 그라운드가 경기보다 더 흥미로울 때가 많았다.

'선수용 티 룸Players' Tea Room'에서 선수들은 담청색 고리버들 의 자에 앉아 담청색 고리버들 테이블에서 데번셔 크림에 버무린 딸기를 먹는다.

이 글을 담당한 상냥한 편집자는 머잖아 『플레이보이』의 편집주간 이 되어 그 자리를 30년간 지키게 될 아서 크레치머였다. 항상 전화로 진행된 그와의 원고 협의는 가벼운 분위기에서 이루어졌고, 딸기와 진 압과 부활이 등장하는 대목들을 과속방지턱 없이 술술 통과했다. 그러 다 '회원 전용 구역'에서 막혔다.

회원들과 그들이 초청한 손님들은 회원 전용 구역 내의 회원용 잔 디 코트에서 흰 파라솔 밑에 앉아 양갈비 샐러드와 데번셔 크림 딸기 를 먹는다. 금붕어 연못이 그들 주위를 둘러싸고 있다. 이 금붕어들은 해러즈 백화점에서 떼어 온 것이고, 회원들은 중상류층의 최상단에서 떼어 온 이들이다. 윔블던은 영국 사회의 이 계층—나갈 때 좌현, 돌 아올 때 좌현—이 매년 모이는 총회라 할 수 있다.

아서 크레치머가 물었다. "이게 무슨 뜻인가요?"

나는 살짝 놀란 듯한 말투로, 식민 시대에 영국인들이 인도로 갈 때는 에어컨이 없는 배를 탔다고 설명했다. 이때 가장 비싼 1등 객실은 땡볕이 내리쬐지 않는 좌현 쪽에 있었다. 또 인도에서 서쪽으로 항해하여 영국에 돌아올 때는 같은 이유로 우현 쪽의 객실이 가장 비싼 1등실이었다. 과연 진짜인지, 출처가 분명한 이야기인지는 몰라도 이것이 흔히 말하는 '포시posh'(우아한, 상류층의)의 어원이다. '올 잉글랜드 회원 전용 구역' 사람들은 애스컷 경마장에 있는 사람들보다 한 단계 낮은 계급이었다. 즉 나갈 때 좌현, 돌아올 때도 좌현이었다.

스톱워치가 없어서 정확히 얼마나 오랜 시간인지 재어보진 못했지만, 한동안 수화기 저쪽에서 침묵이 흘렀다. 마침내 크레치머가 했던 말이 기억난다. "독자 1000명 중 한 명 정도가 이해하겠군요."

나는 말했다. "저기, 방금 윔블던에 대한 글 1만3000단어를 이거 하나만 빼고 아무 불만 없이 사셨잖아요. 제발 부탁인데 단 한 명의 독자를 위해 그냥 놔두시면 안 될까요."

그가 말했다. "낙찰되었습니다."

체크포인트

1990년대 초에 『뉴요커』 편집자에서 은퇴하여 지금은 패서디나에 살고 있는 세라 리핀콧은 1966년부터 1982년까지 이 잡지의 사실 확인 부서에서 일했다. 그가 과학에 남다른 열정이 있었던 까닭에 사람들은 과학에 대한 글이 잡지사에 들어오면 복사해서 그의 책상 위에 갖다놓곤 했다. 1973년 그는 「결합에너지의 곡선The Curve of Binding Energy」이라는 내 장문의 글을 꼬박 3-4주에 걸쳐 집중적으로 검토했다. 그는 저널리즘 스쿨에서 자신이 하는 일을 학생들에게 설명하며 이렇게 말한 적이 있다. "티끌만 한 사실이라도 묻은 단어는 모조리 하나하나 면밀히 검토하고, 여기서 통과하면 연필로 조그맣게 체크 표시를 해서 팩트체커의 공식 확인증을 발부한답니다." 내가 쓴 건 민간 기업이 보유한 무기급 핵물질과 테러리스트들이 그것을 가지고 무엇을 할 수 있는

(혹은 없는)지에 관한 글이었는데, 이 6만 단어 분량의 글에서 그에게 가장 난도가 높았고, 해당 부분을 살릴지 없앨지 판단하기 위해 지대한 노고를 기울였다는 점에서 특히 기억에 남는 한 단락이 있다.

그건 존 A. 휠러가 들려준 이야기였다. 제2차 세계대전 때 그는 워싱턴주 중남부 컬럼비아강 유역의 '핸퍼드 공병사업소Hanford Engineer Works'에서 지도급 물리학자로 상주하며 세계 최초 대규모 원자로의 가동 및 플루토늄 생산을 감독했다. 1939년 휠러와 덴마크 물리학자 닐스 보어는 가장 쉽게 핵분열을 일으키고 그 결과로 결합에너지를 방출하는 원자핵을 찾아냈다. 핸퍼드에서 최초의 원자로가 설계되던 1943-1944년, 휠러는 필요하다면 원자로의 흑연 매트릭스 안에 연료봉 500개를 추가로 넣을 수 있게끔 기본 횡단면을 원형에서 사각형으로 확대할 것을 촉구했다. 크세논 독작용xenon poisoning과 같은 것이 핵반응에 영향을 끼칠 수도 있다는 의구심을 품게 되었기 때문이다. 그래서 막대한 비용을 들여 구조 변경이 이루어졌다. 그의 의구심은 들어맞았고, 연료봉을 추가하여 중성자속을 높임으로써 이 문제를 해결할 수 있었다. 1973년 나는 프린스턴대에 있는 휠러의 연구실에서 그의 말을 노트에 받아 적고 있었는데, 30분쯤 흘렀을 때 그가 나중에 문득 생각난 듯이 말하길, 1944-1945년 겨울에 핸퍼드에서 일어났는지 안 일어났는지 불분명한 묘한 일이 있었다고 했다. 그는 그걸 직접 보지는 못했다. 또 지면에 언급된 것도 전혀 본 적이 없었다. 핸퍼드는 시골 풀밭 위에 넓게 펼쳐진 광대한 곳이었고 루머와 비밀과 출처 불명의 이야기들이 우글거렸다. 그는 이 일이 사실인지 아닌지 몰랐기 때문에 만약 내가 이 이야기를 쓰고자 한다면 나름의 검증 과정을 거쳐야 했을 것이다. 그건 일본의 소이탄 풍선—일본이 날려 보내 제트기류를 타고 태평양을 건너온 풍선 병기 중 하나—이 나가사키를 파괴한 플루토늄을 생산 중이던 원자로에 착륙하여 원자로 가동을 정지시켰다는 소문이었다.

일본인들은 이 기구를 '후센바쿠단風船爆彈'이라고 불렀다. 그들은 종이로 지름 9미터짜리 풍선을 만들어 소이탄이나 고성능 폭약을 장착했다. 1년 동안 혼슈 해안에서 9000개의 풍선이 발사되었다. 풍선은 오리건에서 다섯 명의 어린이를 포함한 여섯 사람을 살해했고, 산불을 일으켰고, 알래스카에서 멕시코에 이르는 넓은 지역에 착륙했으며 가장 멀리 동쪽으로는 미시간주 디트로이트 근교의 파밍턴까지 날아갔다. 이 부분만 빼면 「결합에너지의 곡선」은 핸퍼드를 본격적으로 다룬 글이 아니었는데, 나는 그 최초 원고를 마무리하면서 원자로를 정지시킨 풍선에 대해 대여섯 문장을 써넣은 뒤 글을 넘겼다. 휠러의 이야기가 사실이라면 지면에 실릴 것이고, 검증이 불가능하다면 삭제될 것이었다. 나는 이 이야기가 사실이길 바랐다. 나머지는 세라의 몫이었다.

세라는 미국 전역으로 부지런히 전화를 돌렸다. 브룩헤이븐에서 베데스다까지, 라호이아에서 로스앨러모스까지. 핸퍼드와 워싱턴 DC의 다양한 기관들은 말할 것도 없었다. 한 단어에 하나씩 그 무수한 체크를 표시해나가기 위한 나머지 모든 일을 하는 사이사이에, 날이면 날마다 소이탄 풍선에 대한 문의 전화를 걸었다. 그러다 마침내 돌파구가 보이는 듯했다. 누군가가 자기는 그 이야기를 검증해줄 수 없지만 확실히 검증해줄 수 있는 사람을 안다고 말한 것이다.

"아! 그런가요? 그분이 누구시죠?"

"존 휠러요."

나는 세라에게 그 일화를 포기하라고 말했다. 누군가 날조해낸 이야기가 거의 확실해요, 우리 그냥 지웁시다, 할 만큼 하셨어요. 하지만 그는 계속해서 전화를 걸었다.

세라가 어둠 속에서 정보를 찾고 있었다면, 그 어둠은 길게 드리운 전시 기밀 유지의 그림자였다. 당시 건설노동자부터 이론물리학자까지 포함해 4만5000명이 핸퍼드, 패스코, 케너윅, 그리고 특히 리칠랜드에 모여 살았다. 리칠랜드는 원래 200명이 사는 작은 마을이었는데 1943년 미군이 이 땅을 사들여 4000여 채의 집을 지었다. 이 많은 인구에도 불구하고, 맨해튼 프로젝트가 진행된 '핸퍼드 공병사업소'는 너무나 비밀스러워서 합동참모본부조차 그 존재를 모를 정도였다. 심지어 해리 트루먼도 1945년 4월 프랭클린 루스벨트가 사망한 뒤에야 그 존재를 알았다. 핸퍼드 사람들은 "입을 열다가 잡히지 마라Don't Be Caught With Your Mouth Open"라고 쓰인 포스터에 둘러싸여 살았다. 플루토늄 피폭량을 검사하기 위해 자기 소변을 병에 받아서 밤마다 현관 앞에 두기도 했다. 리칠랜드는 미국의 어느 지역보다도 더 높은 출생률을 기록했다. 플루토늄을 제외하면 생산할 게 아기밖에 없었다. 이곳에 상주한 어느 FBI 요원은 떠도는 소문을 수집해서 이를테면 스파이를 잡아내기 위해, 자신의 아름다운 아내를 대동하고 패스코와 케너윅의 사창가에 갔다. 그가 안에 들어가서 방첩 활동을 하는 동안 아내는 차 안에 앉아 있었다. FBI 요원들은 손쉽게 스파이의 표적이 될 수 있는 사람들의 신원을 파악하기 위해 집집마다 돌며 누가 술고래이고 누가 바람을 피우는지를 캐고 다녔다. 핸퍼드 공병사업소에는 이곳만을 관할하는 치안판사와 독립된 교도소가 있었다. 건설노동자들이 밤 시간에 술을 마실 수 있게 술집들이 조성됐는데, 툭하면 취해서 난동을 부리는 성향 때문에 훗날 휠러의 회고에 따르면 "맥줏집들은 실내로 최루탄을 쏠 수 있게끔 지면 가까이에 창문이 나 있었다".

핵심 인사들은 가명으로 통했다. 엔리코 페르미는 미스터 파머였고, 유진 위그너는 미스터 윙어였다. 아서 콤프턴은 미스터 코머스였다. 사람들은 휠러를 '조니 더 지니'라고 불렀다. 방사선 피폭은 '빛shine'이라고 부르고, 방사선 자체는 '활동activity'이라고 불렀다. 실수로 '방—'이라는 말을 입에 담은 한 기술자는 어떤 사무실로 불려가서 질책을 당했다. 극소수의 예외를 제외하면 이곳의 인력들은 자기가 뭘 하고 있는지 알지 못했지만 그래도 하라는 대로 했다("다들 하루에도 몇 번이나 손을 씻어댔는지 마치 맥베스 부인이 된 것 같았어요"). 다른 곳에서도 그랬지만 핸퍼드에서도, 맨해튼 프로젝트 중 "사지의 상처가 플루토늄에 오염되었을 경우 '그 즉시 완전 절제'"를 해야 했다. 어쩌면 "29일째 무사고, 한 개의 위팔뼈도 손실되지 않았음"이라는 안전 광고판도 있었을지 모르겠다. 사람들이 사는 집에서는 검은 독거미가 나왔는데, 한 여성이 정부가 운영하는 병원에 전화를 걸어 세 살 난 딸이 검은 독거미에 물리면 어떻게 하느냐고 묻자 병원 측의 대답은 이러했다. "경련을 일으키면 데려오시고……." 단지 안팎에서는 핸퍼드가 전쟁에 어떤 기여를 하고 있는지에 대한 뜬소문이 끊이지 않았다. 포로수용소, 고체 로켓 연료 처리장, 세균전을 준비 중인 생물 무기 제조기지, 나일론 생산 라인(원청업체가 듀폰이었으므로) 등 다양한 억측이 떠돌았다. 군의 정통한 연락책이던 프랭크 밸런트 대위는 진짜로 무슨 일을 하고 있느냐는 질문에 이렇게 답했다. "해상 선적을 위해 컬럼비아강의 강물을 말리고 있습니다."

그리고 이제, 1973년 말 『뉴요커』에서는 「결합에너지의 곡선」을 인쇄소에 넘겨 수정이 더 이상 불가능해지는 시점이 빠르게 다가오고 있었다. 나는 다시금 세라에게 감사를 표하고 일본 풍선에 대한 이야기를 빼달라고 했다. 그는 알겠다고, 하지만 어쩌면 마지막 날 오후에 시간이 나서 전화를 한두 통—혹은 세 통—더 걸 수 있을지도 모르겠다고 했다. 그리고 정말로 전화를 걸었다. 그리고 자신은 그 이야기를 검증해줄 수 없지만 확실히 검증해줄 수 있는 사람을 안다고 말하는 델라웨어의 누군가를 찾아냈다.

오, 그분이 누구시죠? 혹시 존 휠러?

B 원자로의 현장소장이요. 소이탄 풍선 때문에 그가 맡은 건물에 불이 붙었었다면 틀림없이 알 겁니다.

그분이 지금 어디 계신가요?

은퇴해서 플로리다에 있죠.

세라는 전화번호부를 찾았다. 그 시절 사실 확인 부서에는 바닥부터 천장까지 전화번호부가 빼곡히 꽂혀 있었다. 그리고 전화를 걸었다. 그는 집에 없었다. 쇼핑하러 나갔다고 했다.

어디에요?

쇼핑몰에요.

세라는 경찰서에 전화를 걸었다. 상황을 설명하고 도움을 청한 뒤 자신의 전화번호를 알려주었다.

시간이 흘렀다. 하지만 몇 시간까지는 아니었다. 그 현장소장이 전화를 걸어왔을 때 기사는 아직 인쇄기에 걸리지 않았다. 그는 휴대전화의 조상 격인 공중전화 박스 안에 있었다. 세라는 그에게 전화한 목적을 설명하고 다음과 같이 끝나는 단락을 읽어주었다.

실제로 그 화염 풍선은 너무나 성공적이어서, 이에 고무된 일본이 풍선을 더 보내는 것을 원치 않았던 미국 정부는 이에 대한 뉴스를 신지 말 것을 각 신문사에 요청했다. 핸퍼드에 도달한 풍선은 태평양뿐만 아니라 올림픽산맥과 캐스케이드산맥의 고산 빙하까지 넘어서 날아왔다. 그리고 나가사키 플루토늄을 생산 중인 원자로가 격납된 건물에 착륙하여 원자로 가동을 중단시켰다.

소장은 세라에게 물었다. "이걸 어떻게 아셨나요?"

그는 계속해서 말하길, 실제로 그 풍선은 건물이 아니라 원자로에 전력을 공급하는 고압선에 착륙했다고 했다. 풍선은 전선에 닿자마자 화르륵 타올라 화염으로 변했다.

마침 빠듯하게나마 수정할 시간이 있었다.

*

데릭 지터, 칼 립켄 주니어, 피 위 리스도 이따금 실수를 했듯이 『뉴요커』도 마찬가지다. 그중에서도 가장 드문 실수는 최초 원고에 없던 오류가 사실 확인 과정에서 생겨나는 경우다. 이런 일이 벌어지는 건 가히 비누가 가라앉은 날에 비견되는 중대 사건이라고 할 수 있다. 내게는 이런 일이 딱 한 번—그것도 오래전에—일어났다. 그 책임자를 굳이 지목해야 한다면 우선 나는 결단코 아니고, 글을 확인한 세라도 아니다. 나는 지질학에 대한 장문의 기사를 12년에 걸쳐 시리즈로 띄엄띄엄 발표했는데 「분지와 산맥Basin and Range」은 그중 첫 번째 글이었다. 이 글에는 판구조론이나 지질학적 시간 등의 테마를 길게 소개하는 대목이 있었다. 최초 원고에서 그중 한 단락은 다음과 같았다.

이동하는 것은 판이다. 모든 판은 이동한다. 또 각기 다른 방향, 각기 다른 속도로 이동한다. 아드리아 판은 북쪽으로 이동한다. 과거 아

프리카 판이 아드리아 판의 뒤로 다가가 그것을 유럽으로 밀어붙였
고—마치 못을 박듯이 이탈리아를 유럽에 박아 넣었고—이로써 알
프스산맥을 형성했다.

다다음 호가 다음 호로, 다음 호가 다시 이번 호로. 스케줄은 항
상 그렇듯 마지막 시간—돌이킬 수 없는 최종 마감 시한—에 가까워
져갔다. 최후의 몇 시간엔 나를 둘러싼 건물 전체와 더불어 내 머릿속
도 더더욱 바빠져서 그야말로 미친 듯이 돌아가기에 이른다. 현대적 팩
트체커답게 대리석보다 더 침착한 성격이었던 조슈아 허시는 이 시간
대를 "마지막 순간의 안달복달"이라고 일컬은 바 있다. 「분지와 산맥」의
마감을 15분 앞두고 어찌나 많은 암석이 내 머릿속을 펑펑 날아다녔던
지, 세라가 와서 석회석limestone이 무슨 과일의 씨앗이라고 말했어도 아
마 믿었을 것이다. 세라는 데드라인이 채 1분도 남지 않았을 때 내게로
와서 아드리아 판에 대한 설명이 틀렸다고 말했다. 그게 북쪽이 아니라
서남쪽으로 이동한다는 것이었다.
　나는 자포자기해서 말했다. "누가 그러던가요?"
　그가 말했다. "엘드리지 무어스가요."
　세계적인 판구조 이론가이자, 전 지구적 판구조의 표식으로서 오
피올라이트 층서에 대해 무수한 과학 논문을 썼으며, 훗날 미국지질학
회 회장이 된 엘드리지 무어스는 너그럽고도 엉뚱한 지질학자로, 나를
데리고 여기저기로 지질 답사를 다니며 캘리포니아, 애리조나, 그리스,

키프로스 등지의 지질학적 역사를 가르치는 성가신 일을 떠맡은 인물이었다. 나는 머리가 뒤죽박죽이 되어 세라에게 말했다. "엘드리지 무어스가 아드리아 판이 서남쪽으로 움직인다고 했으면 서남쪽으로 움직이는 거죠. 그 문장은 고쳐주세요."

그다음 주 월요일에 발행된『뉴요커』에서 아드리아 판은 모로코를 향해 움직이고 있었다. 나는 잠깐 한가한 시간에 잡지를 뒤적이다 말고 엘드리지에게 전화를 걸었다. 마침 그는 캘리포니아대 데이비스의 연구실에 있었다. 내가 물었다. "엘드리지, 아드리아 판이 서남쪽으로 이동하고 있다면, 알프스산맥은 거기서 뭘 하고 있는 거죠?"

그가 말했다. "아드리아 판이요?"

"네, 아드리아 판이요."

내 기억엔 그가 이마를 탁 치는 소리가 실제로 들렸던 것 같다. "어이쿠, 이런!" 그가 말했다. "아드리아 판이 아니고요! 에게해 판이에요. 에게해 판이 서남쪽으로 이동한다는 말이었어요."

*

사실 확인 과정에서 저지를 수 있는 최악의 실수는 죽지 않은 사람을 죽었다고 쓰는 것이다. 조슈아 허시의 말을 빌리면 "이건 그들을 진짜로 짜증나게 만든다". 세라는 요양원에 있던 한 독자를 기억한다. 그는 자신이 "이제 고인이 된" 요양원의 독자라고 쓰여 있는『뉴요커』

기사를 읽고 수정을 요구하는 편지를 썼다. 물론 『뉴요커』는 이를 받아들여 그다음 호에 정정 기사를 실었는데, 잡지가 인쇄기에 들어간 주말 동안 그 독자가 세상을 뜨는 바람에 본의 아니게도 두 번 오류를 범하게 되었다.

모든 오류는 영원하다. 세라가 저널리즘 스쿨의 학생들에게 말한 대로, 일단 지면에 실린 오류는 "도서관에서 계속 살아가며 정성스레 목록화되고, 꼼꼼하게 색인화되고 (…) 실리콘칩으로 변환되어 대대로 연구자들을 현혹할 것이다. 이 모든 연구자가 최초의 오류에 의지하여 새로운 오류를 거듭거듭 생산함으로써 오류의 기하급수적 폭발이 빚어질 것이다". 팩트체커는 이 건널목의 초입에 칼을 빼 들고 서 있다. 그것이 얼마간 이 직업이 존재하는 이유이며, 세라의 표현을 빌리면 간행물이 "직업적 회의주의자 무리를 그 교정쇄 위에 풀어놓는" 이유이기도 하다. 신문사들은 별도의 사실 확인 부서를 두고 있지 않지만 많은 잡지사는 그렇다. 내가—공평왕 에드위그의 치세인 1957년에—『타임』에서 일할 때 『타임』의 필자는 남자들이었고 조사원/팩트체커는 여자들이었다. 그들은 전문가였다. 프리랜서로 『애틀랜틱』에 기고했을 때는, 누가 사실 확인을 하느냐고 묻자 "그건 필자가 할 일"이라는 대답이 돌아왔다. 『애틀랜틱』은 사실 확인에 예산을 전혀 책정하지 않았다. 얼마 후 『내셔널 지오그래픽』에 기고했는데 이곳엔 아마존의 인디오보다도 더 많은 팩트체커가 있는 듯했다. 『홀리데이』와 『새터데이 이브닝 포스트』도 그보다 약간 덜했을 뿐이지 근면성실했다. 『뉴요커』의 사실 확인 부서가 이 분야에서 일찍이 명성을 떨치긴 했지만 다른 많은 잡지도 그 못지않은 헌신과 정성을 쏟아왔다. 나는 처음 『애틀랜틱』에 기고한 지 28년이 흐른 뒤 『애틀랜틱』에 두 번째 기사를 팔았는데, 이번에는 『뉴요커』와 맞먹는 사실 확인 과정을 경험했다.

단행본 출판사들은 사실 확인을 저자의 책임으로 간주하길 선호하며 이는 계약서상 누가 무슨 비용을 지불하지 않느냐의 단순한 문제로 환원된다. 사실 확인을 거치는 잡지에 실렸던 글이 책으로 묶여 나올 때 팩트체커가 들인 노고의 수혜자는 비단 저자뿐만이 아니다. 단행본 출판사도 사실에 대한 신용을 공짜로 얻는 셈이다. 초기 마케팅 목적으로 잡지사의 사실 확인 부서가 일을 다 마치기도 전에 본문을 확정하는 출판사들은 자승자박에 처한다. 잡지의 눈 밝은 독자들은 잡지에서 책으로 가는 과정에서 거의 완벽한 보호막 구실을 해준다. 『뉴요커』에 오류가 한 개라도 실리면 지상에서 열 추적 미사일들이 일제히 발사되어 필자, 팩트체커, 편집자, 심지어 창간인의 망령을 향해 곧장 날아간다. 사실 확인 부서에서 잘 요약한 대로, "독자에게 걸리지 않고 넘어가는 실수는 없다". 2005년이 저물어갈 무렵, 리베카 커티스의 훌륭한 단편소설 「큰 거 스무 장Twenty Grand」이 『뉴요커』에 실렸다. 이 소설의 등장인물들은 1979년 맥도널드에 들어가 치킨 맥너겟을 주문했다. 그러자 『뉴요커』의 크리스마스 독자 편지에 맥너겟이 등장했다. 맥도널드가 이 메뉴를 전국에 도입한 건 1983년이었기 때문이다.

나도 이런 메시지를 드문드문 받는데, 이럴 때면(그 편지가 드물게 심술궂거나 악의적이지 않은 경우) 독자에게 감사 편지를 쓴다. "그렇네요! 이 글이 책으로 묶여 나올 때 지적하신 실수를 바로잡을 수 있게 된 점에 깊이 감사드립니다." 독자의 편지에서 얼마간 득의양양한 기색이 느껴질 때는 이렇게 덧붙이지 않을 수 없다. "이처럼 눈이 예리하신 독자분이 수천수만 단어를 훑어 찾아낸 오류가 단 하나라는 점에 저는 참으로 마음이 놓일 따름입니다."

*

일체의 원인에서 비롯된 일체의 오류를 『뉴요커』 독자들보다 더 잘 잡아낼 수 있는 사람들의 집단이 있다면 그건 바로 스위스다. 1983년 10월 1일 전후로, 청동 무공훈장에 빛나는 사실 확인 베테랑 리처드 색스는 헤드폰을 쓰고 취리히로 다이얼을 돌렸다. 이후 여러 주에 걸쳐 그는 베른, 브리그, 로잔, 제네바, 잘게슈, 시옹, 시에르 등지에 전화를 걸었다. 특히 스위스군 제10산악사단의 주요 본거지인 보주 칸톤*의 여러 지방에 숱하게 전화를 걸었다. 그들이 내게 털모자를 주고 제5연대 8대대 정보반과 함께 베르너 오벌란트와 페나인 알프스를 걸어서 돌아다닐 수 있게 허락해주었기 때문이다. 최종적으로 나는 이렇게 썼다.

---

*칸톤은 스위스 연방을 구성하는 자치주의 명칭이다.

정보반의 정찰조는 공책과 연필을 지참하고 이곳저곳을 돌아다니며 답사, 탐문, 특이 사항의 수집, 정보 기록, 사람과 장면의 특징 기술, 다양한 지형에서의 정찰, 현재 일어나는 활동의 감시, 최근에 일어난 사건의 추적을 수행한다. 그런 다음에 지친 다리를 끌고 돌아와 시간의 압박을 받으며 밖에서 보고 들은 것을 요약·정리·제시한다. 이 모두가 '정보renseignement'라는 단어의 요지에 포함되어 있다. 나는 정보반에 무한한 공감을 느낀다.

이 부분은 아무 문제가 없었다. 리처드가 한 구절씩 들어가며 정찰조가 정말로 이런 일을 하냐고 묻기만 하면 되었다. 만일 프랑스어로 질문을 해야 하면 구절에 체크 표시를 하기가 좀더 용이한 영어 구사자를 추가로 찾았다. 하지만 더 복합적인 차원의 상황도 존재했다.

대체로 볼 때 스위스군의 규율은 거의 완벽하고, 병사들이 프랑스어로 생각할 때는 규율이 약간 덜 완벽해지는 듯하며, 끝으로 프랑스어를 쓰는 대대의 정보반에서는 완벽성이 허물어지는 경향이 있다고 말할 수 있다.

스위스 국방부의 장교에게 어떻게 이 내용을 전화로 전달할 것인가? 나는 국가 민병 부대의 이른바 단기 재교육 과정cours de répétition에 등록하기 위해 매우 공식적인 신청서를 보냈다. 그리고 여기에 딱 한 가지 조건을 달았다. 장교들과 함께 보내지 않는 시간을 최소한 50퍼센트 갖겠다는 것이었다. 스위스 국방부는 나를 어디에 배치할지 손쉽게 결정한 것이 분명하다.

소령들과 매뉴얼에 따르면, 정보 활동이란 정보가 없는 곳에서도 끊임없이 정보를 구하고 찾는 특수한 스타일의 정신을 요하는 활동이다. 평시의 훈련에서 그 무엇보다도 필요한 것은 상상력이기 때문이다. 정보반의 효과는, 한 소령의 말을 빌리면 "그것을 진짜처럼 만드는 것"이다.

다시 말해서 정보 활동을 하는 사람들은 팩트체커를 필요로 한다.

정보 정찰조는 대대와 적 사이의 아직 점령되지 않은 지역을 걸어다닌다. 그리고 적의 전선 배후를 멀찍이 돌아서 간다. 산맥은 진짜이지만 적은 진짜가 아니므로, 단기 재교육 과정에서는 에너지가 다소 떨어지는 경향이 있다. 정찰을 나온 이들이라면 특히 더 그렇다. 지휘소에 머물러 있으면서 정찰조가 할 일을 짜내는 이들과는 대조적이다. 기본적으로 지휘소 사람들은 정찰조가 제시한 정보를 이해하려 노력하는 편집자이고, 정찰조는 대체로 잡다한 프리랜서 외톨이들의 무리다. 그들은 군대에 대한 열의가 없고, 권위를 가진 인물을 향해 다양한 수준의 반감을 품고 있으며, 그들 스스로와 그들의 상관이 공히 쓰는 표현에 따르면 '군대의 골칫거리'다.

나를 정보반에 배치하는 위트―내 나라에서는 본 적이 없는 수준의 홍보 수완―를 겸비한 스위스를 나는 영원토록 존경할 것이다. 우리 정찰조의 조장은 뤼크 마시라는 이름의 젊은 포도 농부였다. 스위스에 대한 그의 사랑은 그의 군대 사랑과 반비례했다. 정찰 중에 그는 돌격 소총과 코르크 따개와 2온스들이 와인 잔을 가지고 다녔다. 배낭 안에 숨긴 몇 병의 와인이 박격포탄 다발처럼 불룩 튀어나와 있었다. 정찰조는 알프스의 한 초지에 빙 둘러앉았다.

마시는 잔을 채워 눈높이로 들어올렸다.

그리고 우리 모두에게 고개를 까딱하며 '건배Santé'를 한 뒤―음미하듯이, 서두르지 않고―마셨다. 공교롭게도 내가 그의 왼편에 앉아 있었으므로 그는 이렇게 말했다. "존, 자리를 잘못 잡으셨네요. 우리 고향에서는 시계 반대 방향으로 술을 돌리거든요." 그는 잔을 비운 뒤 다시 채워서 오른편―장 라이덴바흐―으로 건넸다. 워낭들의 불협화음이 배경음악이 되어주었다. 우리 바로 밑의 목초지에 있는 브라운스위스 품종의 소들은 세어보니 열아홉 마리였고 구세군 비슷한 소리를 냈다. 까마득히 아래서 가늘고 빨간 기차가 모습을 드러냈다. 기차는 터널에서 빠져나와 기적을 울리며 다리를 건넜다. 차량이 겨우 세 개 달린 푸르카-오베랄프 열차였다.

스위스로 전화를 돌린 몇 주 동안, 리처드 색스는 정찰조가 이 봉

우리에서 저 봉우리로 이동한 발자취를 되짚어보거나 마시 상병이 워키토키 안테나로 퐁뒤를 저었던 비르기슈의 출입 금지 레스토랑에 전화를 거는 것 말고도 할 일이 많았다. 이 방정식의 나머지 반절인 장교들이 남아 있었던 것이다. 취리히에서 춤슈토르헨 호텔을 경영하는 소장, 크레디트스위스 회장인 대령, 방크페라인(스위스뱅크) 임원인 소장, 방크게젤샤프트(스위스은행협회) 회장인 대령, 제약회사 호프만라로슈의 회장인 대령, 화학회사 시바가이기 회장인 소장, 메인주에서 바닷가재를 수입하며 현금 뭉치를 다리에 테이프로 둘둘 감고 스웨덴에 입국하다 적발된 전력이 있는 소장 등. 마지막 사실은 리처드가 끝내 확실히 검증하지 못한 관계로 글에서 뺐다. 프랑수아 룸프 대위는 내 공식 담당자이자 최초 연락책이었다. 스위스 국방부가 내게 서한으로 지시한 내용은 스위스에 도착한 뒤 정확한 날짜와 시간에 로잔 기차역의 2등칸 식당에서 그를 만나라는 것이었다. 나는 그곳에 스위스식으로 정시에 도착했다. 룸프는 키가 크고 사색적인 분위기를 띤 소장—별 두 개의 전업 군인—아드리앵 추미의 부관이었다. 그리고 추미의 상관은 티치노 칸톤의 엔리코 프란키니 중장이었다.

그는 인자하지만 주름이 좀 지고 핼쑥한 얼굴이었다. 모자에는 별이 셋 달렸고 바지 양옆으론 장군 참모의 넓고 검은 줄무늬가 짧고 검은 부츠 속으로 모습을 감추고 있었다. 때때로 "신비에 싸여 있다"거나 "티치노 바깥에는 잘 알려져 있지 않다"고 묘사되는 그는 스위스군의 최고 지휘관 일곱 명 중 한 명이었다.

나는 이탈리아 북부에서 한 달간 안식월을 가지며 이 글의 최종 초고를 작업했다. 여기서는 매일 저녁 5시에 칵테일을 마시러 나가는 것 말고는 딱히 할 일이 없었으므로, 내가 『뉴요커』에 넘긴 원고 중에 이렇게 철저히 다듬은 글은 일찍이 없었다. 분량은 4만 단어가량이었다. 리처드는—이른 아침부터 스위스 시각으로 일과 시간이 끝날 때까지 전화를 돌려—한 단어 한 단어씩 체크해나가며, 항상 그렇듯이 말을 잘못 알아들어 생긴 오류, 섣부른 가정과 추측으로 생긴 오류, 책이나 제보자가 잘못된 정보를 제공하여 생긴 오류 들을 찾아냈다. 이렇게 긴 글에서 이 정도로 많은 오류를 찾아내는 건 그에게 일상적인 업무였고 나로선 별로 놀라운 일도 아니었다. 사실 확인 전문가인 동료들에게 다년간 의존해온 대로, 나는 이럴 것을 예상했고 또 이에 의지했다. 장문 논픽션을 쓰는 과정에서는 오류가—그것도 필자의 눈에는 띄지 않는 방식으로—발생하게 마련이다. 모르겐슈테른은 정말로 대가리에 파인애플처럼 16개의 스파이크가 박힌 길이 2.4미터짜리 곤봉이었나? 슈바르츠베르크 봉은 마트마르크호의 위쪽에 있는가? 고우흐하이트, 크리차허, 포겔투레 마을을 차례로 거쳐서 누스바움 다리에 닿을 수 있는가? 고우흐하이트Gouchheit에 'h'가 두 개인가? 오트마어 헤르만 아만Othmar Hermann Ammann에는 'n'이 몇 개일까? 중대 하나가 케이블카로 베트메랄프에 올라가는 데 걸리는 시간은 얼마나 될까? 슈바르첸바흐의 외양간에 몇 명의 병사가 묵을 수 있나? 그럼 슈바르첸바흐는 괜찮을까? 슈바이체리셰 방크게젤샤프트Schweizerische Bankgesellschaft의 올바른 철자는? 슈바이체리셰 크레디탄슈탈트 Schweizerische Kreditanstalt는? 슈바이체리셔 방크페라인Schweizerischer Bankverein은? 그레이엄 그린의 「제3의 사나이」에서 뻐꾸기시계 운운하는 대사는 누가 썼을까? 뇌샤텔 칸톤 출신인 루이 셰브럴레이는 정말로 자신의 미국산 자동차 그릴에 스위스 지도를 넣었을까? 리처드는 (쉐보레를 생산하는 제너럴모터스의 테크 센터가 있는) 미시간주 워런에 전화를 걸었다.

리처드의 기억에 따르면, 그는 내게 말했다. "쉐보레 측은 아니래요. 부인하는데요."

나는 말한다. "쉐보레 측이 하는 말이 항상 맞는 건 아니에요." 제네바 인근에 위치한 '해외 속의 스위스 박물관The Musée des Suisses à l'Étranger'에 따르면, 셰브럴레이가 염두에 두었던 것은 지도가 맞으며, 그가 고안한 엠블럼의 "스타일이 제작자의 출신국을 연상시키는 면이 없지 않다".

「제3의 사나이」 중 전후의 빈 시가지를 굽어보는 불멸의 대관람차 장면에서, 해리 라임으로 분한 오슨 웰스는 자신이 빈의 병원들을 상대로 희석한 페니실린을 밀매하고 있음을 고백한다. 그러면서 평생 지기 조지프 코튼에게, 저 밑에서 움직이는 점들 중 하나(조그맣게 보이는 사람들 중 한 명)가 장기적인 전략의 관점에서 정말로 그렇게 중요하냐고 다그친다. 지상으로 내려온 그는 이렇게 덧붙인다.

이탈리아는 30년간 보르자 가문의 압제하에 있었지. 그들은 전쟁, 테러, 살인, 학살을 저질렀지만 미켈란젤로, 레오나르도 다빈치, 르네상스를 창조해냈어. 스위스는 형제애가 있었고 500년간 민주주의와 평화를 누렸지만, 그들이 뭘 만들었나? 뻐꾸기시계뿐이지.

나 아니면 리처드는—둘 중 누구였는지 잊었다—「제3의 사나이」의 시나리오를 쓴 그레이엄 그린이 그 시나리오의 예비 트리트먼트를 다듬어 나중에야 소설로 발표했고 뻐꾸기시계 대사는 이 소설에도 오리지널 시나리오에도 실리지 않았음을 알아냈다. 그린은 이 대사를 쓰지 않았다. 이 대사를 착안하고 집필한 사람은 오슨 웰스였다.

스위스군에 대한 글이 『뉴요커』에 실린 뒤, 나는 스위스인만이 집어낼 수 있는 자잘한 흠결을 지적하는 편지가 쇄도하리라고 예상했다. 이 글이 게재된 『뉴요커』의 권호(1983년 10월 31일 자와 11월 7일 자)는 스위스에서 내 짐작보다 훨씬 더 널리 읽혔다. 몇 개월 뒤 이 글을 재수록하여 출간한 책도 스위스에서 베스트셀러가 되었고, 영어판이었음에도 전국적으로 매우 높은 순위에 올랐다. 하지만 리처드가 사실을 철저히 확인해준 덕분에 스위스에서(뿐만 아니라 다른 어느 나라에서도) 영어판의 오류를 지적하는 말은 한마디도 들려오지 않았다. 프랑스어판은 두 명의 번역가가 옮겨 파리의 한 출판사에서 간행되었는데, 프랑수아 룸프

부관은 이 책에서 240개의 오류를 찾아내어 2쇄 때 직접 수정했다.

리처드 색스는 『뉴요커』에서 『리더스다이제스트』로 자리를 옮겼고 『리더스다이제스트』에서 퇴직한 뒤에는 소설가로 전업했다. 최근에 나는, 30년이 넘도록 스위스에서 이 글의 수정을 요청하는 편지가 한 통도 오지 않은 데 대해 계속해서 감명받고 있다는 뜻을 그에게 전했다.

리처드는 그것이 사실이 아님을 확인해주었다. "아, 실은 편지가 한 통 왔었어요." 그가 말했다. "한 독일어 단어에 관한 편지였는데, 독자가 잘못 안 거였고요."

*

1993년 재닛 맬컴은 실비아 플래스와 테드 휴스, 그리고 지난 30년간 나온 두 사람의 평전들에 대한 에세이를 쓰면서, 플래스가 죽기 직전까지 두 자녀와 함께 살던 런던 집의 명판에 대해 언급했다. 이 글의 교정쇄에는 이렇게 쓰여 있었다.

마침내 올린과 나는 플래스가 스스로 목숨을 끊은 피츠로이가의 집에 당도했다. 나는 그것을 곧바로 알아보았다—"윌리엄 버틀러 예이츠, 1865-1939, 아일랜드의 시인이자 극작가, 이곳에 살다"라고 쓰인 둥글고 파란 세라믹 명판은 플래스 평전에 사진 자료로 반드시 삽입되는 이미지이자, 의무적으로 언급되는(그럼에도 기묘하게 무의미한) 세부 사항이다.

사실 확인 부서에서 '무의미하다'라는 단어는 좀처럼 통하지 않는다. 팩트체커는 『뉴요커』의 런던 지국에 전화를 걸었다. 실은 메이페어의 헤이힐에 있는 낡은 건물 위층에서 세 명, 이따금 네 명이 일하는 사무실이었으니 지국이라는 건 일종의 과장일 것이다. 그중 한 명은 맷 시턴이라는 젊은 영국인 아마추어 사이클 선수로, 런던 지국 매니저가 그의 직함이었다. 현재 『가디언』의 칼럼니스트로 활동 중인 시턴은 그 명판에 대한 전화를 생생히 기억한다. "팩트체커는 그게 정말로 (이를테면 검은 에나멜 양철이 아니라) 파란 세라믹인지 직접 가서 확인해달라는 아주 구체적인 요청을 했어요. (…) 저한테는 약간 괴상하고 재미있는 심부름이었죠. 여기 살다 보면 다들 알게 되는데 그런 명판은 런던 도처에 널렸고 기본적으로 다 똑같이 생겼거든요." 그럼에도 시턴은 계단을 내려가 자전거를 타고, 포틀랜드 플레이스를 거쳐, 리젠트 파크를 둘러싼 순환도로를 타고, 프림로즈힐에서 빠져나와, 피츠로이 23번지로 가서, 예이츠의 명판을 확인했다.

1980년대에 미셸 프레스턴은 뉴욕시 도로 표지판의 도상학에 대한 글을 확인했다. 그가 밖에 나가서 표지판들을 보니 "거의 전부 틀려 있었다". 표지판이 틀린 게 아니라 필자가 틀린 것이었다. 그래도 글은 문제없었다. 사실들은 전문가의 손길로 수정하면 되기 때문이다. 하지만 필자가 야생의 땅을 뚫고 덤불을 헤치며 힘겹게 올라가 애팔래치

아산맥의 어떤 봉우리를 등정한 이야기가 쓰인 교정지는 그렇게 손쉽게 수정할 수 없었다. 그 산을 찾아가본 팩트체커는 꼭대기까지 차를 타고 올라갈 수 있다는 걸 알아냈다. 만일 어떤 필자가 초록색 옷을 입고 굴뚝을 내려가는 산타클로스에 대한 글을 쓴다면 우선 옷 색깔에 이의가 제기될 것이고, 팩트체커는 산타의 허리둘레와 굴뚝의 내부 지름을 알아내려 할 것이다. 픽션뿐만 아니라 카툰의 캡션과 심지어 그림 자체도 사실 확인을 거친다. 한번은 미국의 주유소를 지나치는 차량 두 대가 도로 왼편으로 주행하고 있는 게 팩트체커의 눈에 띄었다. 결국 이 이미지는 반전되어 실렸다.

유머도 온갖 형태의 확인을 거치는데, 그래서 이따금 팩트체커들이 뚱한 인간으로 매도되기도 한다. 조슈아 허시는 이런 근엄한 이미지를 좋아하지 않았다. "우리도 유머를 이해한다고요. 우리도 살아 있는 사람이에요", 그는 주장한다. "하지만 우리는 질문을 해야 하죠. '이게 익살을 의도한 것인가요? 이건 농담인가요, 아니면 착오인가요?'"

어쩌면 둘 다일 수도 있다. 나는—케네벡강의 과거와 현재를 기술한—「19세기여 안녕Farewell to the Nineteenth Century」이라는 글에서, 범선 헤스페로스 호가 메인주 오거스타의 하류 쪽에 있는 할로웰에서 건조되었다고 언급했다. 그리고 헤스페로스 호가 "헨리 워즈워스 롱펠로에 의해 다의적으로 난파되었다"라고 썼다.* 팩트체커는 이 부분을 파고들

---

*롱펠로는 「헤스페로스 호의 난파The Wreck of the Hesperus」라는 서사시를 썼다.

었다. 그런 다음—비판적일 뿐만 아니라 아주 약간은 엄격하고 적대적인 말투로—내게 말했다. "롱펠로는 헤스페로스 호를 난파시키지 않았는데요!"

『뉴요커』가 사람들의 주장이나 일화 등을—대체로—당사자한테만 확인하고 제삼자에게 확인하지 않던 시절이 있었다는 얘길 리처드 색스에게 듣고 놀란 적이 있다. 그가 자기 입으로 제롬 컨의 사촌이라고 말했으니 그는 제롬 컨의 사촌이 맞음, 체크, 체크, 체크. 이제 팩트체커들은 당연히 삼각확인을 한다. 세 제보자가 같은 이야기를 하면, 그리고 충분한 추가 조사가 뒷받침된다면 그 이야기가 사실일 합리적 가능성이 있다. 오늘날의 팩트체커들은 항상 인터넷부터 시작해서 그다음에 뉴욕공립도서관과 그 너머로 가지를 친다고 들었다. 삿된것으로부터 신뢰할 수 있는 것으로의 순례 여정이라 할 수 있다. 1960년대에 케네콧구리회사는 당시 제정된 '광산 예외' 규정이라는 난해한 법률 개념에 의거하여,* 노스캐스케이드의 '글레이셔피크 야생 지대 Glacier Peak Wilderness'에 노천광 개발을 계획했다. 시에라클럽은 이 광산이 달에서도 보일 것이라고 주장했다. 사실 확인 부서는 행성과학자들에게 추가 자문을 받은 뒤 그렇지 않을 것이라는 결론을 내렸다.

소설가 수전 다이아몬드가 『뉴요커』의 팩트체커로 일하던 시절, 그는 어느 날 샌프란시스코의 한 번호로 전화를 걸어 이렇게 물었다.

---

*1964년 제정된 야생보호법은 채광, 목축 등 일부 용도에 한해 야생지 개발을 허용했다.

"거기 시청 수도국인가요?"

수화기 너머의 목소리: "아뇨, 애크미 에어컨디셔닝인데요."

수전: [수화기를 막고 잠시 멈추었다가] "아, 어쩌면 그쪽이 절 도와주실 수도 있겠네요."

어깨너머로 통화 내용을 좀 엿듣는 건 대단한 일도 아니었다. 『뉴요커』가 1991년까지 56년간 자리를 지킨 웨스트 43번가 25번지의 이 부서 사무실은, 기본적으로 책 무더기와 굴러다니는 종잇장들 사이에 책상 일곱 개가 빼곡히 들어찬 방 한 칸이었다. 다섯 걸음이면 너끈히 가로지를 수 있는 이 방은 일찍이 조지 워싱턴이 밸리포지에 세웠던 사령부의 통신소와 매우 비슷했다. 독립전쟁 때 이 통신소의 가로세로 3.7미터짜리 방 한 칸에 장교 20명이 붙어 앉아 하루 종일 기나긴 편지를 썼다는 이야기가 전해진다. 세라는 "긴 머리에 세련된 외모를 지닌" 헬가라는 독일인 팩트체커를 기억한다. 케네디 프레이저가 한 가구점에 대한 글을 쓰면서 이곳의 가구들을 '대용품ersatz'이라고 일컫은 대목이 있었다. 헬가는 그 상점에 전화를 걸어 이렇게 물었다. "거기 혹시 가구 대용품도 있나요?" 거의 마틴 배런만큼이나 오랜 세월 일한 위대한 팩트체커 '더스티' 모티머매덕스는 한때 모피로 감싼 전화기를 쓰기도 했다. 43번가의 사무실에는 "주여 우리 가정을 축복하소서 God Bless Our Home"라고 쓰인 십자가 모양 엠블럼이 있었다. 유대인 팩트체커들이 이의를 제기하면서 이 십자가는 부서의 참고용 성서 위로 자리를 옮겼다. 1991년 잡지사가 길 건너로 이사 갈 때 십자가도 따라서 건너갔다. 1999년 잡지사가 타임스스퀘어로 이전하면서 십자가는 세계의 십자로Crossroads of the World에 입성했다. 지금은 웨스트 43번가 25번지에 있을 때에 비해 부서 공간이 세 배로 넓어졌고 팩트체커의 수도 두 배로 늘었다. 마틴 배런은 지금까지 말한 모든 장면을 거쳐왔다. 그는 학문적 절차에 완전히 정통한 팩트체커여서 한 편집자는 내게 이렇게 말할 정도였다. "마틴에 대해 항상 잊지 말아야 할 건, 그는 절대로 틀리지 않는다는 것이죠." 이건 인물에 대한 평가가 아니었다. 그냥 확인 가능한 사실이었다. 마틴은 켄 올레타와 저작권 에이전트 어맨다 '빙키' 어번의 결혼식 날에도 올레타가 쓴 글을 확인하고 있었다. 그는 결혼식 직전까지도 켄과 빙키의 아파트에서 신랑과 함께 교정쇄를 보며 사실을 확인했다. 좀체 일이 끝날 기미가 안 보이자, 결국 옥상에서 일광욕을 하던 신부가 내려와서 말했다. "마틴, 당신을 사랑하지만 이제는 가야 해요. 우리 결혼해야 되거든요."

1982년 세상을 떠난 로버트 빙엄은 필자가 만날 수 있는 최상급의 편집자이자 이 잡지의 수석편집자였다. 그는 세라 리핀콧과 함께 팩트체커 채용 시험을 고안했다. 세라는 저널리스트 지망생들을 상대로 한 강연에서 이 시험의 일부를 소개했다. "우리가 원하는 사람은 (…) 야구의 타순이 아홉 명으로 구성된다는 것, 공화당원이 뭔지, 지구가 태양으로부터 세 번째 행성이라는 것 정도는 아는 사전 지식이 있어야 하고요. 이 기준을 통과한 다음에는 프랑스어, 독일어, 스페인어, 이탈리아어, 러시아어를 할 수 있고, 고전 그리스어를 읽을 수 있고, 혈압이 낮고, 동료를 사랑하는 마음이 있고, 주말에도 시내에 머무를 수 있는 여건이면 좀더 유리할 겁니다." 실제로 팩트체커 시험은 세라가 예시한 것보다 훨씬 더 어려웠다. 이건 공화당 대통령들이 늘 낙제점을 받는 그런 종류의 시험이었다. 오만의 술탄은 누구인가? 카타르의 에미르는 누구인가? 부탄의 왕은 누구인가? 보건복지부 장관은 누구인가? 아세틸살리실산은 무엇인가? 어젯밤 다우 지수는 몇이었나? (빙엄은 시인들을 평가할 때 이 마지막 질문을 활용했다.) 시간이 흐르고 새로운 후보자들이 들어옴에 따라 이 시험도 업데이트와 수정을 거쳤다. 1980년대에 미셸 프레스턴이 들어왔을 때는 팩트체커 시험 역사상 최고 점수를 기록했다. 현재 그는 남편인 리처드 프레스턴과 더불어 『뉴요커』 필진으로 활약 중이다.

*

사실 확인 부서가 내 뒤를 든든히 받쳐줄 것임을 알기에, 나는 초반부터 구체적인 이름과 수치 등을 어림짐작하여 적어 넣는 편을 좋아한다. 문장을 거듭 수정해가며 소리 내어 읽을 때 어림한 수치나 대략의 날짜가 들어가 있는 편이 '모 도시WHAT CITY' '000,000달러' '이름은 TK' '수치는 TK' 'Koming'처럼 귀에 거슬리는 저널리즘 은어보다 훨씬 더 부드럽게 들리기 때문이다. 이런 용어들은 팩트체커가 지급하기로 되어 있는 일종의 약속어음이다. 'Koming'은 '추후 채워 넣어야 함'

이라는 뜻의 'Coming'과 발음도 같고 뜻도 같은데 그나마 귀엽다. TK 도 'to come'〔채워 넣을 예정〕의 약어로 비슷한 뜻이다. 이런 용어를 쓰면 초고 문장의 어감이 내가 순전히 임시로 채워 넣은 순수한 대체어만큼 살지가 않는다. 적어도 내게는 그렇다. 길이가 2.4킬로미터 정도 되는 화물 열차에는 열차의 끝에서 끝까지 뻗어 브레이크를 제어해주는 에어튜브가 필수다. 나는 「석탄 열차Coal Train」(2005)라는 글에서 이것을 설명하며 비유가 필요하다고 느끼고 한 가지 비유를 대강 짐작으로 끼워 넣었다.

에어브레이크의 공기 배출은 양끝에서 시작되어 중간으로 이어졌다. 이 열차에 매우 길게 내장된 에어튜브는 마치 미국뱀장어의 부레처럼 생겼다.

사실 확인 부서는 곧 어류학자들과의 심층 논의에 들어갔고, 조슈아 허시는 미국뱀장어의 부레가 대다수 일반 물고기의 부레보다 훨씬 더 짧다는 사실을 통보해왔다.

"누가 그래요?"

"윌리 베미스가요."

"아."

구조지질학에 엘드리지 무어스가 있다면 어류 해부학에는 윌리 베미스가 있었다. 윌리는 내가 『뉴요커』에 실었던 글을 일부 수록하여

3년 전 출간한 책의 중심인물이기도 했다. 이후 그는 매사추세츠대를 떠나 숄스해양연구소의 소장이 되었다. 코넬대와 뉴햄프셔대의 현장 수업이 이곳에서 이루어졌다. 나는 이타카에 있는 그에게 전화를 걸어 어떻게 해야 할지 물었다. 언제나 협조적인 윌리는 처음엔 뱀장어를 합리화하는 방안을 모색했다. 어쩌면 뱀장어 부레도 쓸 만하지 않을까요? 비유로는 그럭저럭 통하지 않을까요? 나는 사실 확인 부서가—뿐만 아니라 나도—뱀장어를 절대 용인하지 않을 것이라고 말했다. 마감이 코앞이었는데, 충분히 긴 부레를 지닌 생물 종이 윌리의 머리에는 퍼뜩 떠오르지 않았다. 어떻게 하지? 뱀장어 말고 뭐가 있지? 그는 하버드에 전화를 걸었다. 열차에 매우 길게 내장된 에어튜브는 밧줄장어 rope fish의 부레처럼 생겼다.

＊

뉴햄프셔주 메리맥의 메리맥강에는 1970년 최초로 버드와이저를 생산한 맥주 공장이 있다. 1839년, 존 소로와 헨리 소로 형제가 자작 보트를 몰고 이곳을 지나갔다. 이 여행은 헨리의 첫 저서로 결실을 맺었다. 이곳은 급류가 하얗게 부서지며 콸콸 흐르는 곳으로, 17세기 이래 '크롬웰 폭포'라는 이름으로 알려져 있었지만, 소로는 "이 폭포가 인디언들의 네센케그Nesenkeag"라고 쓰고 이어서 이렇게 말했다. "그레이트네센케그강은 오른쪽 바로 위에서 흘러든다." 뉴햄프셔에는 'k e a g'

로 끝나는 지명이 많다. 'keag'는 a가 빠진 것처럼, 그러니까 '케그keg'
〔금속제 맥주 통〕처럼 발음된다. 2003년 나는 사위인 마크 스벤볼드와
함께 올드타운 카누를 타고, 소로가 강을 거슬러 올라간 여정을 되짚
어 네센케그 폭포, 나마스케그 폭포, 아모스케그 폭포를 지나갔다. 급
류를 거슬러 카누를 힘겹게 끌어올리고 있자니, 버드와이저 공장에서
하루에 몇 통의 케그를 생산할 수 있는지가 문득 궁금해졌다. 나는 집
에 돌아와 글을 쓰면서 그 개수를 아무 근거 없이 그냥 생각나는 대로
적어 넣었다. 사실 확인을 담당한 앤 스트링필드가 교정지에서 본 구절
은 다음과 같았다.

'크롬웰 폭포' 바로 위쪽의 3번 국도변, 강에서는 보이지 않지만 아
주 가까운 곳에, 하루 평균 1만3000통의 케그를 생산해내는 버드와
이저 공장이 있다.

앤호이저부시 사를 무시해선 안 된다. 확인해본 결과 하루 평균 생
산량은 1만8000통이었다.

*

강에 대한 또 한 편의 글—「빡빡한 강」—은 2004년 조슈아 허시
가 확인을 맡았다. 그는 교정지에서 이 부분을 찾아냈다.

사람들은 말한다. "일리노이강이라니? 그게 뭐죠? 한 번도 못 들어봤는데. 어디로 흐르는 강인데요?" 사실 미국에는 일리노이강이 두 개 있다. 명성은 확실히 둘 다 고만고만하다.

하나는 일리노이에 있고, 또 하나는 아칸소와 오클라호마에 걸쳐 있다. 둘 다 사실 확인 부서가 숭배하는 참고 도서 중 하나인 『메리엄 웹스터 지리학 사전Merriam-Webster's Geograpical Dictionary』에서 찾아볼 수 있다. 조슈아는 웹의 바다로 뛰어들어―오리건주에 있는―하지만 심지어 오리건주에서도 잘 알려지지 않은―세 번째 일리노이강을 건져 올렸다.

사실 미국에는 일리노이강이 세 개 있다. 명성은 확실히 셋 다 고만고만하다.

(좀더 최근에, 그러니까 이 장의 『뉴요커』 게재를 앞두고 사실 확인 부서는―콜로라도에 있는―또 다른 일리노이강을 찾아냈다. 강에 대한 토막 지식을 이 추세대로 46번만 더 전재한다면 우리는 합중국의 모든 주에서 일리노이강을 찾아내고야 말 것이다.)

조슈아에게 이 정도 묘기는 그 밖의 많은 일을 해결하기 전의 몸 풀기 운동에 불과했다. 항공모함보다도 더 긴 선박이 위험 임박을 알리는 세계 공통 신호인 짧은 기적 다섯 번을 울리며 자신을 향해 돌진하는 와중에 바로 그 일리노이강을 한가로이 떠다니던 캐빈 보트도 그중 하나였다. 길이 340미터가 넘는 이 선박은 와이어로 단단히 묶어 '예인선towboat'으로 미는 15척의 바지선으로 이루어져 있었다. 나는 조타실에서 메모를 휘갈기는 중이었다.

캐빈 보트가 사각지대—조타실에서는 보이지 않는 약 300여 미터 길이의 구간—로 접어들기 직전, 사람들이 캐빈 보트의 갑판으로 나오고 보트에 시동이 걸린다. 천천히, 살짝만 옆으로 비키는 보트의 움직임이 거만하고 반항적으로 보인다. 우리가 하류 방향으로 밀고 나가는 동안 보트는 좌현 대 좌현으로 우리를 지나쳐, 300여 미터 길이의 바지선 옆을 통과하여 조타실과 평행한 위치까지 왔다. 캐빈 보트에는 남자 둘 여자 둘이 타고 있다. 여기서 가장 가까이 보이는—조종석에서 지붕이 없는 부분의 왼편 뒷자리에 앉은—여자는 검은색과 금색이 배합된 투피스 수영복을 입었다. 몸매가 대리석 조각 같다. 머리는 금발이다. 빠르고 능숙한 손놀림으로, 그는 양손을 등 뒤로 넘겨 수영복 상의를 끌러선 무릎 위에 놓는다. 그러고는 몸을 90도 뒤틀어 예인선을 정면으로 바라본다. 어깨를 젖히고 고개를 치켜든 채 한 치의 물러섬도 없이 자세를 유지한다. 풍만한 외양에는 심상찮은 반항기가 깃들어 있다. 어떤 각도에서도 나른한 껍새라곤 찾아볼 수 없다. 그는 사이렌이고 이것은 그의 노래다.

여기까지는 확인에 문제가 없었다. 이런 것은—『뉴요커』에서 통용되는 용어를 빌리면—'저자 출처on author'라고 할 수 있다. 이건 나의 경험, 나의 묘사, 나의 해석, 나의 발기였다. 아무도 수영복 색깔에 대해서는 문제 삼지 않는 듯했다. 하지만 나는 계속해서 다음 대목으로 넘어갔다.

그는 헨리 무어의 「뾰족한 끝이 있는 타원형Oval with Points」이었다. 무어는 이렇게 말한 바 있다. "둥그스름한 형태는 풍요와 성숙이라는 개념을 전달한다. 아마 그건 지구, 여성의 가슴, 대부분의 과일이 둥글기 때문일 것이다. 그리고 이 형태들이 중요한 건 그것이 우리의 인지 습관에서 이러한 배경을 지녔기 때문이다. 이 인본주의적이고 유기적인 요소가 내게는 조각에서 언제나 근본적 중요성을 띠는 것 같다."

여기서 우리는 심층 확인에 들어갔다. 1975년에 나는 프린스턴대 미술관의 도슨트였던 린 프레이커와 통화한 적이 있다. 무어의 「뾰족한 끝이 있는 타원형」은 캠퍼스 야외에 서 있는 거의 추상에 가까운 대형 조각 대여섯 점 중 하나였다. 나는 당시 처음으로 맡게 된 글쓰기 강의에서 이것들을 묘사 연습에 활용하고 싶었다. 헨리 무어의 조각은 높이 3.4미터에 도넛처럼 생겼고, 그 안쪽의 양옆에서 원뿔 모양의, 가슴을 닮은 돌출부가 서로를 향해, 마치 성당 천장의 늑골처럼 양끝이 거의 닿을락 말락 하게 뻗어나와 있다. 학생들의 묘사가 이것보다는 나아야 한다는 것이 나의 견해였다. 일례로 '도넛'은 헨리 무어의 옆자리에 오게끔 허용할 수 없는 단어였다. 또 나는 그때 이후의 모든 수업에서 린 프레이커와의 대화를 메모한 노트를 활용해온 터였다. 여기 포함된 헨리 무어의 말은 린이 기억을 더듬어 불러준 것이었다. 그리고 2004년이 된 지금, 나는 린이 어디서 그것을 읽었는지 알지 못했다. 그는 이미 수십 년 전에 프린스턴을 떠나 재혼했고 연락이 끊긴 지 오래였다.

인터넷은 도움이 되지 않았다. 하지만 조슈아는 뉴욕공립도서관 카탈로그를 뒤져, 도서관 본관에서 5번가 건너편에 있는 한 미드타운 분관에 조각 미술에 대한 무어의 논평을 모은 컬렉션이 있다는 사실을 알아냈다. 그리고 거기서 한두 시간을 보낸 뒤 BBC에서 간행한 『리스너The Listener』 1937년도 권호에 실린 무어의 에세이를 찾아냈다. 이 에세이의 끝에서 두 번째 단락에 린 프레이커가 읊어준 구절이 있었다. 확인해보니 거의 글자 그대로여서 아주 미미한 수정만 하면 되었다. 이 일을 끝낸 뒤 우리는 '저자 출처'로 되돌아왔다.

그는 움직이지 않았다—이 반라의 마하는 전라의 마하보다 더 적나라하다. 그의 젖꼭지는 예인선을 내려다보는 한 쌍의 눈이다. 나로 말하자면, 예인선에서 뛰어내려 그에게로 헤엄쳐 가서 혹시 도와드릴 일이 없느냐고 묻고 싶었다.

*

어쩌면 내가 팩트체커들에게 너무 많은 공로를 돌리고 있는 건지도 모르겠다. 실은 팩트체커들이 사실 확인을 하기 전에 나도 나름대로 사실 확인을 한다. 산더미같이 많은 일을 팩트체커의 몫으로 넘기지는 않는다. 내가 책에 수록하려고 착실히 진행하던 글이 『뉴요커』에서 거절당했을 때는 더더욱 그렇다. 일례로 2002년에 이 잡지사는 미국 물고기의 역사에 대한 1만2000단어짜리 글을—이해할 수 없는 이유로—차갑게 거절했다. 그래서 나는 스스로를 변호하여 의뢰인처럼 바보가 되는 변호사와 비슷해질 위험을 무릅쓰고, 이 책에서 편집자의 손이 닿지 않은 부분들을 직접 확인했다. 팩트체커들이 일상적으로 하듯이 원고의 사실들을 최대한 여러 다른 경로로 되짚어가며 확인하는 데 석 달이 걸렸다. 그중 무얼 넣을지 뺄지를 판단하기 위해 이런저런 이유로 인터넷에서 영겁의 시간을, 도서관에서는 그보다 더 많은 시간을 보내느라 작업이 늦어져 거의 중단될 뻔한 대목이 두 군데 있었다.

펜의 딸인 마거릿Penn's daughter Margaret은 델라웨어에서 낚시를 했는데, 집에 있는 형제에게 편지를 써서 "릴과 낚싯대가 결합된 튼튼한 릴낚싯대 네 개와 튼튼하고 좋은 낚싯줄을 사다달라"고 부탁했다.

문제는 낚싯대나 릴이 아니라 윌리엄 펜의 자녀들이었다. 마거릿의 앞뒤에 (Penn's daughter, Margaret, 하는 식으로) 콤마가 있으면 펜에게 딸이 한 명이었다는 뜻이 되고, 콤마가 없으면 딸이 여럿이었다는 뜻이 된다. (그 자리에 있거나 빠진) 콤마는 단순히 문장부호가 아닌 엄연한 사실이었다. 버드와이저의 케그나 산타클로스의 옷이 사실인 것과 같은 이치다. 어렵게 알아본 결과 마거릿은 펜의 몇몇 딸 중 한 명이었고, 그래서 콤마 없이 책에 들어갔다. 이것을 해결한 나는 다음 대목의 사실 확인으로 넘어갔다.

　　1716년 8월 15일 수요일, 코튼 매더*는 케임브리지 인근 매사추세츠의 스파이 연못에서 낚시를 하다가 카누에서 떨어져 물에 빠졌다. 흠뻑 젖은 채 당혹하여, 물론 고기도 없이 물에서 나온 그는 "주여, 이것의 의미를 이해할 수 있게 도와주소서!"라고 말했다고 한다. 머잖아 그는 동료 성직자들이 취미 낚시에 하느님의 시간을 낭비한다며 질책하고 있었다. 이 일화에서는 별다른 온기를 찾아볼 수 없다. 그보다 플루비아툴리스 피스카토르 목사의 이야기를 하는 편이 낫겠다. 가족들에게 조지프 세컴으로 불렸던 피스카토르는 코튼 매더가 죽었을 때 스물한 살이었다. 1739년 메리맥 강변에서 피스카토르가 한 설교는 훗날 『낚시 철 아모스케그 폭포 지역에서 언명된 담화A Discourse utter'd in Part at Ammauskeeg-Falls, in the Fishing Season』라는 제목으로 출간되었

---

*Cotton Mather, 1663-1728, 당대 뉴잉글랜드에서 막강한 권력을 휘두른 청교도 목사로 세일럼 마녀 재판을 주동한 이들 중 한 사람이다.

다. 이 책은 아홉 권이 현존한다. 그중 한 권은 1986년 경매장에서 1만 4000달러에 낙찰되었다. 내가 본 건 필라델피아조합도서관에 소장된 판본이다. 이 책에는 서적 판매상의 다음과 같은 책 소개가 삽입되어 있다. "미국 최초의 낚시책. 야외 스포츠를 다룬 미국 최초의 간행물. 세컴의 낚시 예찬은 그토록 이른 시기, 재미를 위한 낚시에 변호가 필요했던 시대에 이루어졌다는 점에서 주목할 만하다."

이 단락을 통틀어, 2002년에 유난히 확인하기 어려웠던 딱 한 문장의 어느 부분이 있었다. 사실 다른 식으로 고쳐 쓰면 수월하게 해결될 문제였지만, 나는 이걸 끝끝내 확인하고 싶었다. 정확히 말하면 이 부분이었다.

가족들에게 조지프 세컴으로 불렸던 피스카토르는 코튼 매더가 죽었을 때 스물한 살이었다.

그가 정확히 몇 살인지 가리키는 표현을 그대로 둔 채로 사실 확인을 하려면, 매더가 사망한 연도와 세컴이 태어난 연도뿐만 아니라 각각의 날짜까지 알아야 한다. 매더가 사망한 1728년 2월 13일에 세컴은 스물한 살 아니면 스물두 살이었다. 둘 중 뭐가 맞을까? 인터넷을 뒤졌지만 허탕이었다. 도서관도 허탕이었다. 조지프 세컴과 플루비아툴리스 피스카토르의 저작 전집도 허탕이었다. 나는 그가 20여 년간 목사로 재직했던 뉴햄프셔주 킹스턴에 전화를 걸었다. 나와 연락이 닿은 사람은 친절하게도 그 도시와 교회의 문서 기록을 뒤져보고서 다시 연락을 주겠다고 했고, 정말로 2-3일 뒤에 다시 전화를 걸어왔다. 그는 미안하다고 했다. 오랫동안 열심히 뒤졌지만 킹스턴에서는 세컴의 정확한 생년월일을 찾을 수 없었다는 것이다. 이제 그만 포기하고 그가 "20대 초반"이었다는 문구를 삽입하려는 찰나, 내 머리에 빨간 전구가 켜졌다. 조지프 세컴이 1737년(그가 킹스턴에 도착한 해)에 목사였다면 그는 어디선가 교육을 받았을 것이고, 그 시절에 매사추세츠만이 속한 주의 고등교육 기관이라고 하면 표적은 딱 하나였다. 나는 하버드에 전화를 걸었다.

대표 전화를 통해 연결된 사람은 내 질문을 듣자마자 몇 초 이내에 대답해주었다. "1706년 7월 14일이네요."

네 번째 원고

벽. 이 벽은 몇몇 작가를 수개월씩 침잠시킨다. 일부 작가들은 평생 못 헤어나오기도 한다. 모든 작가가 매일 집필에 착수할 때마다 벽에 부딪히는데, 이것도 항상 짧거나 사소하지만은 않다. "친애하는 조엘……" 이건 내 제자들이 피학적으로 자초한 일상적 작업 루틴의 마비로 고통받을 때, 그들의 울부짖는 아우성에 응답하여 쓴 편지에서 그냥 무작위로 뽑은 구절이다. "친애하는 조엘……" 훗날 이 조엘은 큰 상을 받고 수많은 저서를 집필하고 전국의 매체에 실리는 칼럼을 쓰게 되지만, 당시 이 편지 속의 그는 실제 세계와 집필의 세계를 가른 전기 철조망을 넘으려면 적어도 글쓰기 자체만 한 창의력이 필요함을 막 깨닫는 중이었다. "친애하는 조엘. 자네가 이를테면 회색곰에 대한 글을 쓰고 있다 치자. 그런데 한마디도 떠오르지 않는다. 6시간, 7시간, 10시간이 지나도록 한마디도 떠오르지 않는다. 벽에 부딪혔다. 막막하다. 가망이 없다. 어떻게 해야 할까? 그럴 땐 '사랑하는 엄마에게'라고 써라. 엄마한테 글을 쓰다가 막혔다고, 막막하다고, 나는 무능하고 가망 없는 인간이라고 써라. 나는 이 직업에 맞지 않는다고 우겨라. 징징거려라. 훌쩍여라. 이런 식으로 지금 처한 문제를 늘어놓다가, 그건 그렇고 그 곰이 허리둘레 55인치에 목둘레는 30인치가 넘지만 세크러테어리엇*과도 정면 대결할 수 있을 만큼 빠르다고 써라. 그 곰이 누워서 쉬는 걸 좋아한다고 써라. 하루에 14시간씩 늘어져 있다고 써라. 이런 식으로 최대한 길게, 쓸 수 있는 데까지 써라. 그런 다음에 되돌아와서 '사랑하는 엄마에게'를 지우고, 훌쩍이고 징징대는 부분을 전부 지우고 곰만 남겨놓아라."

당신도 조엘이 될 수 있다. 당신의 이름이 제니라도 상관없다. 아니 줄리, 줄리언, 짐, 제인, 조라도 상관없다. 당신이 첫 번째 초고를 작업 중이라면 불행한 것이 당연하다. 내가 쓰는 단어 하나하나가 모조리 자신이 없고 결코 빠져나올 수 없는 곳에 갇혔다는 느낌이 든다면, 절대로 써내지 못할 것 같고 작가로서 재능이 없다는 확신이 든다면, 내 글이 실패작이 될 게 빤히 보이고 완전히 자신감을 잃었다면, 당신은 작가임이 틀림없다. 반면에 사물을 남달리 본다고 자부하며 당신의 일을 긍정적으로 묘사한다면, 스스로 "글 쓰는 일을 사랑한다"며 떠들고 다닌다면, 당신은 망상에 빠져 있을 가능성이 있다. 무엇이 존재하기도

---

*Secretariat, 1970-1989, 미국의 전설적 경주마.

전에 그것이 좋을지 어떨지 어떻게 알겠는가? 어느 부분이 싹수가 노란지를 알아채지 못한다면—글을 전개할 때 자기 눈에도 한심하기 짝이 없는 흉한 반점들을 보지 못한다면—어떻게 그걸 개선해서 살릴 수 있겠는가?

"사랑하는 엄마에게"로 서두를 뗀 뒤 다 쓰고 나서 인사말을 잘라낸다는 아이디어를 처음 떠올린 건, 오래전 프린스턴 YMCA에 초빙돼 작가 패널로 참석했을 때였다. 나는 식구 중 유일하게 제니를 함께 데려갔다. 그때 제니는 열 살이었다. 곰 이야기는 청중의 폭소를 자아냈지만, 나는 피학적으로 자초한 마비에 대한 칙칙한 이야기도 늘어놓았다. 행사가 끝난 뒤 제니는 내가 글 쓰는 일의 전모를 제대로 보여주지 않았다고 지적했다.

"항상 그런 건 아니잖아요. 좋은 부분에 대해서도 알려줘야죠."

제니의 말은 일리가 있었다. 항상 그런 건 아니다. 첫 번째 원고 때만 그렇다. 문장 하나하나가 이전 문장뿐만 아니라 그 뒤에 오는 문장에도 영향을 끼치기 때문에, 첫 번째 원고는 느릿느릿 힘겹게 진행된다. 나는 캘리포니아 지질학에 대한 책의 첫 번째 원고를 완성하는 데 2년이 걸렸다. 암울한 2년이었다. 두 번째, 세 번째, 네 번째 원고는 다 합쳐서 6개월 정도 걸렸다. 내게 이 4 대 1 비율—첫 번째 원고를 쓰는 데 드는 시간과 나머지 모든 원고를 쓰는 데 드는 시간의 비율—은 글의 길이와 무관하게, 심지어 첫 번째 원고가 며칠이나 몇 주밖에 안 걸리는 경우에도 변함없이 유지된다. 각 단계엔 심리적인 차이가 있다. 첫 번째는 함정과 진자*의 단계다. 이 단계를 극복하면 마치 내가 다른 사람이 된 것 같다. 두려움은 거의 사라진다. 문제점들은 덜 위협적이 되고 더 흥미로워진다. 마치 아마추어가 프로로 변신한 것처럼 경험도 전보다 더 유익해진다. 하루하루가 빠르게 흘러가고, 인정하건대 즐거운 날도 꽤 많다.

프린스턴고등학교 졸업반일 때 제니는 글쓰기 숙제를 끝내는 건고사하고 시작하는 데만도 너무 오래 걸린다는 데 스트레스를 많이 받았다. 어느 날 학교까지 태워다주는 길에 제니는 자기가 무능한 것 같다는 고민을 털어놓았다. 처음부터 제대로 써야 하는데 그러지 못하고계속 수정을 거듭해야 돼서 걱정이라는 것이었다. 나는 작업실로 와서이런 메모를 했다. "사랑하는 제니, 글 쓰는 일이란 절대로 한 번에 되는 게 아니고 서너 번은 반복해야 한단다. 나도 맨 처음이─뭐라도 만들어서 눈앞에 내놓아야 할 때가─가장 힘들어. 때로는 초조감에 반쯤 미쳐서 마치 벽에 진흙을 내던지듯 아무 말이나 막 던지기도 하지. 첫 번째 원고에는 뭐든─아무 말이든─괜찮으니 그냥 내뱉고 토해내고 지껄이렴. 그렇게라도 일단 쓰면 너는 일종의 핵을 갖게 되는 거야. 이제 그걸 재검토하고 수정해나가면서, 보기 좋고 듣기 좋은 문장으로 다듬어내기 시작하는 거야. 그걸 처음부터 끝까지 다시 편집해. 아

---

*에드거 앨런 포는 단편 「함정과 진자The Pit and the Pendulum」에서 한 죄수가 중앙에 큰 함정이 뚫린 감방에 갇혀 있는 장면을 묘사한다. 여기서 살아 나오자 이번에는 칼날이 진자처럼 흔들리며 서서히 내려오는 두 번째 감방에 갇힌다.

마 이때쯤이면 남들에게도 어서 보여주고픈 글이 생겨나 있을걸? 그런데 이 모든 건 시간이 걸린단다. 여기서 나는 그 사이사이의 시간에 대한 이야기를 빼놓았어. 처음에 엉망진창 아무 말을 다 쏟아냈으면, 일단 그걸 밀쳐놔. 차를 몰고 집으로 돌아와. 하지만 오는 동안에도 머릿속에서는 여전히 단어들이 엮이고 있어. 아, 그걸 이렇게 표현하면 더 좋겠다, 이런 근사한 구절로 그 문제를 해결할 수 있겠다, 이런 생각을 계속 하는 거야. 초고 없이는─초고가 존재하지 않으면─당연히 그걸 개선할 방안도 생각이 안 나겠지? 요컨대 실제로 앉아서 글을 쓰는 시간은 하루 두세 시간에 불과할지 몰라도 머릿속에서는 이런저런 방식으로 하루 24시간─그래, 자는 동안에도─집필이 이루어지고 있다는 거야. 하지만 그러려면 어떤 식으로든 초벌 원고나 기존에 써놓은 무언가가 있어야만 해. 이것이 존재하기 전까지는 진짜 집필이 시작된 게 아니란다."

보통의 작가와 무대 위의 즉흥 연주자(아니 모든 공연 예술가)가 다른 점은, 글을 수정할 수 있다는 데 있다. 실은 수정이야말로 집필 과정의 본질이다. 단 한 줄도 북북 그어서 지우지 않는 완벽한 작가의 눈부신 초상이란 환상의 나라에서 온 속달우편일 뿐이다.

제니는 커서 소설가가 되었고 현재까지 세 편의 소설을 발표했다. 제니는 모든 걸 바짝 끌어당겨 움켜쥐고 속으로 삭이는 유형이다. 글을 쓸 때 아무것도 말하지 않고 아무것도 내보이지 않는다. 한번은 다음 책을 시작할 생각이냐고 물었는데 "저번 주에 끝냈어요"라는 대답이 돌아온 적도 있다. 제니보다 두 살 어린 마사는 네 편의 소설을 썼다. 마사는 하루에도 아홉 번씩 내게 전화를 걸어 도저히 못 쓰겠다는 둥, 자기는 이 일에 안 맞는다는 둥, 지금 하는 작업을 영영 못 끝낼 거라는 둥, 기타 등등 기타 등등 푸념을 늘어놓는다. 그러면—그때쯤 도저히 못 해 먹겠는 첫 번째 원고를 3분의 1쯤 끌고 오느라 심신이 쇠약해진—나는 든든한 지브롤터 암벽으로 변신해야 한다. "그냥 버텨보렴. 인내가 변화를 가져온단다." "진짜로 힘든가보구나." "어디가 고장 났는지 모르면 고칠 수도 없는 법이란다."

대학을 졸업하고 열 달 뒤, 제니는 열 살 때 YMCA에 있던 아빠에게 모종의 회고적 감정이입을 하게 되었다. 당시 장학생으로 에든버러에 머물며 글을 쓰고 있던 제니는 계속되는 의구심과 낙담을 하소연하는 편지를 내게 써 보냈다. 그때만 해도 항공우편 편지지를 쓰던 시절이었으므로 나도 항공우편 편지지에 답장을 써 보냈다.

제니는 작가가 되고픈 소망과 관련하여 매일 스스로에게 이렇게 자문한다고 했다. "내가 지금 누굴 속이려는 짓거리지?"

나는 이렇게 썼다. "나도 거의 정확히 40년 전에 그렇게 자문하면서 일을 시작했던 것 같구나. 그 전에, 그러니까 열두 살 때는 그런 의문이 없었지. 그때는 타자 기계를 조물락거려서 그걸로 돈을 찍어내는 일이 말도 안 되게—마치 도둑질이나 사기처럼—쉬워 보였어. 나는 아직도 자문한단다. '지금 누굴 속이려는 짓거리지?' 불과 얼마 전에도 이 의문이 너무 타당하게 느껴져서 작업실 베개에 얼굴을 파묻곤 했단다.

그때 나는 무려 지질학에 대한 책을 쓰고 있었으니 이런 의문을 품을 만도 했지. 내가 뭘 안다고 이 주제에 덤볐을까? 너무 무서웠어. 이런 프로젝트는 마치 동굴 속으로 미끄러지는 일과 같아서, 나도 모르게 덥석 맡아놓고는 어떻게 무사히 빠져나와야 하나 노심초사하기 마련이지. 의심에 사로잡히는 건 이 직업의 중요하고도 피할 수 없는 부분이란다. 젊은 작가가 이런 유의 의구심을 표하는 건 내게 일종의 체크포인트 구실을 하는데, 오히려 이런 말을 하지 않는다면 십중팔구 스스로를 속이고 있다는 표시이기 때문이지."

제니가 말했다. "내 문체는 항상 지금 읽는 작품의 문체를 따라가거나 아니면 억지스럽고 자의식 과잉이에요."

나는 말했다. "지금 네 나이가 쉰넷이라면 그건 정말 안타까운 일이겠지. 하지만 스물넷에 그건 자연스러울 뿐만 아니라 중요한 과정이란다. 한창 성장 중인 작가는—언제 어디서건—탁월한 것을 발견하면 그것에 반응하고, 자기가 보고 경탄한 밑감을 끌어다 자기 것으로 만드는 과정에서 물론(불가피하게)—어느 정도는 모방을 하기 마련이야. 하지만 모방한 요소는 금세 사라지고, 전혀 모방이 아니라 네 자신의 목소리가 담긴 새로운 요소만 남게 되지. 한 사람의 작가로서 네 풍격은 이런 식으로 아주 조금씩 조금씩 형태를 갖추게 된단다. 너는 억지스럽고 자의식 과잉이 아닌 문체를 바라는 것 같구나. 그렇지 않다면 그 문제를 꺼내지도 않았겠지? 그렇다면 목표를 올바로 잡은 거다. 그러니 그걸 목표로 연습하렴. 자신을 의식하지 않는 자연스러운 문체를

누구는 타고나고 누구는 못 타고나는 게 아니야. 작가란 제우스의 귀
에서 완전무장을 한 채로 튀어나오는 게 아니란다."

제니가 말했다. "뭐 하나 제대로 끝을 맺지 못하는 것 같아요."

나는 말했다. "나도 그래."

그러고 나서 내가 써야 될 글로, 오후 5시까지도 일을 시작조차 못
하는 내 무능으로, 쫓기는 짐승이 된 듯한 초조한 기분으로, 지브롤터
의 모래를 닮은 내 신세로 되돌아갔다.

*

운이 좋아 비로소 남에게 보여주고 싶은 걸 만들었다, 뭔가 쓸 만
한 걸 안전하게 확보했다는 느낌이 드는 건 두 번째 원고가 끝나갈 때
쯤이다. 이건 더없이 반가운 느낌이지만 희열 따위와는 거리가 멀다. 그
러니까 수명이 약간 연장된 듯한 느낌, 내달 중순까지는 살아 있겠구
나 하는 느낌일 따름이다. 두 번째 원고를 소리 내어 낭독하고 (읽을 때
귀에 거슬리는 소음과 잡음을 쳐내가며) 처음부터 끝까지 세 번째 퇴고를
거친 다음에는, '네 번째 원고'를 위해 단어와 어구에 연필로 네모를 친
다. 집필 과정에서 내가 즐기는 부분이 있다면 그건 바로 이 네 번째 원
고 작업이다. 나는 네모 안의 단어들을 대체할 다른 말을 찾아 헤맨다.
이 최종 수정은 소규모일지 몰라도 내게는 크게 느껴진다. 또 나는 이
작업이 좋다. 만일 차후에 원고를 검토해줄 준비가 된 진짜 교열자가

없다면 이걸 교열 단계라고 부를 수도 있을 것이다. 기본적으로 내가 대학생들을 가르치면서 하는 일은 그들의 편집자 겸 교열자 행세를 하는 것이다. 나는 학생과의 면담을 준비할 때도 그가 쓴 글의 낱말과 어구에 네모를 친다. 네모 친 부분을 더 알맞은 표현으로 대체하는 일은 그들의 몫으로 남긴다.

비단 부적합해 보이는 말뿐만이 아니다. 맡은 바 소임을 다하지만 더 나은 기회가 엿보이는 말에도 네모를 친다. 네모 안의 표현에 전혀 문제가 없더라도, 이 상황에서 그보다 더 나은 표현, 정확한 버튼을 누르는 표현이 있을 것 같다면 그런 표현을 찾으려 노력하지 않을 이유가 없다. 금방 떠오르는 말이 없으면 미적거리지 말고 계속 읽어나가면서 네모를 친 뒤, 나중에 되돌아가서 하나씩 다시 살펴보면 된다. 일례로 'sensitive(예민하다)'라는 단어가 이 맥락에서 좀 젠체하는 느낌이 들어 네모를 쳤다면 그 자리에 'susceptible(민감하다)'을 한번 넣어보라. 왜 'susceptible'이냐고? 'sensitive'를 사전에서 찾아보면 'highly susceptible(매우 민감하다)'이라는 뜻풀이가 적혀 있기 때문이다. 나는 사전에서 모르는 단어보다 아는 단어를 찾는 데 월등히 많은 시간을—적어도 99 대 1의 비율로—쏟는다. 대체할 단어를 찾는 데는 유의어 사전에 무차별하게 나열된 낱말 뭉치보다 사전의 뜻풀이가 더 유용할 가능성이 높다. 유의어 사전을 참고한 뒤 일반 사전을 이용하는 건 나쁠 게 없다. 그럼 'wad(뭉치)'라는 단어에 네모를 쳐보자. 웹스터 사전의 뜻풀이는 이렇다. "과거 이집트에서 재배되어 유럽에 수입되었던 인주솜풀에서 얻은 면이나 실크." 음, 이건 아니다. 두 번째 뜻풀이를 보자. "작은 뭉치, 다발, 묶음, (…) 작게 압축된 더미." 이걸 살리는 게 좋겠다. 나는 이를 '일물일어一物一語를 찾는 탐색'이라고 부른다. 귀스타브 플로베르가 날이면 날마다 자기 집 안뜰을 걸어다니며 가장 정확한 단어 하나le mot juste를 찾아 머릿속을 뒤졌다는 이야기를 8학년 때 바살러뮤 선생님한테 들었기 때문이다. 누가 이 이야기를 잊을 수 있겠는가? 플로베르는 영웅과도 같았다. 그가 괴상한 사람이라고 여긴 아이들도 있었지만.

루이지애나주 남부의 거대한 늪지대인 아차팔라야와 이곳을 경비행기에서 내려다본 풍경에 대한 글을 썼을 때를 예로 들어보자. 이곳에는 북쪽에서 실려 내려온 토사가 쌓여 새로운 땅이 생겨나고 있다. 이 토사는 늪지대를 군데군데 메우고 있는데, 비행기를 타고 내려다보면 수면에 비친 해가 나타났다 사라졌다 하는 것이 나무들 사이로 보이기 때문에 어디가 메워진 땅인지를 구분해낼 수 있다. 이처럼 수면에 비친 해를 어떤 단어나 어구로 묘사하면 좋을까? 내가 가진 구판 웹스터 대학생용 사전에서 'sparkle(반짝이다)'을 찾아보니 "'flash' 항목 참조"라고 적혀 있었다. 'flash'를 찾아보니, 뜻풀이 뒤에 유의어들이 다음과 같이 제시되어 있었다. "반짝이다, 빛나다, 번쩍이다, 번득이다, 반짝거리다, 번들거리다, 찬란하다, 찬연하다, 깜박이다, 일렁이다 등은 빛을 틔운다shoot forth light는 뜻이다." 나는 이 마지막 어구가 마음에 들어서 원고를 이렇게 바꾸었다. "수면에 비친 해가 나무들 사이로 달리며

물 위에서 빛을 틔운다.”

　유의어 사전은 단어를 찾을 때 유용한 물건이지만 열거된 단어들에 대해 설명을 해주지는 않는다. 또한 짧고 명료한 단어를 제쳐두고 길고 두루뭉술한 단어를 택하게끔 유도할 수 있기 때문에 위험하기도 하다. 유의어 사전의 가치는 작가가 어려운 단어를 많이 아는 것처럼 보이게끔 해주는 데 있는 게 아니라, 단어가 완수해야 할 사명에 최대한 알맞은 단어를 찾을 수 있게끔 돕는 데 있다. 글쓰기 교사들과 저널리즘 강의들은 유의어 사전을 목발에 비유하며, 개성 있거나 유능한 작가라면 절대 쓰지 않는다고 가르친다. 유의어 사전은 일물일어를 찾는 여정에서 기껏해야 휴게소 정도에 불과하다. 우리의 목적지는 사전이다. ‘intention(의도)’이라는 단어를 보고 좀더 괜찮은 단어가 있을 듯한 느낌이 들었다고 치자. 그럼 사전에 열거된 유의어들을 읽는다. “의도, 의향, 목표, 계획, 표적, 목적, 대상, 표목, 골.” 하지만 사전은 여기서 그치지 않고, 계속해서 이 단어들의 차이점을—열거한 단어가 나머지 단어들과 어떻게 다른지를—아주 상세하고도 철저하게 알려준다. 두께를 줄이기 위해 유의어를 열거만 하고 그 차이에 대한 설명을 생략한 사전들도 있다. 이 두 종류의 사전 중에 우리에게 필요한건 전자다. 이런 사전은 단지 단어들의 목록이 아니라, 마치 저마다 미세하게 다른 초록색의 줄무늬가 그려진 차양처럼 색조에 미묘한 차이가 있음을 알려준다. ‘vertical(수직의)’을 찾아보자. 사전에는 ‘vertical’과 ‘perpendicular(연직의)’와 ‘plumb(똑바르다)’이—믿기 어렵지만—

저마다 다른 뜻을 갖는다고 적혀 있다. '유연하다plastic, 유순하다pliable, 나긋하다pliant, 물렁하다ductile, 무르다malleable, 융통성 있다adaptable'도 그렇다. '충실fidelity, 충성allegiance, 충순fealty, 충직loyalty, 충절devotion, 신심piety'도 마찬가지다.

나는 북부의 호수와 숲속의 강에서 카누를 타며 성장했다. 그로부터 30년 뒤, 나는 현대사회에 사는 사람이 굳이 먼 거리를 카누로 이동하려 하는 이유를 설명해줄 단어 혹은 어구를 택하려 고심 중이었다. 이걸 스포츠라고 부른다면 얼토당토않겠지만 다른 말이 떠오르질 않았다. 일단 사전에서 'sport'를 찾아보았다. 뜻풀이가 17행에 걸쳐 적혀 있었다. "1. 기분 전환을 위해 재미 삼아 하는 일; 심심풀이; 여가 활동. 2. 야외에서의 여가 활동." 나는 이 대목에서 멈추었다.

그가 내세우는 기준은 쉬엄쉬엄 야생의 자연도 둘러봐가며 나무껍질 카누를 타고 가볍게 여행하는 것—단지 그뿐이었으므로 그의 방식이 솔깃할 수밖에 없었다. 나는 카누 여행에 접이식 간이침대, 거위털 베개, 전기톱, 보트 장착용 모터, 맥주 몇 상자, 배터리로 작동하는 휴대용 냉장고까지 싸 들고—심지어 야생 깊은 곳까지—오는 사람들을 알고 있었다. 기준은 자기가 정하기 나름이다. 카누 여행은 누구나 반드시 해야 되는 일도 아니고, 지역과 지역—아니 심지어 호수와 호수—을 오가는 가장 효율적인 수단이 될 일도 영영 없을 것이다. 카누 여행은 단순히 일체감을 북돋는 의례, 야외에서의 여가 활동, 필요하기 때문이 아니라 그 자체로 가치가 있기 때문에 수행하는 활동이 되었다.

야생에서의 여정이 충분히 길다면, 야생에 있는 동안 적어도 일시적으로나마 변화를 겪게 된다. 나는 알래스카 북극권의 어느 강 유역에 대해 쓰면서 이러한 정신적 변화를 묘사하려 고심하며 이 개념을 표현하고 이 테마의 촉매가 되어줄 단어를 찾고 있었다. 얼른 떠오른 단어는 'assimilate(동화되다)'였다. 하지만 이 맥락에서 'assimilate'는 'sport'보다 더 안 좋았다. 그래서 'assimilate'를 사전에서 찾아보았다. "1. 비슷하거나 유사하게 만들다. 2. 비유하다; 비교하다. 3. 전유하는 몸체의 내용물에 (…) 통합되다."

우리는 모닥불을 둘러싸고 적어도 한 시간은 더 앉아 있었다. 우리는 비와 황조롱이에 대해, 기름과 사슴뿔에 대해, 강의 표고標高와 수원지에 대해 이야기를 나누었다. 헤시온도 페들러도 곰 이야기는 절대 꺼내지 않았다.

하지만 슬리핑백에 들어가 눈을 감았을 때 녀석이 산 사면에, 총천연색으로 나타났다. 잊을 수 없는 환상이었지만, 그 환상을 불러일으킨 건 공포가 아니었다. 그보다, 애초에 페들러와 헤시온을 따라 강의 상류로, 산으로 올라가기로 선택한 게 순전한 행운이었다는 생각—어느 한순간이라기보다는 기나긴 오후의 전체 일주에 대한 기억

이었다. 그건 땅 전체와 그 땅에 있는 한 동물에 대한 환상이었다. 이
땅이 그의 나라임은 명백했다. 그곳에 간다는 건 그곳의 내용물에—
그의 나라에—조금이나마 통합되는 것이었고, 그곳에 방문하고 싶다
면 노크를 하는 편이 좋을 것이다.

나중에 내게 남은 크나큰 후회가 한 가지 있다. 3년에 걸쳐 알래
스카를 여행하고 조사하고 집필하는 동안, 'Arctic(북극; 북극의)'을 왜
'Arctic'이라고 하는지에 대한 의문이 한 번도 떠오르지 않았던 것이다.
책을 출간하고서 몇 년이 흐르도록 이 점에 대해 생각해보지 않았다.
내가 사전만 한번 찾아보았더라면 이 단어의 어원을 글의 내용에 통합
시켰을 것이다. 'Arctic'의 정의는 다음과 같다. "북반구의 별자리인 곰
자리와 연관된, 혹은 그 밑에 위치한."

*

내게 '변칙적인 제한 용법irregular restrictive의 which'에 대해 처음
말해준 사람은 윌리엄 숀이었다. 미스터 숀은 어떤 이례적이고 특수
한 상황에서는 'which'가 제한절의 문두에 올 수 있다고 설명했다. 일
반적으로는 접속사 'that'이 제한절을 이끈다. 비제한적 용법: 이것은
야구공인데 둥글고 희다This is a baseball, which is spherical and white. 제한
적 용법: 이것은 베이브 루스가 시카고에서 펜스를 가리킨 뒤 장외 홈

런을 쳤던 야구공이다This is the baseball that Babe Ruth hit out of the park after pointing at the fence in Chicago. 첫 번째 야구공은 불특정한 야구공이므로 필자가 이것에 형태와 색깔을 부연하고 싶으면 이 문장에는 콤마가 필요하다. 두 번째 야구공은 매우 특정한 야구공이므로 이 문장은 콤마를 튕겨낸다. 그런데 특정한 대상과 그 특정성을 입증하는 절 사이에 단어나 어구 들이 오는 상황이 있을 수 있고, 이때 변칙적 제한 용법의 'which'가 필요하다.

이 기억을 떠올릴 때 머리에 종이 땡 하고 울린다고는 말할 수 없다. 미스터 숀의 난해하기 그지없던 설명이 낱낱이 기억나지는 않는다. 하지만 이는 변칙적 제한 용법의 'which'를 찾기 위해 내 책 두 권의 전문을 검색해야 하는 상황으로 나를 밀어넣었다. 그렇게 하여 10만 단어를 훌쩍 넘기는 분량의 글에서 세 건을 찾아냈다.

1822년, 프랑스 정부 밑에서 일하던 벨기에의 층서학자 J. J. 도말리우스 달로이는 유럽의 백악층에 훗날 지질 시대에서 무지막지하게 큰 부분에 해당될 명칭을 붙였다.

In 1822, the Belgian stratigrapher J. J. d'Omalius d'Halloy, working for the French government, put a name on the chalk of Europe which would come to represent an ungainly share of geologic time.

오크몬트 골프장은 씨가 거의 맺히지 않아서 골퍼들이 '덜 꺼끌꺼 끌하다'고 하는 감촉을 만들어주는, 자체 개발한 새포아풀을 이용한다.

Oakmont uses a *Poa annua* of its own creation which bears few seeds and therefore results in what golfers describe as a "less pebbly" surface.

도미니는 글렌캐니언 댐, 그랜드쿨리 댐, 플레이밍고지 댐, 후버 댐 같은 구조물 뒤로 최대 322킬로미터 폭까지 물을 가두는, 미국 내무부 소속 국토개발국의 국장 직위에 올랐다.

Dominy had risen to become U.S. Commissioner of Reclamation, the agency in the Department of the Interior which impounds water for as much as two hundred miles behind such constructions as Glen Canyon Dam, Grand Coulee Dam, Flaming Gorge Dam, Hoover Dam.

공교롭게도 이 모든 발췌문은 숀이 편집장이던 시절이 아니라 21세기에 게재된 글에서 뽑은 것이다. 다시 말하자면 『뉴요커』는 변칙적인 제한 용법의 'which'를—혹은 그것이 솟아나오는 규칙적인 토양을—전혀 잊지 않은 셈이다.

그건 그렇고 나는 같은 책에서 소로와 「레위기」 또한 인용했는데, 어쩌면 이것을 인용하며 숀을 기리는 마음에서 눈살을 찌푸렸는지도 모르겠다.*

우리는 주州 간 고속도로 다리에서 370미터 북쪽의 잔잔한 수역에 위치한 카서지나섬으로 다가갔다. 소로는 이 섬의 이름을 지칭하진 않았지만 "크고 나무가 울창한 섬 (…) 당당한 느릅나무 숲을 머리에 인, 우리가 만난 가장 빼어난 섬large and densely wooded island (…) the fairest which we had met with, with a handsome grove of elms at its head"으로 묘사했다.

여기에 변칙적인 거라곤 하나도 없습니다, 헨리 데이비드 소로 선생. 그건 당신이 만난 가장 빼어난 섬이었습니다.

「레위기」: "야훼께서 모세와 아론에게 말씀하셨다. 너희는 이스라엘 백성에게 일러주어라. 땅 위에 있는 모든 네발짐승 가운데서 너희가 먹을 수 있는 동물은 이런 것들이다These are the beasts which ye shall eat among all the beasts that are on the earth."

사실 미스터 숀은 어법과 문법의 전당에서 단역에 불과했다. 그 연단에 반세기 넘게 군림한 인물은, 실은 미시즈 패커드였지만 '미스 굴드'로 통했던 엘리너 굴드였다. 그의 명성은 심지어 작가 지망생들의 귀

---

*변칙적 제한 용법에 해당되지 않는데도 that이 아닌 which가 제한절을 이끈 까닭이다.

에까지 들어갈 정도로 자자했다. 엘리너 굴드라는 22세의 배서칼리지 졸업생에 대한 소문을 처음 접했을 때 나는 18세가 될까 말까 했고 이미 잡지사에서 날아온 거절 통지서를 모으는 중이었다. 소문에 의하면 굴드는 1925년 갓 창간된 『뉴요커』를 사서 읽고는 파란 연필로 교정해가며 다시 읽었다고 한다. 맞지 않는 현수 수식어dangling modifier가 있거나*, 대명사가 불일치하거나, 콤마가 빠졌거나, 전체적으로 문법이 엉망인 부분을 전부 동그라미 쳐가며 교정을 끝냈을 때는 잡지의 모든 페이지가 얼룩덜룩한 파란색으로 물들어 있었다. 그는 이렇게 교정한 잡지를 초대 편집장인 해럴드 로스에게 우편으로 부쳤다. 그리고 이것을 받아본 로스는 이렇게 고함쳤다고 한다. "이 새끼 당장 찾아서 채용해!"

사실 로스가 『뉴요커』를 창간했을 때 엘리너 굴드는 아홉 살이었다. 그는 오하이오에서 성장하여 1938년 오벌린칼리지를 졸업했다. 7년 뒤 『뉴요커』에 입사 지원하면서, 그는 자신이 도움을 줄 수 있을 듯한 한두 건의 사례를 지원서에 언급했다. 예를 들어 이것이 저것과 다르다고 할 때는 different *than*이 아니라 different *from*이라고 써야 한다고 지적했다. 그를 채용한 사람은 당시 관리편집자managing editor**이던 숀이었다. 이후 45년간 굴드가 한 일은 간편하고 단순한 직함으로 표현할 수 없는 것이었다. 그는—어쨌거나 필자들을 물심양면으로

---

* 분사구문 등 주절을 수식하는 구의 의미상 주어와 주절의 주어가 일치하지 않아 비문이 될 때를 말한다.

** 『뉴요커』에서 편집장editor 바로 밑의 직책으로 경영과 출판 과정 전반을 총괄한다.

지원해주는 고차원적 의미에서의—편집자는 아니었다. 또 그는—물론 자신에게 의심스럽게 여겨지는 사실에 대해서는 확실히 언급했지만—팩트체커도 아니었다. 그가 하는 일은 잡지의 교정쇄를 읽고 교정지에 표시를 하는 것이었다. 교정지는 장마다 『뉴요커』 규격으로 한 단씩만 중앙에 길게 배치하고 양옆으로는 차 한 대씩 주차할 수 있을 만큼 넉넉한 여백을 두었다. 그는 어법, 발음, 두루뭉술한 표현, 어휘 선택, 구두법, 모순되는 부분, 기타 등등에 대한 논평으로 이 여백을 채웠다. 그가 작업을 끝낸 교정지는 담당 편집자에게 전달되었고, 담당 편집자는 여백에 쓰인 메모를 읽고 그중 항목을 선별해서 필자와 논의하거나, 아니면 '굴드 교정지'로 통했던 그 교정지를 통째로 필자에게 넘기고 직접 소화하게끔 했다. 로버트 빙엄은 항상 굴드 교정지를 내게 그대로 넘기면서 "굴드가 '문법'이라고 하면 바짝 긴장이요!"라고 말하곤 했다.

굴드의 신경을 거스르는 항목은 우열을 가리기 어려울 정도로 많았지만, 그중 사실에 기반한 글과 관련하여 무엇보다도 그를 짜증나게 만든 건 바로 에둘러 말하는 습관—독자가 정보를 얻기보다 알아서 짐작하기를 기대하며 사실을 슬며시 모로 밀어넣는 습관—이었다. 분위기에 의존하는 소설가처럼 서두를 떼서는 안 된다. "'연인들의 길'에 있는 그 집은 그 연인들이 즐겨 사랑을 나누는 곳이었다The house on Lovers' Lane was where the lovers loved loving"라고 썼다 치면, 굴드 교정지는 이렇게 물을 것이다. "어떤 집?" "어떤 연인?" "'연인들의 길'은 어디?" 요컨대 무엇을 소개하고자 하면 그것을 소개해야 한다는 것이다. 정관사를 가지고 예술적 기교를 부리지 말라는 뜻이다. '어떤 집a house'이라고 썼으면 이 집을 소개하는 것이다. '그 집the house'이라고 썼으면, 앞에서 언급한 것이므로 독자가 이 집에 대해 알아야 한다. 숀은 그가 끼친 영향보다 훨씬 더 큰 영향을 굴드에게 받았다. 그는 에두른 표현을 못 견뎌했다.

굴드가 제안한 수정안이 항상 감쪽같은 수정으로 귀결되는 건 아니었다. 일부 필자들은 발끈하는 식으로 반응하기도 했다. 하지만 글에 강요되는 건 전혀 없었다. 필자가 굴드의 중요한 코멘트에 이마를 탁 치며 감사히 여기지 않고 그냥 무시하고 싶으면 그건 필자의 마음이었다. 어차피 필자의 이름으로 실리는 글이었다. 필자가 흠 있는 걸 선호하면 흠투성이가 되었다. 굴드 교정지가 글의 구조나 논지에 어떤 식으로든 영향력을 행사하려 드는 경우는 매우 드물었고, 그럴 의도도 없었다. 굴드에 따르면 필자가 자신의 의도를 최대한 명확히 전달하게끔 돕는 것이 그의 목적이었다. 다시 말하지만, 그는 필자를 바짝 긴장시켰다. 그리고 필자는 그가 제안한 수정안을 꼭 받아들일 필요가 없었을뿐더러—당연히—자기 머릿속의 소리에 따라 그 수정안을 자유롭게 수정할 수도 있었다.

'내부 편집 규정'부터 굴드 교정지에 이르는 이 모두를 뭉뚱그려 일컫는 말은 '교열copy editing'이다. 미스 굴드는 '문법 전문가grammarian'라는 직함을 수십 년간 받아들였지만, 문법은 그가 잡지를 모니터하며 다루는 많은 부분의 기초일 따름이었다. 내부 편집 규정을 적용하는 일은 굴드가 원고를 보기도 전에 다른 사람들 선에서 처리되었다. 내부 편집 규정은 잡지 전체를 한 사람의 필자가 쓴 것처럼 보이게 만들 수 있다는 낭설의 참고 자료가 될 수 없다. 내부 편집 규정은 철자법과 이탤릭체 같은 것들을 기계적으로 적용하는 기준일 뿐이다. 『뉴요커』에서는 'travelling'에 'l'이 두 개 들어간다. 책 제목은 따옴표 안에 넣는다. 정기간행물 제목은 이탤릭체로 표기하고, 제목에 소유격이 포함된 경우—TV Guide's, National Geographic's—는 소유격 's'도 이탤릭체로 처리한다. 배 이름은 이탤릭체로 표기하지 않는다. 동일한 모음자가 연달아 올 때 두 번째 모음 위에 점 두 개를 찍는 건 내부 편집 규정이다. 이 회사는 분음 기호*를 경시하는deëmphasizing 풍조에 동참하지coöperate 않기 때문이다. 『뉴욕타임스』 기사에서는 언급된 모든 사람의 이름 앞에 (대통령, 상원의원, 장군, 추기경 같은 높은 직함이 아니면) 미스터Mr., 미즈Ms., 혹은 미시즈Mrs.를 붙인다. 또한 전통적으로, 『타임스』 기자가 추크치해에서 이누이트의 가죽 보트를 탔다고 했을 때 이 배에는 인칭대명사가 절대로 타지 않는다. 이 보트에 탄 사람은 '한 방문객'으로 지칭된다. 『시카고 스타일 매뉴얼Chicago Manual of Style』은 미국의 모든 간행물—신문, 잡지, 단행본 출판사, 블로그 편집자—에 한 가지 스타일을 적용하려는 비현실적인 시도다.

교열자는 글의 흐름을 주시하고 혹시 새는 부분은 없는지 점검

---

*연달아 오는 두 모음자가 서로 독립된 음절임을 나타내기 위해 모음 위에 붙이는 부호.

한다. 어떤 직함으로 불렸든지 간에 엘리너 굴드는 교열자였다. 그는 훗날 유산이 된 전통의 형성기에 관여한 몇 사람 중의 한 명이었다. 오늘날의 교열자들은 『뉴요커』 한 호 한 호를 마감하기까지 너무나 여러 차례, 너무나 갖가지 방식으로 교정지를 읽기 때문에 자신이 하는 일에도 다양하게 부제를 붙인다. 현재 재직 중인 다섯 명의 교열자는 스스로를 교열자copy editor, 페이지 오케이어O.K.'er, 질의 교정자query proofreader, 2차 교정자로 부른다. 그들 모두가 이 모든 일을 하기 때문에, 이 다섯 사람은 저마다 네 개의 직무를—다섯 개의 책상에서 총 스무 개의 직무를—맡고 있는 셈이다. 또한 그들은 엘리너 굴드가 했던 일들도 하며, 오늘날까지도 교정쇄 작업을 끝낼 때면 '굴드했다Goulded'라고 말하곤 한다. 굴드의 그림자 안에서 살며, 그것을 연장해나가고 있는 셈이다.

간혹 그들의 이해는 일반인과 동떨어진 높은 경지까지 이르기도 한다. "그는 함께 여행하던 다른 다섯 명the other five people에게 무슨 일이 일어났는지 몰랐다"라는 문장을 읽었다 치자. 그들의 해석에 따르면 이 문장은 여행을 떠난 사람이 그를 포함하여 총 열한 명이라는 뜻으로 읽힐 수도 있다. 어떻게 보면 생트집이지만, 그래선 안 될 이유라도 있을까? 덜 모호한 방식이 더 우아한 법이다. 그는 함께 여행하던 나머지 다섯 명the five other people에게 무슨 일이 일어났는지 몰랐다.

똑같이 높은 경지에서 바라볼 때, 'further(더 멀리)'와 'farther(더 멀리)'의 차이는 무엇일까? 사전에서 'further'를 찾아보자. 뜻풀이가

'farther'라고 쓰여 있다. 'farther'를 찾아보자. 'further'라고 쓰여 있다. 그러니 여러분은 안심하고 돌아누워 잠들면 된다. 하지만 이 구분에는 엄연한 차이가 있으며 오케이어들은 무엇이 오케이인지를 안다. 'farther'는 측정 가능한 거리를 뜻하는 반면, 'further'는 정도의 문제다. 조롱은 좀 그만 퍼부으시죠? 그쯤 했으면 됐잖아요. 더 이상은 안 돼요.You'll go no further.

이 다재다능하고 다방면에 걸친 식견을 자랑하며 교정도 보고 질의 교정도 하고 교열도 하고 문법으로도 무장한 군단과 진짜로 대치 상태에 처한다는 건 힘겨운 일이다. 나는 50년간 이런 일을 딱 두 번 겪어보았다. 첫 번째 대립은 내가 본문 안에 삽입되는 학술 인용 양식(Mourt, 1622)을 경솔하게 사용한 것과 관련이 있었다. 이 글에서 내가 인용한 문헌이, 학자들이 말하는 '인용 문헌 목록'에 명시되지 않았던 것이다. 사실 이 글에는 인용 문헌 목록이 없었다. 이 사건에 대해 더 이상의 상세한 기술을 여기서 하진 않겠다. 두 번째 대립은 1987년 2월 23일 자에 게재된 글을 둘러싼 것으로, 'Corps'라는 단어의 소유격과 관련이 있었다. 그것은 루이지애나주 남부의 아차팔라야강, 그 광대한 늪지대, 강가의 제방, 그리고 미 육군공병대US Army Corps of Engineers의 여수로와 갑문에 대한 글이었다. 이 글의 분량은 2만 단어에 육박했고, 'Corps'라는 단어는—익히 상상할 수 있듯이—마치 홍역 발진처럼 본문 전체에 퍼져 있었다. 또 소유격을 취한 형태로도 자주 나타났다. 내가 8학년 때 바살러뮤 선생님한테 배운 바에 따르면, 's'로 끝나는 명사는 아포스트로피만 붙이거나 혹은 아포스트로피 뒤에 추가로 's'를 붙여서 소유격을 만들 수 있으며 선택권은 필자에게 있었다. 이 루이지애나 글에서 나는 Corps의 소유격을 모조리 Corps'라고 썼는데, 교열자들은 Corps의 소유격이 Corps's로 인쇄되어야 한다고 주장했다. 나는 (Corps's가 시체들이라는 뜻의 'corpses'로 잘못 발음될 소지가 있다는 뜻에서) 시체안치소에 있는 기분이었고, 또 그렇다고 말했다. 교열자들은 부서 전체가 밀집 대형을 이루어 내게 맞섰다. 『뉴요커』는 예수Jesus, 아이스킬로스Aeschylus, 소크라테스Socrates 같은 고전 인명을 제외하면 's' 없는 아포스트로피를 쓰지 않는다는 것이었다. 심지어 François's(프랑수아의), les jeunesses's(청춘의), Epesses's(에페스의)—뿐만 아니라 Amiens's hidden cache(아미앵의 숨겨진 은닉처)나 le français's frank mustache(프랑스인의 노골적인 콧수염)—처럼 묶음 's'로 끝나는 프랑스어 명사에도 's를 붙였다. Corps's에 대해 교열자들은 평소와 달리 고집스러웠다. 나는 정 Corps's라는 형태로 인쇄해야 한다면 일체의 작업을 중단하고 소유격이 들어간 모든 문장을—소유격을 쓰지 않는 식으로, '저 모든 시체all those corpses'를 제거하는 방향으로—고칠 수밖에 없다고 통보했다. "안치대 위에 줄줄이 드러누운 저것들" 어쩌고저쩌고하면서 씩씩거리고 "저 모든 Corps's가 차디찬 발가락에 매단 꼬리표처럼 보일 것"이라고도 말했던 것 같다. 이 위협은 그리 설득력 있게 받아들여지지 않았지만 마침내 누군가의 놀라운 제안으로 이어졌다. 미 육군공병대에 전화를 걸어서 그들이 자신을 소유격으로 표시해야 할 때 어떻게 하는지를 직접 물어보면 어떨까? 육군 공병대가 『파울러 현대 영어 어법 사전Fowler's Modern English Usage』이나 독보적인 메리엄웹스터의 『영어 어법 사전』이나 문법의 융통성 따위에 그렇게나 열중해 있는 줄은 또 금시초문이었다. Corps는 Corps를 어떻게 쓸까? Corps의 답변은 Corps'였다. Corps's는 절대로 아니었다. 절대 's'를 쌍으로 쓰지 않았다.

교열자들이 다른 사람의 영역을 침범하는 일은 드물지만, 간혹 그럴 때면 제법 달가운 제안과 논평을 제시하곤 한다. 1978년 『뉴요커』에 합류하여 내 글을 헤아릴 수 없이 무수히 손봐준 메리 노리스는 언어를 진단하는 의사다. 나라면 그야말로 무엇에 대해서건, 1차, 2차, 3차 소견까지도 그에게 의지할 것이다. 그는 친구들이 자신을 '연필 부인Pencil Lady'이라고 부르는 것에 개의치 않는다. 그가 『뉴요커』 웹사이트에 주로 교열을 주제로 하여 개설한 블로그는 『뉴욕은 교열 중』(Norton, 2015)이라는 베스트셀러로 발전하기도 했다. 2003년, 우리는 헨리 데이비드 소로와 그의 형 존이 1839년에 콩코드강을 타고 메리맥강으로, 다시 메리맥강을 거슬러 뉴햄프셔주 맨체스터를 지나갔던 여정을 되짚어보는 글을 마감 중이었다. 그 원고와 최초 교정쇄에는 (전후 맥락과 기묘하게 동떨어진) 이런 문장이 있었다.

3-4개월간 밤마다 잠자리에 들 때면 맨체스터의 웃음소리가 귓가에 울렸다. 카누를 밀고 껑껑 언덕을 오르는 우리를 그 계단에 앉아 구

경하며 포복절도하는 맨체스터리언Manchesterian들의 합창이었다.

메리 노리스는 이 교정지에 이렇게 적었다. "맨큐니언Mancunians〔맨 체스터 사람〕은 어떠세요?"

마치 그가 내게 희귀한 금화 한 닢을 건네준 것 같았다. 그로부 터 5년 뒤 잉글랜드 맨체스터의 라크로스에 대한 글을 쓰게 되었을 때, 나는 '맨큐니언'이라는 단어를 짤막한 단락 하나에 세 번이나 집 어넣었다. 그건 이제껏 내가 들어본 것 중에 두 번째로 근사한 데모님 demonym*으로, 바이솔레타노Vallisoletano〔바야돌리드 시민〕에 거의 필적 했다. 물론 지구는 데모님으로 가득 차 있으므로, 메리 노리스와 이 주 제를 놓고 대화하며 전 세계를 샅샅이 뒤져본 뒤로 나는 상당히 까다 롭게 선별된, 매우 주관적인 A급 리스트를 늘려나가기 시작했다. 이 글을 쓰고 있는 현재는 맨큐니언과 바이솔레타노 외에도 울프루니언 Wulfrunian〔울버햄프턴〕, 노보캐스트리언Novocastrian〔뉴캐슬〕, 트리플루비 언Trifluvian〔트루아리비에르〕, 리어덴시언Leodensian〔리즈〕, 미니애폴리탄 Minneapolitan〔미니애폴리스〕, 하틀퍼들리언Hartlepudlian〔하틀풀〕, 리버퍼들 리언Liverpudlian〔알다시피 리버풀〕, 핼리고니언Haligonian〔핼리팩스〕, 바르소 비언Varsovian〔바르샤바〕, 프로비덴션Providentian〔프로비던스〕, 트리덴티노 Tridentine〔트렌트〕까지 포함하여 35개가 더 추가된 상태다.

---

* 특정 지역 사람을 가리키는 고유의 명칭.

*

편집자 행세보다 더 어리석은 짓도 가능하다. 학생들의 편집자 역할을 하면서, 나는 학생과 일대일로 마주앉아 학생이 쓴 글을 콤마 하나까지 뜯어본다. 내가 학생들에게 말하는 내용의 상당 부분은『뉴요커』의 신뢰할 만한 오케이어들한테서, 또한 프린스턴중학교의 바살러뮤 선생님부터 패러, 스트로스 앤드 지루의 카르멘 고메스플라타에 이르는 다양한 사람들한테서 조금씩 터득한 것이다. 때로는 이렇게 교열 용어와 말투를 익힌 학생들이 밖에 나가서 룸메이트의 글을 교열해주기도 한다. 이것이 논쟁으로 이어져서 다툼을 해결해달라는 부탁을 받은 적도 있다. 내 이름은 스트렁크*가 아니고 나도 편집자의 도움을 받는 입장에 불과하지만, 그래도 하는 데까지는 한다. 이를테면 최근에는 그런 두 학생이 뭘 둘러싸고 옥신각신하게 되었는지 상상해보시라ㅡ바로 'attorney general(검찰총장)'의 복수 소유격이었다. 다음과 같은 질문이 내게 이메일로 들어왔다. "두 명 이상의 검찰총장이 다수의 차를 가지고 있다고 할 때, '검찰총장들의 차들the attorney[ ] general[ ] car[ ]이 모두 나란히 주차되어 있었다'라는 문장에서 괄호를 어떻게 채워야 할까요?"

웹 II와 랜덤하우스 사전은 'attorneys general'과 'attorney

---

*영작문의 고전인『영어 글쓰기의 기본』의 저자 윌리엄 스트렁크.

generals'가 둘 다 'attorney general'의 복수형이라고 단호히 말하고 있다. 그리하여 나는 법복을 입고 판사석에 앉아 의사봉을 땅땅 치며 이렇게 말했다. "두 복수형이 동등하다고 인정한다면, attorneys general's cars라고 쓰지 않고 응당 attorney generals' cars라고 써야 할 것이다. 그 이유는 명백하다(말의 형태와 소리에 대한 감각이 어딘가에서 발휘되어야 하는바, 그러지 못하는 필자는 나사가 한두 개 빠진 것이다)." 나라면 어떻게 할까? 둘 다 아니다. 나라면 'the cars of the attorneys general'이라고 쓸 것이다. 하지만 이건 단순한 선택의 문제다.

내 작업실은 캠퍼스 건물 지붕 위에 가짜 중세 양식으로 지은 망루 안에 있다. 밖에 나와서 돌아다니다가 친구들과 마주칠 때면 그들은 내게 이렇게 묻곤 한다. "요즘은 뭐에 대해 쓰세요?" 내가 자주 밖에 나와서 돌아다니지 않는 한 가지 이유다. 매번 질문에 대답하는 앵무새―첫 번째 초고를 쓰고 있을 때는 초조하고 심기가 불편한 앵무새―가 된 듯한 기분이다. 몇 년 전에는 이 질문에 한 단어로 답해도 되는 드문 사치를 누리기도 했다.

"요즘은 뭐에 대해 쓰세요?"

"분필Chalk*이요."

"분필이요?"

"네, 분필이요."

---

*백악이라는 뜻도 있다.

283

이건 효과가 있었다. 이 한 단어만으로도 더 이상의 호기심을 사그라뜨리기에 충분했다.

하지만 친딸이 보내온 편지에 같은 질문이 들어 있을 때 답을 한 단어로 뭉개버리는 건 현명치 못한 일이다. 일례로, 당시 앨프리드 A. 크노프 출판사의 수습편집자로 일하던 제니가 요즘 뭐에 대해 쓰냐고 천진하게 물어왔을 때 나는 이런 답장을 썼다.

"사랑하는 제니, 요즘 뭐에 대해 쓰냐고? 어떻게 돼가고 있냐고? 네가 물었으니 말이지만, 지금 쓰는 글에 영 자신이 없단다. 시도해선 안 될 것 같은 일을 너무 많이 시도하고 있어. 시간선이 두 방향으로 흐르는 데 일체의 동사 시제가 여기 엉키지 않게끔 하면서, 한편으로는 현재 시제가 주는 현장감을 살리기 위해 현재 시제를 써야만 해. 이 글의 줄거리는 안팎이 뒤집혀 있어. 이 글에 나오는 배처럼 이 글의 선체에도 금이 간 것 같다. 게다가 아직 거의 시작도 못 했어. 4개월하고도 9일 동안, 도합 대략 1000시간 가까이 모니터를 노려보았으면 이제 됐다. 나는 낚시나 하러 가련다."

1950년대에 『타임』 매거진에서 '미셸러니Miscellany'라는 칼럼난은 신입 필자들이 담당하는 코너였다. 신문과 통신사 기사에서 주워모은 한 문장짜리 이색 단신들로 채워진 '미셸러니'는 한 면의 3분의 1을 차지하며 사다리처럼 길게 실렸고, 단신마다—전통적으로 거의 언제나 동음이의어 말장난을 활용한—제목이 붙어 있었다. 필자들은 여기서 오래 버티지 못했고 그럴 생각도 없었지만, 내가 들어온 직후 공교롭게도 신규 채용이 동결되어 내 등 뒤에서 문이 닫히는 바람에 나는 장장 1년 반 동안 '미셸러니'를 쓰게 되었다. 대략 합쳐서 한 문장짜리 기사 약 1000개 꼭지, 즉 1000개의 동음이의어 말장난을 쓴 셈이다.

그중 딱 하나만 예를 들어 보여주겠다. 어떤 사람이 디트로이트 시가지에서 자전거를 타고 가다가 핸들을 쥔 채로 잠들어버렸다. 이 기사에 내가 붙인 제목은 「투 타이어드Two Tired」였다.*

작가가 젊을 때 '미셀러니' 같은 곳을 한번 경험하고 나면, 글에 말장난을 섞는 습관을 수십 년간 끊을 수 있다. 말을 가지고 장난을 치기란 너무나 쉽다. 나는 1965년 『뉴요커』에 합류하면서 말장난과 결별했다. 재발을 겪지 않은 건 아니었다. 1970년대에 넘긴 한 원고에는 너무 구려서 지금은 기억도 안 나는 말장난을 넣기도 했다. 내 담당 편집자였던 로버트 빙엄은 이렇게 말했다. "이건 들어내야 될 것 같아요."

그 뒤에 이어진 대화는 내가 그에 대해 쓴 추모 기사의 일부분이 되었다.

나는 말했다. "사람이 어쩌다 한 번은 말장난을 칠 권리가 있죠. 좀 추잡해질 수도 있고요." 그가 말했다. "이 구절은 글의 나머지 부분과 격이 안 맞아서 부적절한 것 같아요." 내가 말했다. "그럴지도 모르지만, 저는 그냥 뒀으면 좋겠어요." 그가 말했다. "그러시죠. 어차피 당신 글이니까요." 이튿날 그는 이렇게 말했다. "내 생각이 변함없다는 걸 말해두어야 될 것 같아요. 당혹스러운 구절이에요." 내가 말했다. "저기요, 로버트, 그것에 대해서는 우리 얘기 끝냈잖아요. 또 웃기고요. 저는 쓰고 싶어요. 이것 때문에 누가 곤란해진다 해도 곤란해지는 사람은 저고요." 그는 말했다. "그럼 좋아요. 전 모르는 일입니다." 그

---

*바퀴가 둘이라는 뜻이지만 '너무 피곤하다'라는 뜻의 'Too Tired'와도 발음이 같다.

이튿날, 나는 그에게 찾아가서 말했다. "그 농담 말인데요. 그냥 지우죠. 아무래도 빼야 될 것 같아요." "그러시죠." 그는 이렇게 말하면서도 득의양양한 기색이라곤 조금도 내비치지 않았다.

윌리엄 숀은 내가 『뉴요커』에 제출한 두 번째 글가지만 손수 편집하고 그 뒤로는 나를 빙엄에게 넘겼다. 『리포터The Reporter』의 편집국장이던 빙엄이 『뉴요커』로 갓 옮겨왔을 때였다. 나는 시외에서 통근했고 잡지사보다 집에서 일하는 시간이 더 많았다. 숀이 「오렌지」라는 4만 단어 분량의 원고를 빙엄에게 넘겼을 때 나는 아직 빙엄을 만나본 적도, 그에 대해 들어본 적도 없었다.

그로부터 1년 전 나는 미스터 숀에게 오렌지라는 주제로 논픽션 기사를 써도 괜찮을지 물어봤었다. 그는 특유의 가냘픈 쇳소리로 이렇게 말했다. "오." 잠시 침묵이 흐른 뒤, "오, 그럼요." 이게 그가 말한 전부였다. 하지만 그것만으로도 충분했다. 나는 '전속 필자'로서 기본적으로 봉급을 받지 않는 프리랜서였으므로 그가 대준 경비로 플로리다에 갔다. 왜 오렌지였냐고? 펜실베이니아 기차역에 오렌지를 잘라 주스를 짜주는 자판기가 있었기 때문이다. 나는 마치 소금을 핥으러 가는 짐승처럼 정기적으로 이 자판기를 찾았다. 그런데 겨울을 나는 사이에 이 주스가 옅은 색에서 짙은 색으로 변하는 것 같았다. 외견상 똑같이 생겼지만 명칭이 제각각인 오렌지 네 개를 보여주는 광고를 어딘가에서 본 기억도 있었다. 내가 플로리다에 간 목적은 그 이유를 조사하고 당시 『뉴요커』의 논픽션 기준보다 짧은—1만 단어 미만 분량의—글을 쓰는 것이었다. 나는 앨프리드 호숫가의 포크 카운티에 있는 플로리다 대 감귤 시험장에 우연히 들르게 되었다. 고립된 다섯 동의 건물을 둘러싸고 광대한 농원이 펼쳐진 곳이었다. 이 건물에는 오렌지를 전공한 박사 수십 명이 있었다. 또 감귤 도서관도 있었는데, 여기 소장된 수십만 권의 간행물은 주로 과학 논문이었지만 박사학위 논문과 6000권의 단행본도 포함되었다. 이때 이곳에서 내 프로젝트는 애초 계획보다 대폭 확대되었다. 집에 돌아와서 여러 달이 흐른 뒤에 나는 원고를 제출했다. 미스터 숀은 이 원고를 수락하면서, 게재하기 전에 조금 압축할 필요가 있을지도 모르겠다고 부드럽게 귀띔했다.

미스터 숀은 미스터 빙엄에게 교정쇄 몇 장 분량의 정보만 취하고 나머지는 내버리라고 지시했던 듯하다. 어쨌든 뉴저지의 집으로 배달된 결과물은 충격 그 이상이었다. 봉투는 커다랬지만 엽서 한 장보다도 얇았다. 빙엄이 압축한 원고를 훑어본 나는 사무실로 전화를 걸어 미스터 숀을 만날 수 있느냐고 묻고는 기차를 타고 시내로 향했다. 숀은 심지어 까마득히 작은 나보다도 더 키가 작았지만, 일단 그를 둘러싼 해자를 건너 그의 존재감 밑으로 들어가면 책상 너머로 위협적인 권위를 발산했다. 나는 처량한 말투로 불쑥 내뱉었다. "미스터 빙엄이 제가 쓴 글의 85퍼센트를 삭제했던데요?"

숀: (믿을 수 없다는 듯, 자기는 아무것도 몰랐다는 듯 눈을 휘둥그레 뜨며) "그랬어요?"

나는 그렇다고 했다.

그는 내가 미스터 빙엄과 만나 이야기를 나누어보는 게 좋겠다고 했다. 자리를 주선하겠다며, 엄하고 과묵한 자신의 비서 메리 페인터로부터 연락이 갈 것이라고 했다.

닷새 후 미스터 빙엄을 만나러 다시 시내로 들어왔다. 펜실베이니아 기차역에서 그를 미워하며 주스를 마셨던 기억이 난다. 플로리다의 오렌지주스 농축 공장에는 푸드머시너리코퍼레이션FMC 사에서 만든 단형압착기short-form extractor라는 기계가 있었다. 나는 빙엄을 단형압착기라고 생각하며 여러 해 동안 그를 이따금 그렇게 부르곤 했다. 그는 복도를 지나 잡지사의 내 방으로 찾아왔다. 한 필자가 '잠 오는 구멍 Sleepy Hollow'이라는 별명을 붙인 필자들의 조막만 한 공간들이 한 줄로 늘어선 곳이었다. 내 방 문간에 들어선 서글서글해 보이는 남자는 실제로 잘생긴 외모에 새파란 눈빛, 이리저리 흔들리는 나비넥타이, 밝은 갈색의 곱슬머리, 그리고 진실한 콧수염을 하고 있었다. 이런 상황만 아니었다면 대뜸 호감을 주는 타입이었다. 그는 어떻게 대화를 시작해야 될지 모르겠지만, 내게 보내준 교정지에 원하는 내용을 다시 추가했으면 좋겠는지, 아니면 처음 원고부터 다시 시작해서 뭘 뺄지를 논의했으면 좋겠는지 듣고 싶다고 말했다.

그는 나와 닷새 동안 이야기를 나누었다. 이리하여 2회에 걸쳐 연재할 만큼의 원고가 복구되었지만, 전체가 복구된 건 결코 아니었다. 감귤류는 일차적으로 감귤류이고, 이차적으로 발렌시아스위트오렌지

혹은 워싱턴네이블오렌지다. 감귤류의 성생활은 굉장하다. 라임 씨앗한 개를 심었을 때 여기서 금귤이 열릴 수도 있고, 같은 확률로 광귤이열릴 수도 있다. 러프레몬이나 탄제린은 말할 것도 없다. 이 모두가 「페르시아라임 묘목 간의 특질 차이Character Differences Among Seedlings of the Persian Lime」라는 과학 논문에 기술되어 있다. 누군가의 700쪽짜리 가족사에 붙이기에 완벽한 제목이다. 또한 이는 테마들이 연관 테마들로가지를 치며 내 원고를 이만한 분량으로 늘려놓은 여러 원흉 중 하나이기도 했다.

글쓰기는 선별이다. 글을 시작만 하려 해도 언어에 존재하는 100만여 개의 단어 중에 한 단어, 딱 한 단어를 택해야 한다. 이제 앞으로나아간다. 다음 단어로는 뭐가 올까? 다음 문장, 다음 단락, 다음 절,다음 장은? 다음 사실 꾸러미는? 이렇게 무엇을 넣을지 선택하고 무엇을 안 넣을지 결정한다. 기본적으로 작가에게는 한 가지 기준만이 있을 뿐이다. 내 흥미를 끄는 건 넣고, 내 흥미를 끌지 않는 건 안 넣는다는 것. 비록 투박한 평가 방식이지만 이것이 여러분이 가진 전부다. 시장 조사는 잊어라. 무슨 글을 쓸지에 대해 절대 시장 조사를 하지 마라. 가는 길에 도사린 온갖 중단, 재출발, 망설임, 기타 장애물을 뚫고나갈 수 있을 만큼 흥미를 가진 주제에 대해 써라.

이상적으로, 글 한 편의 분량은―더도 덜도 말고―그 글에서 택한재료로 뒷받침할 수 있는 만큼이 적당하다. 내 프로젝트의―대부분까지는 아니더라도―다수는 『뉴요커』의 「장안의 화제The Talk of the Town」

라는 섹션에서 착안하여 시작되었고, 그중 상당수는 훨씬 많은 분량으로 성장했다. 1970년대에 나는 1000단어짜리 글을 쓸 생각으로 한 실험용 항공기의 시험 비행을 지켜보았다. 그런데 이 시험 비행이 횟수가 늘고 변화를 거치며 여러 해에 걸쳐 계속되었다. 또 이 시험을 배경으로 풍부한 인물 군상이 연이어 등장했다. 또한 펼쳐지는 이야기가 극적인 플롯과 유사한 자연스러운 구조를 갖추게 되었다. 그리하여 최종적으로 나온 글은 5만5000단어로 3회에 걸쳐 연재되기에 이르렀다. 그로부터 7년 전에 쓴 「오렌지」도 같은 방식으로 성장했지만, 그때는 내 선별 능력도 좀더 성장해야 했다. 빙엄은 자신이 잘라낸 많은 부분을 복원한 (그리고 손에게 우리가 하는 일을 납득시킨) 뒤에도 본문의 상당량은 여전히 구제불능이라는 견해를 굽히지 않았다. 심지어 내가 보기에도 이 잡지의 목적에 비추었을 때는 그가 옳았다. 4-5개월 뒤 이 글을 책으로 출간하기 위해 준비하면서, 나는 이제 절친해진 미스터 빙엄에게 최초 원고에서 어느 부분을 추가로 복원하고 어느 부분을 버릴지 고르는 걸 도와달라고 부탁했다. 다시 말하자면 나는―감귤 과학자, 감귤 재배농, 부유한 주스 농축왕들은 말할 것도 없고―감귤 시험장 도서관에 너무나 매혹된 나머지 생략의 이점을 놓치고 말았던 셈이다.

*

1997년작 『리아의 나라』로 전미도서비평가협회상을 받으며 논픽션 글쓰기의 잠재력을 보여준 바 있는 앤 패디먼은 예일대학교에서 글쓰기를 가르치고 있다. 몇 년 전 그는 자신이 아는 여러 작가에게 이메일을 보내, 자기 학생 중 한 명이 딱 한 가지 질문을 한다면 대답해줄 수 있는지 물었다. 누가 이 부탁을 거절할 수 있겠는가? 이후로 나는 그의 학생들에게 답장을 써주고 있다. 이를테면 미나미 후나코시가 보내온 질문은 내 책『파인배런스The Pine Barrens』와 타르지로 지붕을 덮은 판잣집에 사는 두 사람에 대한 것이었다. 미나미는 이렇게 썼다. "이 이야기에서 선생님은 프레드와 빌의 목소리와 개성까지 포착한 인용구를 많이 넣었습니다. '들어오슈, 들어와, 아 들어오라니깐'과 '올해는 도배를 안 했어. (…) 두 달 전부터 축농증이야'는 제가 가장 좋아하는 인용구 중 일부죠. 제가 궁금한 것은―이야기에 넣었으면 좋겠는 인용구를 들으면 그 자리에서 바로 아시나요, 아니면 주로 나중에 노트를 뒤져 발굴하시나요?"

친애하는 미나미―작가이자 글쓰기 선생으로 지내는 동안 취재와 작문 과정에 대한 질문을 숱하게 받았지만, 이렇게 근본적인 질문은 여태껏 받은 적이 없군요. 답을 쓰기 위해 잠깐 생각을 해봐야 했어요. 나는 이야기에 넣으면 좋을 만한 인용구를 들으면 그 자리에서 바로 안답니다. (…) 인터뷰를 하면서 끊임없이 적지만, 아무 생각 없이 적는 것만은 아닙니다. 글쓰기는 선별이죠. 실제 작문의 첫 문장, 첫 단어부터 작가는 (가장 중요하게는) 무엇을 뺄지를 선별하고 선택하고 판단하고 있어요. 인터뷰 노트를 적는 동안에도, 비록 그 방식은 더 광범위하고 덜 효율적일지언정, 똑같은 일이 이루어지고 있답니다. 나는 나중에 글을 쓸 때 유용해질 낌새가 조금이라도 느껴지는 것은 모조리 적습니다. 또 현장에서는 계속 배우는 과정에 있고 나중에 어떤 글이 나올지 모르기 때문에, 최종적으로 쓰게 될 것의 한 열 배 정도를 퍼담아요. 하지만 프레드 브라운이 "들어오슈, 들어와, 아 들어오라니깐"이라고 했을 때는 들어가 앉자마자 그 말을 받아 적었어요. 노스트라다무스가 아니라도 그의 특이한 인사법이 유용하리라는 것 정도는 감지할 수 있죠. 마찬가지로 도배와 축농증 운운하는 말도 받아 적지 않고는 배길 수 없었고요. 사실에 기반한 글이란 일종의 보물찾기이기도 해요. 금덩어리가 굴러들면 모를 수가 없죠. 이 금덩어리가 도입부와 결말, 심지어는 제목까지도 더러 제공하곤 한답니다. 알래스카 내륙의 외지인들은 흔히 언제 '이 땅에 들어왔나came into the country'를 기준으로 서로에 대해 이야기합니다. 이 구절은 거의 호칭기도처럼 너무나 자주 반복되고 나도 너무나 많이 들어서, 『그 땅으로 들어가며』를 집필하기 오래전부터 제목이 이미 정해져 있었어요. 보통 제목을 정하는 일은 대단히 어렵기 마련인데 드물게 운이 좋은 경우였답니다.

*

우디 앨런은 『뉴요커』에 30-40여 편의 글을 기고했는데, 그중 첫 번째 글은 담당 편집자인 로저 에인절이 보기에 웃기는 구절이 과도하게 많이 들어가 있는 것 같았다. 그는 앨런에게, 농담이 그 각각은 꽤나 재미있을지 몰라도 너무 많이 누적되면 전체적인 효과를 떨어뜨리는 경향이 있다고 말했다. 따라서 그중 일부를 생략하면 유머가 개선될 것이라고 지적했다.

조각가들은 재료의 삭제를 그들 특유의 비유적인 방식으로 이야기한다. 미켈란젤로: "대리석이 작아지면 작아질수록 조각은 커진다." 미켈란젤로: "모든 돌덩이 안에는 조각상이 숨어 있다. 그것을 발견하는 것이 조각가의 일이다." 미켈란젤로: (대략의 의미를 인용하면) "나는 다만 잉여인 것을 제거할 뿐이다." 이때 우리는 그가 6톤짜리 카라라 대리석, 나무망치, 끝이 뾰족한 끌, 정, 톱니끌, 갈퀴끌, 줄, 물결형 줄, 잔 다듬메와 함께 있는 모습을 상상할 수 있다.

그리고 우리는 필연적으로, 어니스트 헤밍웨이와 빙산의 일각—세계에서 가장 유서 깊은 클리셰를 가지고 비평 이론을 만들어내는 법—에 다다르게 된다. "산문 작가가 자신이 쓰는 것에 대해 충분히 안다면 아는 내용을 생략할 수 있으며, 충분히 진실되게 쓰고 있다면 독자에게는 이렇게 생략된 내용이 작가가 말한 것만큼이나 강렬하게 느껴질 것이다. 빙산의 움직임이 갖는 위엄은 그것의 8분의 1만이 물 위에 나와 있다는 데 바탕한다." 이 두 문장은 헤밍웨이의 논픽션 저서인 『오후의 죽음』(1932)에 실린 것이다. 이는 픽션에도 손쉽게 적용된다. 헤밍웨이는 이 개념을 '생략 이론Theory of Omission'이라고 부르기도 했다.

그는 1958년 『파리 리뷰』와의 '소설의 기술Art of Fiction' 인터뷰에서 조지 플림프턴에게 이렇게 말했다. "작가 자신이 아는 것이라면 제거해버려도 되며 이는 작가의 빙산을 더 강하게 만들어줄 뿐입니다." 그는 다음과 같은 예시를 들었다. "나는 청새치의 짝짓기를 본 적이 있어서 그것에 대해 잘 알아요. 그래서 그걸 생략했죠. 또 같은 해역에서 50마리가 넘는 향유고래 떼를 본 적이 있고 한번은 길이가 60피트에 가까운 향유고래를 작살로 찔렀다가 놓친 적도 있어요. 그래서 그것도 생략했어요. 내가 어촌 마을에서 보고 들어 아는 이야기는 모조리 생략했어요. 하지만 바로 이런 지식이 수면 아래 잠긴 빙산의 일부를 만들어주는 겁니다."

다른 말로 하자면 이렇다.

우선 알려진 앎이 있습니다. 즉 우리가 알고 있음을 아는 것이죠. 또한 우리는 알려진 무지라는 것도 있음을 압니다. 다시 말해 우리는 우리가 모르는 것이 있다는 걸 알지요. 하지만 알려지지 않은 무지라는 것도 있습니다. 우리가 모른다는 것을 모르는 것입니다.*

그렇다. 어니스트 헤밍웨이의 영향력이 펜타곤까지 미친 듯하다. 그렇든 말든, 어니스트 헤밍웨이의 생략 이론은 작가들에게 "물러

---

*2002년 당시 미국 국방장관 도널드 럼즈펠드가 기자회견에서 한 말이다.

서, 창조는 독자의 몫으로 남겨둬"라고 말하고 있는 듯 보인다. 예를 들어 독자가 가을 풍경의 전모를 자기 마음의 눈으로 볼 수 있게 하려면 작가는—옥수수 노적가리, 꿩, 이른 서리와 같은—몇몇 단어와 이미지만 전달하면 된다. 창의적인 작가는 장과 장 사이, 절과 절 사이에 여백을 남긴다. 창의적인 독자는 이 여백에 나타난, 적히지 않은 생각을 침묵 속에서 명료화한다. 이 경험을 독자의 몫으로 남겨라. 판단을 보는 이에게 맡겨라. 무엇을 뺄지를 결정할 때는 우선 저자부터 빼라. 주제와 독자 사이를 활보하고 다니는 자신의 모습이 눈에 띈다면, 그 자리에서 꺼져라. 창의적인 독자가 운신할 수 있는 공간을 주어라. 다시 말해 그것이 자신의 전부일수록 그것을 빼라.

'창의적 논픽션creative nonfiction'은 요즘 전성기를 맞은 용어다. 내가 대학에 다니던 시절에 이 두 단어를 붙여서 쓰는 사람이 있었다면 아마 코미디언이나 바보 취급을 받았을 것이다. 오늘날 창의적 논픽션은 같은 대학교에서 내가 가르치고 있는 강의의 제목이다. 강의에 제목을 붙여야 했을 때 나는 당시 피츠버그대에서 리 굿카인드가 편집·발행하던 계간지의 제호를 따왔다. 이 제목은 논픽션이 뭐가 창의적인가 하는 명백한 질문을 제기한다. 질문에 답하려면 꼬박 한 학기가 소요되겠지만 그 몇 가지 요점은 이렇다. 창의성은 작가가 쓰고자 택한 것, 그것을 시작하는 방식, 그것을 제시하는 방식, 사람들을 묘사하고 그들을 인물로서 발전시키는 기법과 솜씨, 산문의 리듬, 작문의 무결성, 글의 해부 구조(글이 일어나서 스스로 걸어다니는가?), 수집한 자료 속에 존재하는 이야기를 끄집어내어 들려주는 능력 등에 있다. 창의적 논픽션은 없는 걸 지어내는 게 아니라 가진 걸 최대한 활용하는 것이다.

*

『타임』에서 일할 때, 마침내 '미셀러니'에서 벗어난 뒤에는 잡지 뒷부분의 '쇼 비즈니스'라는 섹션을 5년간 썼다. 보통 이 섹션은 평균 약 900단어 길이의 짧은 기사 서너 꼭지로 구성되었다. 다 쓴 기사는 압축 공기를 이용한 수송관에 한 꼭지씩 넣어 보냈다. 되돌아온 기사에는 선임 편집기자의 이니셜과 더불어 그가 수정한 사항이 적혀 있었다. 그럼 나는 종이를 들고 자리에서 일어나 선임 편집기자의 사무실로 가서, 빙빙돌려 불평을 제기했다. 어쩌면 추가 수정이 뒤따를 수도 있었다. 그런 다음에 기사는 편집국장한테 올라갔다. 대개는 별다른 소란 없이 선임 편집기자의 이니셜 옆에 편집국장의 이니셜이 적혔지만 항상 그런 건 아니었다. 마침내 기사는 두 이니셜이 그대로 적힌 채 '조판' 부서로 넘어갔다. 이 부서의 직원들은 꼿꼿이 기사로 일했어도 잘했을 것이다. 그 시절의 『타임』은 경쟁지인 『뉴스위크』와 달리 절대 정해진 분량을 할당하지 않고 기사가 완성될 때까지 기다렸다가 지면에 맞추어 잘라냈기 때문이다.

나흘간 기사를 준비·작성하고—나흘째에는 늘 밤을 새우다시피 하고—국장과 선임 편집기자의 요청, 요구, 자잘한 조언, 도무지 이해하기 힘든 제안 등에 맞추어 기사를 수정해 넘긴 뒤, 닷새째 날에 출근하면 이제 조판부에서 보내온 교정쇄가 기다리고 있다. 이 교정쇄에 적힌 '그린 5' '그린 8' '그린 15' 등의 메모는 기사를 지면에 맞추기 위해 본문을 5줄, 8줄, 15 줄이라는 지시였다. 녹색 연필로 삭제 표시를 하는 건, 혹시 지면이 바뀌어 자리가 생길 경우 도로 살려낼 부분을 조판부에서 판별할 수 있게끔 하기 위해서였다. 내가 기억하는 한 그랬던 적은 없지만.

아무리 앓는 소리를 내더라도, 거의 모든 기사를 이렇게 그리닝 greening해야 했다. 그리닝은 완성되고 승인까지 떨어진 결과물, 이미 '끝낸' 기사를 다시 뜯어보며 무엇을 뺄 수 있을지 궁리하는 일로서 그 자체로 하나의 기술이었다. 『뉴요커』 조판부에서 기사를 지면에 맞추기 위해 내게 몇 줄을 빼달라고 부탁한 적은 50년 동안 한 번밖에 없었다. 『뉴요커』는 넣거나 뺄 수 있는 작은 삽화, 규격이 다양하고 조절 가능한 카툰, 그 자리에 있어도 그만 없어도 그만인 시 등을 가지고 유연성을 발휘할 수 있다. 어떤 글은 1-2주, 혹은 6개월까지 기다려야 될 때도 있지만 결국에는 맞는 지면을 찾아 자리를 잡는다. 하지만 그리닝은 여전히 내게 친숙한데, 대학에서 글쓰기 강의 수강생들에게 40년째 이걸 시키고 있기 때문이다. 나는 산문 9-10편에서 발췌문을 뽑아 복사한 뒤 '그린 3' '그린 4' 등을 표시해서 학생들에게 나눠준다.

'그린 4'는 맨 끝의 네 줄을 기계적으로 쳐내라는 뜻이 아니다. 그만큼의 분량을 삭제하되 뭐가 삭제되었는지 표시가 안 나게끔 하라는 것이다. 이 일을 하기가 좀더 쉬운 작가도 있고 어려운 작가도 있다. 이는 기차의 이곳저곳에서 화물차를 빼내어 기차 전체의 길이를 줄이는 일—혹은 식물의 크기도 크기지만 더 보기 좋고 건강하게 만들기 위해 지저분한 가지를 쳐내는 일—과도 비슷하다. 저자의 어조, 태도, 성격, 문체, 개성이 손상되어서는 안 된다. 조금씩 조금씩 제거한 부분을 다 합치면 다시 설정한 글에서 총 몇 줄이 줄어들지 확인한다. 한 글자 남기widow*를 처리하면 손쉽게 한 줄을 들어낼 수 있다.

나는 학생들에게 조지프 콘래드의 『어둠의 심연』 중 한 대목, "그 강을 거슬러 오르는 것은 세계의 가장 오래된 시원으로, 초목이 땅에서 폭동을 일으키고 큰 나무들이 왕이었던 때로 돌아가는 여행과도 같았지"로 시작되는 32행을 준다. 할 수 있으면 여기서 3행을 줄여보라. 또 풀잉어tarpon를 그랜드피아노에 비유한 토머스 맥구언의 송가 한 대목(20행, 그린 3), 돌에 대한 사랑을 열렬히 천명한 어빙 스톤의 산문 한 대목(9행, 그린 1), 필립 로스의 소설에 등장하는 소설가 로노프가 집필 과정의 기계적인 권태를 강조하기 위해 이를 기계적이고 반복적인 산문으로 묘사한 대목(25행, 그린 3)도(이 문장을 줄여보라). 또한 나는 학생들에게 이 강의의 과제물로 썼던 첫 세 편의 글을 찾아보고, 그중 자기가 하고 싶은 한 편을 골라 분량을 10퍼센트 줄여보라고도 시킨다. 그리고 게티즈버그 연설 전문(25행, 그린 3)을 준다. 미국인이라면 친숙하

---

*단락 끝줄에 홀로 떨어져 있는 한 단어.

게 외우고 있는 글인 만큼 물론 줄이기 어렵지만 불가능한 일은 전혀 아니다. 일례로 아홉 번째 문장의 뒷부분과 열 번째 문장의 앞부분을 지우면, 9번의 머리 부분과 10번의 긴 꼬리 부분을 붙이고 스물네 단어를 들어낼 수 있다. 간결하기로 유명한 이 에이브러햄 링컨의 글에서 9퍼센트에 해당되는 양이다.

9. It is for us the living, rather, to be dedicated here ~~to the unfinished work which they who fought here have thus far so nobly advanced~~.

10. ~~It is rather for us to be here dedicated~~ to the great task remaining before us (…)

〔9. ~~이곳에서 싸운 이들이 지금껏 이토록 고귀하게 발전시킨 미완의 과업에~~ 헌신하는 것이야말로 우리 살아있는 이들의 몫입니다.

10. 오히려 여기서 우리 앞에 남겨진 위대한 과업에 ~~헌신하는 것이 우리의 할 일입니다.~~〕

캘빈 트릴린은 『뉴요커』에서 내내 그랬듯이 『타임』에서도 내 동료였다. 그는 『뉴요커』 웹사이트에 실린 글에서 '그리닝'과 그것의 교훈을 어떻게 간직하고 있는지에 대해 썼다.

나는 말놀이에 전혀 흥미가 없다. 십자말풀이를 풀거나 스크래블*

301

을 해본 적도 없는 것 같다. 그런 내게 '그리닝'은 너무나 즐거운 퍼즐이다. 타이트하게 구성된—남아도는 사실들을 다 쑤셔넣을 자리가 없어서 미쳐버릴 정도로 타이트하게 구성된—것처럼 보였던 70줄짜리 기사가 그중 10퍼센트를 그리닝해도 손상이 없고 심지어 개선된다는 건 놀라운 일이었다. 『타임』 편집부에서 했던 그리닝 덕분에, 마감을 준비해야 할 때 거울 속의 나 자신을 향해 '그린 14' 혹은 '그린 8'이라고 준엄하게 말하기만 한다면 내가 쓴 거의 모든 글을 개선할 수 있다고 확신하게 되었다. 실제로 조만간 그렇게 해보려고 한다.

*

위스콘신주 데인 카운티 출신의 앱 디자이너—이자 록 음악 작곡가 겸 밴드 리더—인 에런 셔키는 현재 미니애폴리스에서 일하지만, 유년기를 보낸 도시인 위스콘신 주도 매디슨의 매력적인 실루엣에 크나큰 향수를 품고 있다. 이 도시는 제법 큰 두 빙하호 사이의 빙퇴석 지협 위에 세워졌다. 매디슨 도심의 호텔, 사무용 빌딩, 아파트 단지 들은 약 60미터를 넘어선 안 되며 이를 준수하여 조화로운 스카이라인을 이루고 있다. 셔키는 자신의 웹사이트에 올린 「네가 빼놓은 것It's What You

---

*알파벳이 새겨진 타일을 보드 위에 가로나 세로로 배열하여 단어를 만들어내면 점수를 얻는 보드 게임.

Leave Out」이라는 짧은 에세이에서 이 스카이라인을 묘사했다. 오직 위스콘신주 의사당의 돔만이 다른 모든 건축물보다 더 높이 솟아 있다. 마치 엘 그레코가 그린 톨레도에서 과장법을 뺀 풍경 같다. 몽생미셸만큼이나 인상적이다. 어떻게 이런 모습을 띠게 되었을까? 이 건물이 공사 중이던 1915년, 매디슨 시청은 신규 건축물이 이 돔의 기부와 의사당 정면의 코린트식 기둥보다 더 높이 올라가선 안 된다는 법령을 공포했다. 그 후로 일체의 예외도 허가되지 않았다. 호수 너머에서 바라본 풍경은 그야말로 장려하다. 뮤지션인 셔키는 영화 「올모스트 페이머스」의 각본에서 인용한 대사로 글을 끝맺는다. "네가 집어넣은 것이 아니라, 네가 빼놓은 것······ 그래, 그게 바로 로큰롤이야."

혹은 문학비평가 해럴드 블룸이 셰익스피어에 대해 쓰면서 한 말을 빌려, "그의 작품에서는 가면 갈수록, 그가 빼놓은 것이 집어넣은 것보다 훨씬 더 중요해진다. 이렇게 그는 문학을 한계 너머로 가져다놓는다".

*

대학교 2학년 때, 나는 크리스마스를 며칠 앞두고 룸메이트인 루이스 막스를 방문하기 위해 뉴욕주 스카스데일에 갔다. 그의 아버지인 (역시) 루이스 막스와 삼촌인 데이비드 막스는 1920년대에 장난감 제조사인 '루이스 막스 앤드 컴퍼니Louis Marx and Company'를 설립했다. 이제,

그러니까 1950년대에 이곳은 루이스 시니어가 즐겨 말했던 대로 "라이어널 사와 길버트 사를 합친 것보다 더 큰, 세계 최대의 장난감 회사"가 되어 있었다. 나는 A. C. 길버트 사의 이렉터 세트*로 건축물 모형을 조립하며 성장했고, 우리 집 다락방에는 라이어널 사의 O 게이지 유선형 열차 모형이 돌아다니고 있던 터라 이 말에 깊은 감명을 받았다. 또 나는 스카스데일의 크고 작은 행사에서 막스 가족의 집에 드나드는 사람들의 부류—예를 들면 오마 브래들리 장군, 커티스 르메이 장군, 월터 비덜 스미스 장군 등—에도 깊은 감명을 받았다. 제2차 세계대전이 끝난 지 불과 5년이 지난 뒤였다. 제2차 세계대전에서 5성 장군인 오마 브래들리는 독일 침공을 지휘했고, 4성 장군인 월터 비덜 스미스는 연합국 원정군 최고사령부의 참모장이었으며, 4성 장군인 커티스 르메이는 일본 폭격을 지휘한 바 있었다. 막스 사의 장난감은 독창적인 태엽 기계—작은 양철 탱크, 자동차, 소방차, 배, 14.4인치짜리 경찰 추격용 차량—들로 'M A R'에 큰 'X' 자를 겹친 로고를 달고 있었다. 아들인 루이스 주니어처럼 루이스 시니어도 순발력이 뛰어난 재담꾼이어서 그가 말하는 걸 그냥 듣고만 있어도 재미있었다. 나는 그날 늦게 뉴욕 시로 가야 했는데, 루이스 시니어는 자기도 시내에 볼일이 있다며 태워다주겠다고 제안했다. 나는 동년배들과 작별 인사를 한 뒤(당시 룸메이트의 누이 중 한 명과 데이트를 했었다), 그들의 아버지, 그리고 새어머니와

---

* 구멍이 뚫린 철제 막대를 나사로 결합하는 조립식 장난감.

함께 기사가 운전하는 타운카에 몸을 싣고 도로로 나갔다.

그러니까 지금 상황은 이렇다. 3분의 2세기가 흐른 지금, 나는 글쓰기 과정에 대한, 개중에서도 생략의 원칙에 초점을 맞춘 글에서 그날 뉴욕시로의 드라이브를 묘사하는 중이다. 나는 장난감 왕국의 군주 부처와 동행 중이었고 이 부부의 친구들은 수년 전 다양한 형태의 유럽 침공을 지휘했었다. 이걸 빼야 되나? 도와달라! 스미스 장군이 위세척을 받고서 점심 식사 자리에 늦게 나타났을 때 짓고 있던 찡그린 표정은 생략해야 할까? 나는 이 글을 읽는 게 아니라 쓰는 중이므로 뭘 놔두고 뭘 내버려야 할지 모르겠다. 자기 왕국이 라이어널과 길버트를 합친 것보다 더 크다는 호언장담―이건 넣지 말아야 할까? 한번은 미스터 막스가 그릴에 구운 스테이크를 바닥 깔개에 내던져 불독에게 먹이는 걸 본 적이 있다. 이건 얼마나 유의미한 정보일까? 빼야 되나? 그의 유가족들이 불쾌해할까? 최근 그의 증손녀가 내 대학 글쓰기 강의에 2학년생으로 들어온 적이 있다. 그의 성은 막스가 아닌 바넷이었다. 나는 그를 사전에 알지 못했을뿐더러 그의 수강 신청서를 받아보았을 때도 옛 룸메이트의 종손녀가 프린스턴에 다닌다는 사실조차 몰랐다. 이 신청서는 "선생님은 우리 할머니의 첫 키스 상대였습니다"로 시작되었다. 이건 얼마나 유의미할까? 이 부분을 잘라내야 할까? 당시 우리 프린스턴 2학년생들 사이에서는 미시즈 막스―아이델라, 내 룸메이트의 새어머니―가 릴리 세인트 시어의 동생이라는 루머가 돌았다. 당대의 스트립댄서인 릴리 세인트 시어를 아는 사람이 요즘 누가 있을까? 이게 21세기에 유효한 참조 틀일까? 빼버리는 편이 나을까? 아이델라가 댄서 출신이었다는 정보도 빼버리는 편이 좋을까? 이건 빼기에 대한 글이지 벗기기에 대한 글이 아니다. 글쓰기는 선별이다.

운전기사와 승객들 사이가 유리 칸막이로 분리되어 있어서 우리가 나누는 대화는 방음되었다. 미스터 막스는 기사를 새로 채용했다고 말했다. 그는 기사들을 6개월씩만 부리는 편이 좋다고 했다. 첫 두 달은 일을 배우는 적응 기간이다. 다음 두 달 동안은 매우 흡족하다. 그 뒤로는 물건을 훔치기 시작하고, 두 달 뒤에는 해고하게 된다는 것이었다. 제발! 이게 글의 주제와 얼마나 관련이 있는지 말해달라. 한편 차는 허친슨리버 파크웨이를 타고 내려가다가 서쪽으로 꺾어 크로스카운티 파크웨이, 남쪽으로 꺾어 소밀 파크웨이, 이어서 헨리허드슨 파크웨이를 타고 시내로 들어갔다. 차는 125번가를 지나는가 싶더니 머잖아 모닝사이드 드라이브 60번지 앞에 섰다. 이때까지 나는 막스 부부가 어디로 가는지 몰랐다. 미스터 막스는 내게 예정대로 (지하철을 타고) 다운타운으로 가기 전에 혹시 아이젠하워 장군을 만나보고 싶지 않으냐고 물었다.

이 집은 컬럼비아대학교 총장 관사였고 아이젠하워는 당시 컬럼비아대 총장으로 이곳에 거주 중이었다. 안에 들어가니 높은 천장 아래 불 밝힌 대형 크리스마스트리가 있고 그 주변으로 아이젠하워 집안 사람들이 삼삼오오 모여 있었다. 소개가 모두 끝난 뒤, 미스터 막스와 아이젠하워 장군은 엘리베이터로 발길을 옮겼다. 건물 꼭대기인 6층에는 아이크*가 그림을 그리는 화실이 있었다. 알고 보니 미스터 막스는 아이크에게 선물로 받을 그림을 고르기 위해 그를 찾은 것이었다. 메리 크리스마스. 미시즈 막스는 미시즈 아이젠하워와 함께 아래층에 머물렀다. 미스터 막스와 아이젠하워 장군은 내게 따라오라고 했다. 우리 셋은 화실로 올라갔다. 자연광이 환하게 드는 널찍한 다락이었다. 아이크는 완성된 그림 여섯 점을 가져다 미스터 막스가 보고 고를 수 있게끔 일렬로 세워놓았다. 방 한가운데의 이젤에는 아이크가 현재 작업 중인 미완성 정물화가 놓여 있었다. 빨간 체크무늬 식탁보를 덮은 사각 테이블과 그 위에 놓인 과일 한 대접—사과, 자두, 배, 그 위에 얹힌 포도송이—을 보고 그린 그림이었다. 미스터 막스는 잠시 그림을 살피더니 화장실에 좀 다녀와야 될 것 같다고 했다. 영리하게도 나중에 그가 최종적으로 고른 그림은 연병장 너머로 바라본 미 육군사관학교 본관을 묘사한 큼직한 캔버스였다. 한편 아이크는 그에게 화장실이 아래층 어디에 있는지를 일러주었다. 미스터 막스는 엘리베이터를 타고 사라졌다.

이제 화실엔 아이젠하워 장군과 나, 단둘이 남았다. 열아홉 살짜리 대학생인 내가 여전히 어깨에 별 다섯 개의 잔상이 어른거리는 그와 대체 무슨 할 말이 있었을까. 이건 나보다 그쪽의 문제에 더 가까웠지만, 그에게는 문제가 아니었다. 그는 빨간 체크무늬 식탁보와 과일 대접에 대해 이야기하기 시작했다. 딱 이런 모양의 식탁보가 캔자스주 애빌

---

*아이젠하워의 애칭.

린에서 성장하던 시절 자신의 세계를 상징하는 물건이며, 그래서 지금 하는 작업이 자신에게 큰 의미가 있다고 설명했다. 정물은 상당히 진행되어 있었다—사과, 자두, 배가 능숙한 솜씨로, 하이라이트가 적절히 표현되어 그려져 있었다. 그때까지 잔뜩 긴장해서 입이 떨어지지 않던 내게 마침내 물어볼 말이 떠올랐다. 그림이 후반 작업 단계에 이르렀는데도 여기에는 포도가 그려져 있지 않았다.

내가 말했다. "왜 포도는 빼셨나요?"

아이크가 대답했다. "그리기가 더럽게 어렵더라고."

옮긴이 유나영

서울대학교 고고미술사학과를 졸업하고 출판사에서 편집자로 일했다. 옮긴 책으로 윌리엄 어원 등의 『심슨 가족이 사는 법』, 조지 레이코프의 『코끼리는 생각하지 마』, 하름 데 블레이의 『왜 지금 지리학인가』, 리처드 플래너건의 『굴드의 물고기 책』 등이 있다. 개인 블로그 '유나영의 번역 애프터서비스lectrice.co.kr'에서 오탈자와 오역 신고를 받고 있다.

네 번째 원고

논픽션 대가 존 맥피, 글쓰기의 과정에 대하여

ⓒ 존 맥피

1판 1쇄	2020년 4월 17일
1판 3쇄	2020년 6월 23일

지은이	존 맥피
옮긴이	유나영
펴낸이	강성민
편집장	이은혜
책임편집	박은아
디자인	이효진
마케팅	정민호 김도윤 고희수
홍보	김희숙 김상만 오혜림 지문희 우상희 김현지
독자모니터링	황치영

펴낸곳	(주)글항아리 | 출판등록 2009년 1월 19일 제406-2009-000002호

주소	10881 경기도 파주시 회동길 210
전자우편	bookpot@hanmail.net
전화번호	031-955-2696(마케팅) 031-955-2663(편집부)
팩스	031-955-2557

ISBN	978-89-6735-766-5 03800

• 이 도서의 국립중앙도서관 출판예정도서목록(CIP)은 서지정보유통지원시스템 홈페이지 (http://seoji.nl.go.kr)와 국가자료종합목록 구축시스템(http://kolis-net.nl.go.kr)에서 이용하실 수 있습니다. (CIP제어번호 : CIP2020013813)
• 잘못된 책은 구입하신 서점에서 교환해드립니다.
• 기타 교환문의 031-955-2661, 3580

www.geulhangari.com

우리 시대의 가장 존경받는 논픽션 내러티브 저널리스트인 존 맥피를 추종하는 이들에게 『네 번째 원고』의 정연한 산문은 호사스런 진수성찬일 것이다. (…) 모든 작가가 기억해야 할 말들이 도처에 깔려 있다. 이 책의 단어 하나하나를 음미해가며 읽었다.

**코비 커머**, 『뉴욕타임스 북리뷰』

나는 프린스턴에 다닐 때 맥피가 강의하는 12주짜리 글쓰기 강의를 들었다. (…) 그에게 배운 학생의 절반 이상이 다양한 잡지사와 신문사에 들어가 일하고 또 책을 썼다. 셀 수 없이 많은 논픽션 작가에게 그의 존재란 특정 시대의 시인과 시인 지망생 들에게 로버트 로월이 점했던 위상과도 같았다. 그는 모델이었다.

**데이비드 렘닉**, 『뉴요커』 편집장

이 에세이들을 책 한 권으로 이어서 읽는 것 자체만으로도 작법의 마스터클래스에 참가하는 것이나 마찬가지다. 저자가 프린스턴대에서 지난 수십 년간 그토록 성공적으로 강의해온 비결을 확실히 알 수 있다. 거의 모든 문장이 번득이며, 재담이 도처에 깔려 있다. (…) 거장이 자신의 작업을 말하는 최고의 책이다.

『커커스리뷰』

맥피의 문장은 끈기와 집중의 산물이다. 그는 송골매의 시야각·배율·시력을 갖춘 눈과 녹음기의 성능을 갖춘 귀를 지닌 듯하다. 거의 모든 것을 감지한다.

**로버트 맥펄레인**, 『가디언』

작가 지망생이건 이미 성공한 작가이건 모든 작가가 읽고 공부하고 논할 만한 책이다. 이제 86세인 맥피는 온갖 분야에 걸친 수많은 과학자, 괴짜, 전문가의 이력을 반세기 이상 글로 적어왔다. 그들 모두가 자신의 분야에서 특출한 이들이었다. 또 그들을 알아보고 기록으로 남긴 맥피 또한 특출했다.

**마이클 더다**, 『워싱턴포스트』

맥피는 창의적 논픽션이라는 장르의 기준을 세웠다. (…) 작가의 여정에 도사린 우여곡절, 스릴과 함정, 기쁨과 슬픔을 누비기 위한 잘 짜인 로드맵이다.

**도나 마리 스미스**, 『라이브러리저널』

글 쓰는 삶의 우울한 뒷면에 대한 눈부신 헌사. (…) 이 책은 개인적인 책이다. 그리고 맥피는 개인적인 글을 거의 쓰지 않는다. 그는 직접 손을 써서 일하며 그 일에 가만한 자부심을 지닌, 체계적이고도 고독한 사람들에 대한 경건한 글을 쓰